JN126065

西野 喬

玉川上水傳

江戸を世界一の百万都市にした者たち

後編

郁朋社

玉川上水傳　後編／目次

装画／高取順一
題字／森田　穣
装丁／宮田麻希

玉川上水傳　後編

——江戸を世界一の百万都市にした者たち——

第一章　羽村

（一）

多摩川は玉川とも表記される。

この川は甲州（現山梨県）北東部の秩父山塊の一峰、笠取山の麓から滴り落ちる一滴の水からはじまる。南東に流れながら秩父連山の湧き水を集め、江戸と相模の領地境を作って江戸湾（現東京湾）に注ぐ。全長百三十八キロメートル、下流を六郷川と呼んだ。

古くは丹波川と呼び、時代を経るうちに玉川、あるいは多摩川と呼ぶようになった。

その多摩川の上流部に武州多摩郡羽村はある。

河岸段丘の崖上に拓けた集落である。

承応二年（一六五三）三月二十一日、近江屋庄右衛門、清右衛門兄弟の一行二十二人が羽村の集落に着いたのは夕暮れ間近い申の刻（午後四時）であった。

一行の前方に道を塞ぐようにして数名の男が立っていた。

それに気づいた庄右衛門は、

「郷の者であろう。このあたりに野宿に適した平地があるか訊いてみようではないか」

と誰にともなく告げ、男たちの顔がはっきりわかる距離まで一行を進ませた。

「近江屋さまとお見受けしますが」

郷人のひとりが声をかけた。

庄右衛門は彼らがわれらを知らないはずだ、と思いながら、

「近江屋であるとなぜわかりましたのか」

と訊いた。

「わたしはこの郷の名主、加藤徳右衛門」

そう告げて男は慇懃に腰を折った。五十路半ば、五尺四寸（約百六十二センチ）はあろうかと思える長身で、しかも体躯ががっしりして押し出しがよい風貌をしている。

余談であるが、江戸初期の成人男性の身長は五尺(百五十センチ)を少し超える程度が平均である。

「一昨日、関東郡代の伊奈半十郎忠治さまから、近江屋さま一行が参られるからお迎えせよ、との命を受けております。まずはわが館までご同道願います」

徳右衛門は丁寧な口調で誘った。

「伊奈さまのご配慮でしたか」

庄右衛門は合点がいった。

「それにしましてもご一行の皆さまは屈強な方々ばかりでございますな」

徳右衛門はあらためて男たちに目を遣る。

一行の誰もが大きな荷を背負っていた。

徳右衛門に導かれて館の庭に入った庄右衛門らはその場に荷をおろすと崩れるように座り込んだ。

「一体、荷の重さはどれほどありますのか」

徳右衛門は庭に投げ出されるようして置かれた一行の荷に目を見張る。

「六貫（約二十二・五キロ）ほどかと」

庄右衛門は荷から解放された身体が羽のように軽くなったのを感じながら答えた。

「六貫とはいやはや」

徳右衛門は驚くというよりあきれ顔である。

「こちらで調達できるものは少ないと思い、能うる限りの普請具（土木工具）、衣類、自炊用具、寝具などを背負ってきました」

「なるほど、それらのものはこの羽村の集落で買い揃えるのは難しゅうございますからな。それにしても寝具まで持ってくるとはまるで引っ越しのようですな」

「江戸、日比谷の自邸は空っぽになりました」

「日比谷とは江戸城が間近に見える地と聞いておりますが、そこからですと昨夜は高井戸宿か府中宿にお泊まりになられたのですか」

羽村の在の者が江戸に行くには武州府中宿で一泊する。江戸、羽村間を一日で歩くのは無理なのだ。

「高井戸宿も府中宿も大きな荷を背負ったわれら一行を泊めてくれるような旅籠（はたご）はありませぬ。なにせ、むさい男どもばかりですから、ほかの泊まり客に迷惑になります」

「ではどこぞで野宿でも」

「今朝、自邸を寅（とら）の刻（午前四時）より少し前に出立しました」

「すると、六貫もの荷を背負い、歩きに歩いて羽村に着いたというわけですか」

徳右衛門は座り込んだ男たちにあらためて目を遣る。

――むさい男ばかりだ――

徳右衛門は内心で呟く。むさいとは不潔で不快、むさくるしい、という意である。

男どもはむさいうえに見るからに屈強そうだった。装束から出した四肢は太く筋肉が盛りあがっている。

「なるほど、この方々なればこそ、江戸を早発ちして羽村まで歩き通せたというわけですな。それにしても江戸から羽村までおよそ十二里（四十八キロ）、軽装ならともかく、六貫もの荷を背負っての道行きは生なかな者には能（あた）いませぬな」

「われらは土や石を相手の業に携わる者。足腰は人一倍達者。ここまで来る間に草鞋（わらじ）を二つほど履きつぶしました」

土や石を相手の業に携わる者とは、今で言う土木作業員のことである。

「さぞや皆さまお疲れでしょう。夕餉の前に風呂はいかがでしょうか」

「武家でもないのに、館に備え付けの風呂があるとは豪勢なものだ」

庭に座り込んだひげ面の男が目を丸くして口を挟んだ。

承応期、武家屋敷は別として、江戸府内で町家が風呂を備えているのはめずらしかった。では町民は風呂屋に行ったのかといえば、府内に風呂屋はあったが、その数はきわめて少なかった。そこで町民や百姓らは、桶に水を入れ身体を拭う程度で日々を過ごすのが習慣（ならい）だった。

江戸府内に風呂屋が多くなるのは、承応期から百八十余年後の天保期（一八三一〜一八四五）になってからで、その軒数は四百七十軒ほどに達した。

「あると申してもひとり風呂。大きくはありませぬが首までゆっくりと浸かれます」

「すると、われら皆が入り終わるのは一刻（二時間）後。それからの夕餉ということになるのか」

と、ぎょろ目の男。

「一刻も待てぬ。飯が先じゃ」

「飯じゃ、飯じゃ」

ぎょろ目の男に誘発されるようにほかの男どもが言い立てる。

「わかりました。夕餉が先なのですな。とは申せ、まだ申の刻（午後四時）をまわったばかり、夕餉が調うには半刻（一時間）ほどかかります」

徳右衛門は座り込んだ男たちを見下ろしながら穏やかな声で応じた。

「なにせ昼飯抜きで歩かせたのでわれらは腹ぺこ。お察しくだされ。夕餉を待つ間に手足を洗いたいのですが、井戸を使わせていただけませぬか」

庄右衛門は汗と塵でまみれた男らがそのまま館内に入るのを無礼では、と思った。

「井戸は備えておりませぬ」

徳右衛門が気の毒そうに首を横に振る。

郷を束ねる長の屋敷に風呂はあっても井戸がないとは、と思いながら庄右衛門は、

「では水場を教えていただけませぬか」

と訊いた。

「水場に参っても皆さまの手足を洗うだけの水量は得にくいでしょう。いっそ多摩川に行かれたらいかがでしょう」

「ここは崖上。これから多摩川まで下りていくのか。もう動けぬわ」

ぎょろ目の男が首を横に振る。

「わしも動けぬぞ」

口々に男らが言う。徳右衛門は、

――傍若無人、礼儀知らずの男ども、それとも駄々をこねる童か――

と心中で毒づきながら、

「わかりました、わかりました。それではしばらく庭でお待ち願いましょう。家の者に申しつけて白湯などお持ちします」

おくびにも出さず穏やかな声で言う。

「白湯なんざ出していただかなくていい」

庄右衛門の弟、清右衛門が立ち上がって、

「お前ら、汗塵まみれの身体のままで飯にありつく気か。小汚ねぇままでお館に上がるのは徳右衛門さまに失礼じゃねぇか。つべこべ言わずに多摩川に行って身を清めてこようじゃねぇか。行かぬという奴はお館に入らず庭で飯を食うんだな」

半ば脅し、半ば説得の清右衛門に男どもはひと言も言い返さず、しぶしぶ腰をあげた。

清右衛門の乱暴な口利きに徳右衛門は驚きあきれながらも、自身への配慮を忘れない庄右衛門兄弟に好もしさを覚えた。

「多摩川に下りる道を教えてくだされ」

庄右衛門が訊いた。

「庭を出ますと右手に細い道があります。その道沿いに下りていけば多摩川です」

耳をすませば、かすかに水の流れる音が聞こえる。

「お前ら、担いできた荷から着替えと手ぬぐいを引っ張り出せ。それを持って多摩川まで行くぞ」

清右衛門の声が大きくなった。

「お戻りになる頃には夕餉の支度も調っておりましょう」

徳右衛門は清右衛門の怒声に素直に応じる男たちを一瞥して屋敷内へと戻っていった。

半刻後、多摩川の水で身体を拭い、装束をあらためた一行は夕餉が用意された板敷きの大広間に座していた。それぞれの前には膳が置かれている。

膳には醤醢（ひしお）で煮た山菜、炭火で焼いた川魚、漬け物などがそれぞれの小皿に盛られている。

「魚は多摩川で獲れたヤマメ、ウグイ、ハヤ、それにカジカと申す小魚。山菜は春先に摘んだゼンマイ、ツクシ、ワラビなどを塩漬けにしておいたものを水で戻し、それを料理したもの。それにお口に合うかどうかわかりませぬが、猪（いのしし）の干肉（ほし）を炙ったもの。これは少々硬（か）とうございますが、噛んでいるうちに味わいが深くなってきまして精もつきます」

徳右衛門の説明に庄右衛門は料理もさることながら二十二客ものお膳、それに百枚に及ぶ小皿などを揃えることのできる加藤家の豊かさに驚いた。こうまでしておのれらをもてなしてくれるのは、ほかならぬ関東郡代伊奈忠治の配慮があったからこそ、とあらためて思った。

「この膳に酒は付かぬのか」

不満げな清右衛門の声が飛んだ。清右衛門が酒飲みなのは男どもの間では周知のことである。むろん男どもも酒は三度の食事より好きな者ばかりだ。

「はて、伊奈さまからは夕餉の用意と風呂の用意しか申しつけられておりませぬ」

徳右衛門は困惑気味に応じる。

「酒代は払う。酒をつけてくれ。それも清酒を頼む」

「清酒ですか……。清酒となると皆さまに呑んでいただくだけの蓄えがありますかどうか」

徳右衛門は小首をかしげる。

「ひとり三合当てとすればおよそ七升。用意できますかな」

庄右衛門が遠慮がちに訊く。

「三合では少ない。五合で頼む」

清右衛門が皆を煽るように言う。

「図に乗るな」

庄右衛門が一喝した。

「兄じゃ、明日からは玉川上水普請に向けて汗水流さなくちゃならねぇ。そうなりゃ酒も呑んでおれなくなる。今夜ぐれぇ皆がたらふく酒を呑んでもいいんじゃねぇか」

「ここは日比谷の自邸ではない。徳右衛門さまの迷惑も考えろ」

「目玉(めん)が飛び出るほど高額の大業。その門出だ。徳右衛門さまも大目にみてくれるんじゃねぇか」

「本来なら河原でわれらは野宿し、自ら夕餉を作ってつましく腹を満たすはずだった。それが徳右衛門さまのご厚情で思いもよらぬ馳走に預かることになった。徳右衛門さまに感謝して酒なしで夕餉をいたせ」

「まあまあ、ご兄弟で言い争うことはありませぬ。ここはこの徳右衛門がなんとか御酒を揃えましょう。なんせ将軍さま御名のもと、玉川上水の普請を請け負われた近江屋さまでございますからな。とは申せ、外はもう真っ暗。三升ほどの清酒は自邸で用立てられますが残りの四升は濁り酒で我慢していただきます。ここは江戸からはるか離れた羽村、清酒はすべて御府内から運んできます。それゆえ量も少なく、また値も張ります。わたしらは慶弔事の折しか清酒はいただきませぬ」

「多摩川の清水（せいすい）で清酒を造る者は居らぬのか」

清右衛門は清酒にこだわる。

「水が良くとも良質の米と醸造の技がなくては酒を造れませぬ。あいにく、この羽村ではその二つがないのです」

「そう言われると返す言葉もない。では残りは濁り酒で頼む」

清右衛門は恨めしげに徳右衛門に軽く頭をさげる。

〈濁り酒〉とは〈どぶろく〉のことで清酒ではない。

現今、多摩川沿いには著名な酒造所が幾つか点在する。承応期、これらの酒造所はまだ生まれていない。それもあってか、江戸から離れた武州羽村に限らず、多摩川流域に住まう人々は夕餉に酒を呑むという習慣はない。

「今夜限りの我が儘と思って御酒のこと、よろしくお願いします」

庄右衛門は酒の効用をよく知っている。十二里を歩き通した男たちにとって、明日から玉川上水普請へ立ち向かう契機としての酒は欠かせないのだ。

（二）

庄右衛門は板間の大広間で目を醒ました。

昨夜の膳では徳右衛門が村中からどぶろくをかき集めてくれたので、呑み放題の夕餉となった。それらをことごとく呑み干した男どもは疲れもあって、寝具も使わず大広間に重なり合うようにして寝穢(いぎたな)く寝込んでしまった。

そんな中で庄右衛門は一合ほどの酒しか呑まなかった。もともと酒は強くなかったし、呑んでも美味いとは思わなかったからであるが、清右衛門らが酔った勢いでなにをしでかすのかわかったものではない、という思いもあって、おちおち酒を飲んでいられなかったのである。

尿意を催した庄右衛門は起き出し、厠(かわや)に行った。厠は屋外にある。夜明けが近いのか薄明るい。三月下旬、江戸では朝夕の冷え込みはとっくに薄れているのに、ここはまだ寒さが厳しかった。

用を足(た)すと大広間に戻らず炊事場に赴いた。

炊事場は広い土間になっていて、すでにこの時刻から老女が立ち働いていた。

「まだ夜が明けておらぬのに、もう飯炊きですか」

庄右衛門は朝の挨拶もせず、老女に話しかける。

「あんた方の朝餉の用意だ。二十二人分の朝飯となれば、夜中から起きて支度しなくちゃなんねぇだんべぇ。それにしても、まあよく酒を呑んだもんだな。羽村の衆が一年かかって呑む量を、あんたらは一晩で呑み尽くしたんだぞ」

老女はにこりともせずに言った。

「あとで村の衆に謝っておこう」

「そんな気遣いはいらねぇ。村の衆は慶弔の節にしか酒は飲まねぇ」

「それは奇特なことだ」

「そうじゃねぇ。酒は高価なもんで、わしらには過ぎたるもんだ。婆（ばば）の宿六は酒好きだったが、たらふく飲めぬままにあの世に逝っちまった」

「それはお気の毒なことだ」

「昔のことだ。あの世でたらふく飲んでいるんだんべぇ。もう寅の刻（午前四時）は過ぎたんべぇ、すぐ夜が明ける、顔を洗いなさるかね」

　老女は手を休めずに訊く。

「そうしたいのだが」

「ならばそこに桶があるだんべぇ。あれをここに持ってこいや」

　庄右衛門は言われたとおり桶を持ってきて老女に差し出す。老女の横には大きな水瓶が据えてあって、老女はそこから柄杓（ひしゃく）で水をすくい、庄右衛門が持つ桶に注ぎ入れる。それを何度かくり返し、桶に半分ほど水が溜まると、

「それで口も手も顔も洗うだ。二杯目はねぇ。あんたにゃ特別だで、あとの者（もん）は村の外れにある〈堀兼（ほりかね）のまいまいず〉まで行ってもらって、そこで顔や手を洗ってもらう。そう皆の衆に伝えておいてくれ」

「堀兼のまいまいず、とは？」

「まいまいず、とは、まいまいず、だんべぇ。あんた、まいまいず、を知らんのか」

「知らぬ」

「背中に貝殻（かいがら）みたいなのをくっつけて、葉っぱの裏にくっついている虫がいるだんべぇ」

「ああ、カタツムリのことか」

「江戸ではそう呼ぶのか。ここじゃ、まいまいず、じゃ」

〈まいまいず〉は多摩川上流域の方言でカタツムリのことである。カタツムリは〈舞舞螺（まいまいつぶり）〉ともいう。おそらくこの〈舞舞〉から〈まいまいず〉という方言が生まれたのであろう。

「まいまいず、がカタツムリなのはわかった。で、その〈堀兼のまいまいず〉とは」

「水場。井戸のようなものだ」

「ああそれで思い出した。加藤さまの屋敷内に井戸はないとのこと。それは真実（まこと）か」

「あるはずもねぇだんべぇ」

「なぜだ」

「この辺を掘ったとて水は出てこねぇでよ」

「たしかにこの辺は崖上（がけうえ）。しかし崖下（がけした）を多摩川が流れているではないか。深い井戸を掘れば水にありつけるのではないか」

「十間（十八メートル）も二十間も掘れば水は出てくるだんべぇよ。そんな深い井戸をどうやって掘るんだ」

「多摩川の瀬音が聞こえる羽村で水に困っているとはいやはや。でその〈堀兼のまいまいず〉と申す水場はどこにあるのだ」

「お屋敷を出て道なりに北へ千歩ほど歩くと〈五の神〉と呼ぶ神社がある。その境内に〈堀兼のまいまいず〉がある」

「わかった。皆をたたき起こしてそこに連れていき、手と顔を洗わせよう」

「行くなら頼みがある。そこに天秤三本と桶六個がある。それを持っていって〈堀兼のまいまいず〉から水を汲んできてくれ。それから〈堀兼のまいまいず〉を汚しちゃなんねぇぞ。汚すと五の神さまの祟りがあるからな」

「桶に水を汲んで運んでくれればよいのだな。おやすい御用だ。水場を汚さぬように皆にはよく言い聞かせておく」

そう言って庄右衛門は老女に笑いかけた。

「そうしてもらえればこの婆（ばば）も三日ほどは水汲みをしなくて楽ができる」

口を開けて笑い返した老女には、ほとんど歯が残っていなかった。


「起きろ、起きてくれ」

大広間に戻った庄右衛門は寝込んでいる男らに叫ぶ。誰も起きる気配がない。庄右衛門は弟の清右衛門を探しだすと近くに寄って、

「清右衛（せいえ）、起きろ」

肩をゆする。

「ほい、飯の支度ができたのか」

清右衛門はのぞき込む兄の顔に向けて思い切り大きなあくびをする。酒臭い息に庄右衛門はいつものことだ、と思いながらも顔を背けずにはいられない。

「飯の支度は調いつつある。皆を起こしてくれ」

「わかった」

起きあがった清右衛門は大きく伸びをし、ひと呼吸おいて怒鳴った。

「手前ら、朝だ、起きろ」

しかし誰も起きようとしない。

「起きろ。起きろ」

寝ている男どもの隙間に入り込み片端から蹴飛ばしていく。たまらず男どもはしぶしぶ起きあがり、所在なげに板の間に座す。

「皆が疲れていることはよくわかる。だがここは日比谷の近江屋の館ではない。無礼は昨夜まで。今日から乱暴な言葉遣いは慎んでもらう。それと酒は当分の間、御法度とする。特に弟の清右衛門にはきつく言っておく」

「兄じゃそれはねぇんじゃねぇか。皆は酒がたらふく呑めると思ってこんな片田舎まで出張ったんだ。業（仕事）が終わった後に一杯やるぐれぇかまわねぇと思うがな」

一日とて酒を欠かしたことのない清右衛門にとっては、酒なしの日々など考えられない。

「昨夜、徳右衛門どのは村中を駆け回って濁り酒をかき集め、われらに供したとのことだ。もう村には一滴の酒も残っておらぬそうだ」

「そりゃあ、困ったもんだ。普請（土木工事）ちゅうもんはきつい業だ、一日立ち働いた後に酒を一杯キュッとやるから次の日もまたやる気になるんだ。羽村の蓄えの酒を全部呑んじまったんじゃ、近在の村にお願いして酒を融通してもらわなくちゃな」

「皆に言っておくが、この近在の者は慶弔の節にしか酒を飲まぬそうだ。いや飲みたくとも酒が買えるほど豊かではないのだ。以後、皆は酒々と軽々に口走らぬように。これから顔を洗い、口を濯ぎに水場まで行く。ついてこい」

男たちはのろのろと立ち上がり庄右衛門の後に従う。

庄右衛門は土間の片隅に置いてある空桶六個と天秤棒三本を三人の組員に押しつけた。

「水汲み？」

天秤を担がされた男が迷惑そうに口をゆがめる。

「屋敷内に井戸がないことは知っているな。これから水場に向かう」

「水場に行くなら水汲みなんぞはしなくていいんじゃねぇか」

「黙って言うとおりにしてくれ」

「水場は近いのか」

男のひとりが訊く。

「ここから千歩ほど歩いたところにあるとのことだ」

「そんな遠くなのか。ならば顔を洗わなくとも構わねぇ。オレはもう少し大広間で眠る」

「兄じゃの言うとおりにしろ。顔も洗わねぇ、口も濯がねぇじゃ、羽村の衆に嫌われる。オレたちは昨日のオレたちと違うんだということを村の衆に見せなくちゃならねぇ」

荒くれの男たちであるが清右衛門の言うことに、不思議なほど彼らは従順になる。むろん近江屋に雇われて幾ばくかの銭をもらっている以上、雇い主である庄右衛門、清右衛門の命に逆らえないのだが、彼らが従順なのは雇い主というだけではなく、近江屋兄弟の人柄に惚れ込んでいるからでもある。庄右衛門は常に冷静で組（近江屋の土木組織）のことを考え、組が続けられるよう次から次へと様々な工事を請け負ってくる。その請け負った仕事を清右衛門が組の者たちを率いて仕上げる。清右衛門は男らに厳しいが自らも男たちに混じって鋤鍬を握り、モッコを担ぐ。

普請業（土木仕事）は過酷である。機械のないこの時代ではすべて自分の両腕で仕事をする。男たちが一日一坪の土を掘り起こすとしたら、清右衛門はそれより必ず多くの土を掘りあげるよう心がける。

そうした姿を組の者は常に見ているのだ。彼らの半数ほどは妻子がある。庄右衛門はそうした妻子持ちにはひとり者より余分の俸給を支払ってもいる。

坪は面積にも体積にも使う単位である。土量一坪を現今のメートル法に換算すれば五・八立方メートル、面積なら三・三平方メートルである。

「千歩あるけば昨夜呑んだ酒も少しは抜けよう」

庄右衛門は皆の先頭に立って老女が教えてくれた〈堀兼のまいまいず〉に向かう。千歩とは五町（五百メートル）ほどだが、昨日十二里を歩き通した彼らにとってはこれ以上一歩たりとも歩きたくない心境である。

歩くうちにすっかり夜が明けた。歩き出せば千歩などさしたることでなく、すぐに五の神の神社境内に行き着いた。

小さな集落にある神社にしては立派である。

皆は神妙な心持ちになったのか無駄口を叩く者はいない。庄右衛門がお社（やしろ）に手を合わせると皆もそれに習う。

「お賽銭がなくちゃ神様は願い事を聞き届けてくれねぇぞ」

男のひとりが言う。

「違いねぇ。誰か銭を持ってきたか」

清右衛門が訊く。

誰も応じる者はいない。

「お賽銭をあげねぇんじゃ霊験がねぇかもしれねぇ」

清右衛門はそう言いながらも神妙に一礼する。すると皆も一礼し、それから揃って二礼二拍した。

庄右衛門は玉川上水の普請が無事に終わり、ここに集まった男たちがそろって江戸に戻れることを祈願した。

「境内のはずれに水場があるとのことだ」

そう告げた庄右衛門が回りを見まわすと巨大なすり鉢状の窪地があった。すぐにそれが水場であるとわかった。庄右衛門は皆を引き連れてその窪地の縁（へり）に立つ。

すり鉢状の窪地の差し渡しは十五間（二十七メートル）とも二十間（三十六メートル）とも思えた。

その窪地の底に水が溜まっている。底地までの深さは六間（十・八メートル）ほどか。すり鉢状の斜面に沿って渦を巻くように斜路が作られている。その斜路がまるでカタツムリ（まいまいず）の殻に似た渦状に見えた。

――なるほど〈まいまいず〉か。お婆の申した通りだ――

庄右衛門はこれを見てはじめて、〈まいまいず〉と呼ぶことに合点がいった。

「この水場は羽村の衆に欠かせぬ飲み水。決して汚してはならぬ。清右衛、おまえが天秤と桶を持って底まで降りていき、桶に水を満たして持ってこい」

「わかった。桶は六つ、天秤は三竿。おい宗助と丑次郎、天秤と桶を持ってオレの後についてこい」

清右衛門は若いふたりを名指しする。

「小頭（清右衛門）が手をわずらわすこたぁねぇ。オレと丑次郎、それに」

と宗助は仲間を見まわして、

「三太、おまえが小頭の代わりに桶と天秤を持て」

三人とも二十代半ばで組の中では若い。

宗助ら三人は天秤に桶を吊して斜路を降りていく。それをほかの組仲間が見下ろしていた。

「だれが考えだしたのか、おかしな水場じゃのう」

「いや、なかなかの工夫。すり鉢状にすれば斜面の土は崩れることなく深く掘り込める」

「多摩川が崖下を流れている。このような工夫をせずとも多摩川で水汲みをすれば、こと足りるはずだ」

「昨日、多摩川まで下りて身体を洗ったであろう。あの行き帰りの坂はこの水場の上り下りに比べものにならぬほどきつい。河水を汲んだ桶を天秤に吊して羽村の集落まで運び上げるのは楽ではない」

「多摩川の瀬音が聞こえる地に住み暮らしておるというのに、飲み水に苦労するとは、なんとも皮肉ではないか」

「その多摩川の水を飲み水として江戸へ送る普請を、オレらが為す。なにやら羽村の衆には申しわけないような気がするぞ」

昨夜の酒も抜け、神社の境内ということもあってか、男らは水場の底に降りていく三人を見ながら、いつにない神妙な会話を続ける。

庄右衛門は炊事場で働く歯抜けの老婆が、この〈まいまいず〉まで水汲みに来る大変さを思い遣った。おそらく徳右衛門が用意してくれた風呂の水も、ここから運んだに相違ない。そのような労苦の末の風呂より、〈飯が先だ〉とわめく男たちを宥めて多摩川で身体を洗わせたことが、今さらながらよい判断だった、と庄右衛門は思った。

庄右衛門らが〈堀兼のまいまいず〉から徳右衛門の館に戻ると、すでに朝餉の支度が調っていた。〈まいまいず〉から汲んだ六つの桶を炊事場に届けると、

「ついでにそこに並んでいる水瓶に移しておいてくだされ」

老婆は満面に笑みを浮かべる。

「〈堀兼のまいまいず〉お婆の申したとおり、カタツムリに似ていた。あそこから水を汲んでくるの

はお婆(ばば)の役なのか」

「名主さまのお屋敷に奉公にあがって以来、ずっとわしの役目」

「その歳だ。水汲みはお婆にはきついのではないのか」

「何十年も毎日〈堀兼のまいまいず〉に水汲みに通っている。なんの大変なことがあるものか」

「わたしどもはこの近くに人足小屋を建てしばらく滞在する。その間だけでも組の若い者に水汲みをさせようか」

「断る。楽をしたらお前(めぇ)ぇさんらが去った後、再びわしがせにゃならん。一度楽を覚えた身ではもう水汲みはできねぇだんべぇ。余計なことはせぬことじゃ」

老婆は口をとがらせて断った。

庄右衛門は怒りに似たお婆の口ぶりから、老いた者が生きていく過酷さを、見せつけられたように思って口を噤(つぐ)んだ。


徳右衛門の好意で供された朝餉を食べ終わると、庄右衛門はお礼を言うために徳右衛門の居室に赴いた。

「これは些少ですがお納めくだされ」

庄右衛門は懐から一分金一枚を取り出し徳右衛門の膝元に置いた。

「はて、これは」

徳右衛門は一分金を一瞥し、それから再び庄右衛門を見た。

「二十二人分の夕餉と朝餉、酒代それに宿泊代です」

「貰えませんな。それにたとえ戴いたとしても一分金では多すぎます」

一分金は一両の四分の一、すなわち千文である。承応期、江戸の人足（土木作業員）の日雇賃は三十五文ほどであるから一分金一枚は相当な額で、人足がひと月働いて得る額に相当する。

「これから先、徳右衛門さまにはお力添えをいただくことになります。なにごとも最初が肝心、どうかお納め願います。でないとこれからのお願いも申し難くなります」

「そう申されるならこれは預かっておきましょう」

徳右衛門は一分金を拝むようにして受け取り懐に仕舞い、

「で、お願いとは」

と顔を近づけた。

「四月四日に関東郡代の伊奈半十郎忠治さまによる鍬入の儀を行うことはご存じでしょうか」

鍬入の儀とは今でいう起工式のことである。

「わたしは郡代さまからこの村を任された名主、伊奈さまから直々に報されております」

名主とは郡代・代官の下で、村政を担当する長のことである。名主の役務は年貢を村人から徴収し郡代・代官に納入することはもちろん、年貢を納められない村民の代わりに立て替えることも含まれている。また村人の誕生、死亡、婚姻などを管理することも役儀の一つである。つまり加藤徳右衛門は郡代・代官の役目（支配機能）を補佐する準役人である。だがその一方で村人の利害をくんで郡代・代官に訴願を起こす役も担っていた。

なお関東では〈名主〉、関西では〈庄屋〉、東北・北陸では〈肝いり〉と呼んだ。

「その儀にお呼びする方々を決めたいのですが、わたしにはこの地のことがまったくわかりませぬ。そこで、わたしが玉川上水普請の概要をお話しますので、お聞きになったうえで、どのような方々を鍬入の儀に呼べばよいのか教えていただきたいのです」

「玉川上水についての粗々は存じております」

「粗々と申しますと？」

「ここ羽村の地に多摩川の河水を取り込む備（設備）を作り、そこから四谷大木戸まで十里余（約四十二キロ）に亘って堀を穿つ。四谷大木戸から先の御府内虎ノ門までは木樋を埋設する。これによって御府内に届いた多摩川の水が江戸の方々の喉を潤す。そういうことでございましょう」

「そこまでご存じであるなら、どのような方々をお呼びすればよいか、おわかりのはず。お教え願えましょうか」

「その前にこちらからお尋ねしたきことがありますが、よろしいですかな」

「なんなりと」

「この玉川上水は将軍さまの御名の下で普請なさるのでしたな」

「いかにも徳川家綱さまの御名によって行うものです」

「ならば普請は幕府のお侍さまが担うのが常道。となれば鍬入の儀に呼ぶ方々への通達は幕臣の方々がなさるべきことでは」

「申されること、ごもっともですが、此度は幕臣に代わって近江屋がその御役を担います」

「はて御府内では城の石垣や土の掘り起こし、土砂運び、さらに道普請などは徳川さまのお侍が人足らを使い回して作ったと聞いております。それが此度は違う。どういうことでしょうか」

「なぜそうなったかを答えるのはなかなか難しいでのすが、幕府がまったく手を引いたというわけではありません。この玉川上水普請は、老中の松平信綱さまが将軍さまの名代として上水総奉行に任じられております」

「それは聞き及んでおります。その松平さまをお助けする水道奉行として、南町奉行の神尾さまと関東郡代の伊奈忠治さまがお就きになったことも。それを存じているからこそ、幕臣の方々が玉川上水の普請を担うと思ったのです」

「御上がどう考えて、このような仕儀になったのか、わたしにもわかりませぬ。どうしてもお知りになりたければ、鍬入の儀を執り行う伊奈さまにお伺いなされませ」

「いえ、そのような出過ぎたことは近江屋さんだから訊けるのです。そうですか、ともかく、この玉川上水は徳川さま御名の下、幕府抜きで普請する、そう言うことですな。してみると水道奉行はなにをなさるのですかな」

「御両所のお役は目付です。羽村から四谷大木戸までの目付は伊奈さま、四谷大木戸から虎ノ門のいわゆる御府内の目付は神尾さま」

「目付？」

「近江屋が普請で手を抜かないか、あるいは不正をしないか監視する御役。それにもうひとつ、この普請は多摩川の川中をいじらなくてはなりません。ところが近江屋は河川普請が不得手。そこで伊奈忠治さまから特別なご指導をいただくことになっております。ですから伊奈さまは目付だけでなく、河川内普請の指導役も担われております」

「治水に関して伊奈さまは日ノ本一。伊奈流の旗頭でございますからな」

「ですから川普請が終わるまで伊奈さまはこの羽村に御滞在することになっております」

「羽村滞在のことは伊奈さまから報されております。それもあって河原が見下ろせる地に仮の陣屋を建てるので、木材を用意するよう伊奈さまから命じられており、その木材で間もなく陣屋は建て終わりましょう」

「仮とは申せ、ずいぶんと立派な陣屋ですね」

庄右衛門は羽村に着いたその日、小高い丘に館が建っているのを見ている。

「この普請が終わった後、河水を取り込む備(取水口備)の管理や維持などに供するため陣屋は残す、とのことで仮とは名だけ、立派な陣屋です」

「ずいぶんと徳右衛門さまは此度の普請に関わりを持たれているのですな。わたしよりずっと詳しい」

「いえ、そのようなことはありません。それが証(あかし)には近江屋さんのことについてはまったくと言っていいほど存じ上げておりませぬ。羽村から四谷大木戸までの上水堀の長さは十里余(約四十三キロ)、さらに四谷大木戸から御府内の虎ノ門までの木樋の埋設。考えただけでも気が遠くなりそうな大業を幕府から一手に任された近江屋さん。さぞや御府内では名の知れた普請組（土木業者）なのでしょうな」

「いや、近江屋はちっぽけな組。江戸府内には近江屋よりはるかに大きい組が数多あります」

「それがなぜ、このような大きな普請を幕府から任されたのか。おそらく幕府の偉い方と深い関わりがおありなのでしょうな」

「近江屋は日比谷という地に家を持ち、三十人ほどの人足を雇い、城普請、道普請、それに大名のご家来衆が住まう屋敷の土地整地普請などを行ってきた組（土木業者）です。幕府との深い関わりなどありませぬ」

「無礼な訊き方をしますが、たった三十名ほどの人足しか抱えていない近江屋さんが、羽村から四谷大木戸までの上水堀普請を一手に引き受けることなど能うのでしょうか」

「能うか否かは、これから徳右衛門さまが教えてくださる鍬入の儀に呼ぶ方々の与力（協力）次第」

「そうなると、ますます近江屋さんが上水普請を一手に任された経緯を聞きたくなりますな」

「選ばれた経緯はわたしにはわかりませんが、おそらく老中の松平伊豆守さまのお考えに因るところが大きいと思われます」

「御老中のお考えとは」

「東照大権現さま（徳川家康）が江戸に居を定めた当初から、江戸城ならびに城下町作りは百家におよぶ外様大名と幕臣の方々が、一体となって普請したことはご存じでしょう」

「羽村を束ねる徳右衛門、そのくらいのことは存じております」

「その普請場では侍のほかに多くの市井の普請組（土木業者）の人足も汗を流しました。わたしの父も幕府に命じられるままに人足を率いて普請に加わり、人足の出面（人足数）に応じて銭の支払を受けました」

「幕府の普請ならそうなるのが当たり前のように思えますが」

「それが此度はそうならず、南町奉行の神尾さまが府内で普請を営む五つの組を選んだのです」

「その中の一組に近江屋さんが選ばれたのですな」

「なぜ選ばれたのか未だにわかりません。ほかの四組は江戸府内でも名の知れた大所帯の組ばかり。その五組で玉川上水の普請をやるのかと思いました。ところが神尾さまは選んだ五組に企画書なるものを提示し、これに基づいてこの玉川上水普請を為すには、どれほどの銭がかかるか見積もるよう命じました。神尾さまは五組から提出された見積もり額を見て、一番安い見積もりをした組にこの普請の全てを任すと申されました。まあその結果、近江屋が此度の普請を一手に請け負うことになった、そういうことです」

「今までの幕府のやり方とは随分と違いますな」

「普請で起こる様々な難事のすべてを今までは幕府が負っていましたが、此度の普請では近江屋が負わなければならない。そこが大きな違いです」

「それはきついですな。しかし幕府の普請でありながら幕府が手を出さぬ、そのような普請のやり方があるのですな」

今では当たり前になっている官庁の〈指名競争入札請負工事〉が玉川上水工事に当たる。しかし承応期では極めて稀で、かつ斬新な工事発注形態だった。

「鍬入の儀に幕府方として御列席なさる方々については郡代伊奈さまから聞かされておりませぬ。近江屋さんはわかっているのでしょうか」

「伊奈さまから列席者の名簿を戴いております。それによれば鍬入の儀を執り行うのは関東郡代で水道奉行を兼務なさる伊奈忠治さま。武蔵野の差配を伊奈さまから任されている代官小田中正隆（おだなかまさたか）さま。それに伊奈さまの御家中の者数名。名簿にはないのですが警護のお役人も付き従って参られるでしょう」

「名簿に安松（やすまつ）金右衛門さまの名はありましょうか」

「いえそのような名の方は名簿に載っておりません。その方がなにか？」

「それはおかしい。かれこれ五か月ほど前になりましょうか、伊奈さま一行三十人ほどが、わたしの館に二日ばかりお泊まりになりました」

「なにゆえの一行だったのでしょうか」

「羽村に決めた多摩川の河水を取り込む備（設備）から府内の四谷大木戸の上水受け口所までの上水堀の経路を定めるために参ったのです。その折り、わたしは安松金右衛門さまと申される方と親しくなりました。安松さまは伊奈さまの片腕となって上水堀の経路決めにご尽力なされました。安松さまは地表の高低差を測高儀と呼ぶ具（器具）を用いて測り出す絵図師（地図制作者）。安松さまが居らなければ上水堀の経路は探し出せなかったでしょう。いわば玉川上水の指針を作り上げた功労者。その安松さまが鍬入の儀に御列席なさらぬとは思えませぬ」

「先にも申しましたが玉川上水の普請費を見積もらせるに当たって、神尾さまは五組の普請組に〈玉川上水普請企画書〉を渡し、『これに基づいて普請額を算出せよ』と命じました。そこでわたしと弟清右衛門とのふたりで企画書に示されている経路を辿って羽村から四谷大木戸までを歩いたのですが、ふたりして、その企画書の精緻さに驚きました。あの企画書があったからこそ近江屋のような小さな組でも玉川上水の普請費を見積もることが叶ったのです」

「おそらくその企画書は安松さまがお作りになったのでしょう。安松さまは庄右衛門さまと、さしてお歳も違わないと思われます」

「わたしら兄弟は、その〈玉川上水普請企画書〉を幕府の誰が作ったのか知りたいと思っておりました。そうですか、伊奈さまの御家臣、安松金右衛門さまというお方でしたのか」

「算盤（そろばん）と測高儀を用いて地表の高い、低いを正（まさ）しく割り出せる優れた才と技をお持ちでした」

「算盤に長けた、ですと？」

「さよう、安松さまはどんな数の足し引き、割り掛けにも紙と筆の代わりに算盤を用いて、あっという間に答えを出してしまわれました」

「わたしも少々算盤をたしなみますが、なかなか上達はしません」

「それはめずらしい。算盤をどなたかに指南していただきましたのか」

「江戸ではまだ算盤を使う者は少ないですからな。師と仰ぐ名手もおらず、わたしの算盤は独学です。ぜひそのお方にお会いし指南していただきたいものですな」

「しかし列席者名簿に安松さまの名はないのでございましょう。伊奈さまにお訊（き）きなされませ。さてもう一つ確かめておきたいことがあります。先ほど伊奈さまの御指導で川普請をなさると申されましたが、そうなると川筋は随分と変わるのでしょうな」

「多摩川の河水を取り込む備（取水口）に向けて川筋を変えるのですから随分と変わるでしょう」

「どれほど変わるのでしょうかな」

「川を堰き止めるようにして取水口に河水を導くことになりましょう」

「川を堰き止める……。やはりそうなりますか」

　穏やかだった徳右衛門の顔が厳しくなった。

「なにか気がかりなことでも」

「そうなると鍬入の儀に呼ぶ方々は相当多くなりますな」

「多くなろうともそれは構いませぬが」

「ご存じかもしれませんが、この多摩川で多くの人々が生計（たつき）をたてています。羽村より上流の山から切り出した木材を多摩川に流し込んで六郷まで運ぶ者、川魚を獲って暮らす漁師などがそれです。かく言うわたしも山から切り出した木材を筏に組んで六郷河口まで流し、そこから府内の木場まで送り込んでおります。江戸のお武家さまのお屋敷の柱に、この加藤家の山から切り出した木材がたくさん使われている、というわけです。その多摩川を堰き止めるとなれば筏も流せなくなりますな。川魚も遡上しなくなるでしょう」

「生活（くらし）に支障をきたすかもしれない方々にも此度の玉川上水普請をわかってもらうため、鍬入の儀に臨席してほしいのです」

「わかりました。まずは羽村の上流青梅（おうめ）の集落を束ねる名主曽川寿三郎どの、青梅のさらに上流にある和田村の名主小川佳之輔どの」

と徳右衛門は次々に多摩川沿岸に生計の場を持つ人々の名をあげてゆき、

「言っただけでは覚えられないでしょうから、書面に認めて後ほどお渡ししましょう」

と幾分顔をくもらせながら言った。

「顔ぶれがわかりしだい、組の者を走らせて名主の方々の列席をお願いします」

「わたしが名をあげた方々は皆、玉川上水の件をすでに聞き及んでいます。皆、多摩川がどうなるのか気をやきもきさせております。お伝えするに当たっては、必ず関東郡代伊奈半十郎忠治さまが鍬入の儀を取り仕切る、とお伝えなされ。この武蔵野は伊奈さまが幕府に代わって治めておられる天領です。伊奈さまの御名を申せば、報せを受けた名主は村人の主だった者にその旨を伝え、その者らはこぞって鍬入の儀に参列するでしょう」

「伊奈さまは四月三日、すなわち鍬入の儀の一日前に羽村に参られると聞いておりますが」

「この加藤家にお泊まり願うことになっております。伊奈さまは武張ったところがなく、下々の者にも気を配ってくださるお方です。伊奈さまが水道奉行として目付役に就くのですから、普請時の難事にも近江屋さんに御気をつかってくださるのではないでしょうか」

「そう思っておりますが、この普請はおそらく請け負った金額では足りないでしょう」

「足りない分は幕府が補填してくださるのでは」

「請け負うに当たって、幕府からは『以後この普請になにが起ころうとも一切の責もとらぬし、請け負った金額以外の銭もまた一切出さぬ』と申し渡されております」

「一体、幾らで玉川上水の普請を請け負いましたのか。お差し支えなければこの加藤徳右衛門に教えていただけませぬか」

いかにも興味深げな徳右衛門の顔が庄右衛門に近寄った。

「幕府からは他言はならぬ、と命じられておりますが加藤さまは特別です。普請額は六千両ほどです」

「……六千両ですか」

徳右衛門から驚きの声が漏れた。ただその驚きに戸惑いも混じっているように庄右衛門には思えた。その戸惑いはおそらく、六千両という額が玉川上水の普請費として適正であるか否か、まったく判じられないからだろうとも思った。

ちなみに承応期の六千両は現今の四十～六十億円ほどに相当すると思われる。

庄右衛門が他言無用の請負費を打ち明ける裏には、羽村の名主、加藤徳右衛門からの信頼を勝ち得なくては玉川上水の普請は一歩も前に進まないことを肝に銘じたからである。

「それにしても近江屋さんは大変な普請を請け負ったものですな」

徳右衛門は心底そう思っているのか、眉のあたりをかすかにくもらせた。

（三）

羽村の河原から一段高い平地に、人足小屋一棟を建て終わったのは、近江屋が徳右衛門と鍬入の儀に招く集落の人々について話し合った三日後であった。

近江屋の二十二人は徳右衛門の好意により集落の農家に分散して寝泊まりしていた。村人にとって彼らを泊めるのは容易なことではない。それを察した庄右衛門が村人の世話にならぬように、との思いから取り急ぎ建てた人足小屋一棟である。今後、人足が集まり次第、人足小屋を増やしていくことになっている。

この日を境にして近江屋一行は人足小屋に移った。

移った翌日、庄右衛門は全員を平地に集めた。

「伊奈さまは四月二日に足立郡の自邸、赤山陣屋を出立なされ、翌日三日に羽村にお着きになる。それまでにわれらが済ませておかねばならぬことがある。それがこれだ。ここは上水堀の経路となる所。見てのとおり、昨日わたしはここに四本の木杭を打ってその杭頭を順次、縄で結んでおいた」

庄右衛門が説明したように長方形の四隅となる箇所に木杭が打ち込まれ、縄で囲われている。

「矩形（長方形）の長辺は十間（十八メートル）、短辺は二間（三・六メートル）だ。この縄を張った内側を一間半（二・七メートル）の深さまで掘り込んでくれ」

「十間、二間、一間半に決めた理由（わけ）は？」

清右衛門が訊く。

「上水堀を羽村から四谷大木戸まで作っていく。その上水堀の形状は皆も知っているように幅が二間。深さは一間から二間ほど。そこで真ん中をとって一間半とした」

「長さは？」

「われら総員で土を掘り起こすとなれば長さが五間（九メートル）や六間では短い。それゆえ十間と決めた」

「つまり地表を幅二間、深さ一間半で十間ほど掘り割るのだな。なんのため？　いずれ人足を雇って掘るんだろうから、なにも先んじて掘り割ることもなかろう」

清右衛門がわからぬ、といった顔をする。

「試掘だ」

「試掘？　なんだ、それは」

兄弟だけあって清右衛門の口利きに遠慮というものがない。

「われらは江戸府内の土しか掘っておらぬ。武蔵野の土がどんな土なのか。また土中に大石や岩礁が潜んでいるか、はたまたずぶずぶの柔い土なのか、あらかじめ知っておくことが肝要。それにもう一つ、試掘には大事な理由がある。清右衛、その理由がわかるか」

「ここはかつて北条さまが治めた領地。北条さまの財宝が埋まっているかもしれねぇ。それを掘り当てようって魂胆か」

「馬鹿者。よくそのような冗談が言えたものだな」

庄右衛門が怒鳴った。

男たちはふたりのやり取りを面白そうに眺めている。近江屋兄弟が顔を合わせれば必ず言い合いに

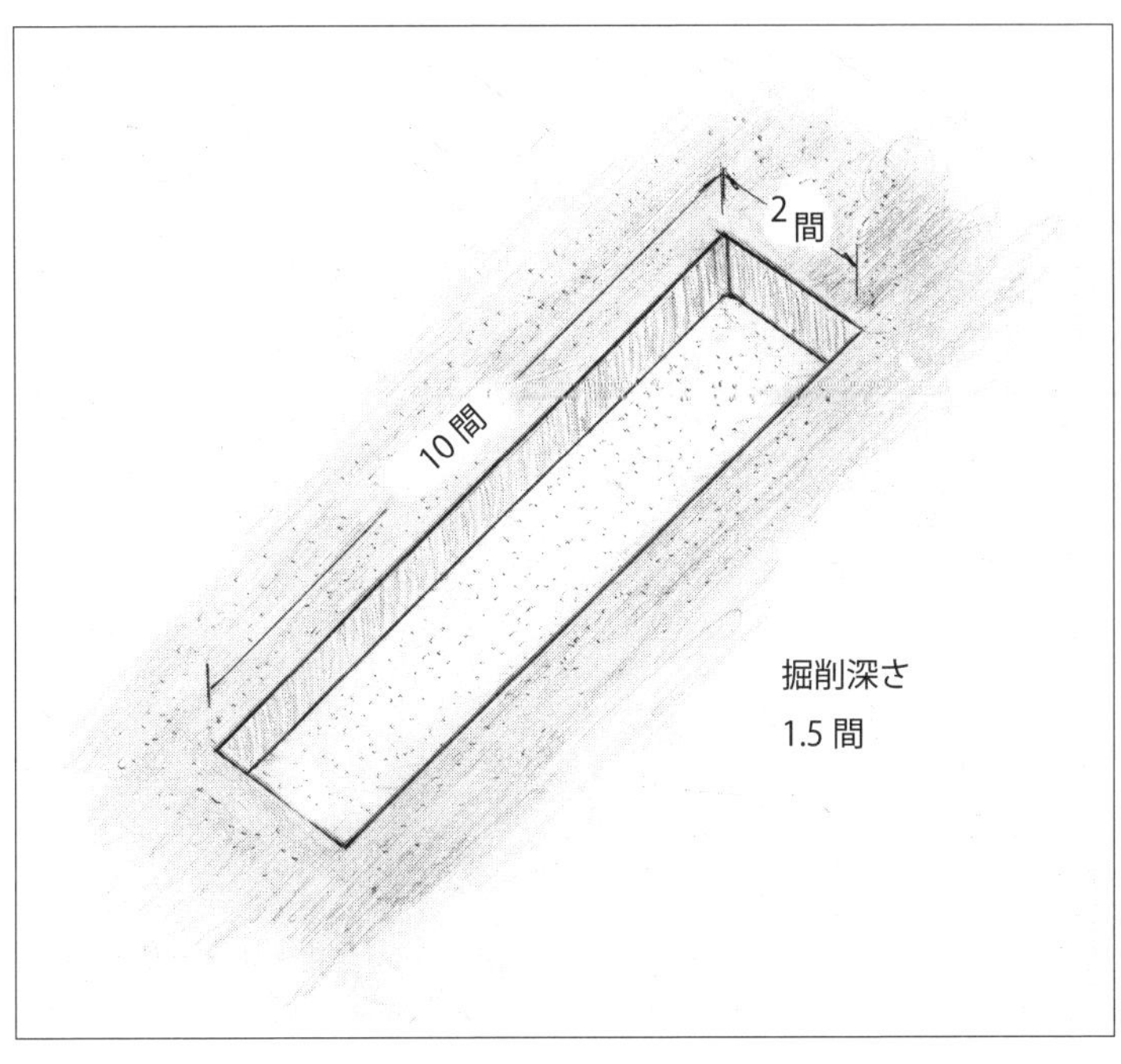

図—１　試掘図

なり、激しい応酬が繰り広げられることを先刻承知しているからだ。また言い争った直後に何事もなかったように、お互いの言い分を聴き合うことも充分にわかっていた。

「上水堀の普請を担うのは多摩川の沿岸に住み暮らす百姓や山の木を切り倒して江戸に送る杣人（そまびと）（樵（きこり））らだ。おそらく、その方々はわれらが一日で掘り起こす土の量ほど掘れないと思われる」

怒鳴ったことなど忘れたかのように穏やかな口調だ。

「われらが御府内で一日かけて掘り起こせる土の量はおよそ一坪。土掘りに不慣れな者ではとてもそこまで掘れぬだろう」

清右衛門は茶化さず真顔になって応じる。

現在の屈強な土木作業員が機械に頼らず鋤や鍬で一坪を掘るとすれば、とても一日では終わらない。

「試掘で彼らがどれほどの土を一日で掘り出せるのか、推し量りたいのだ」

「ならば、ここに百姓や杣人を連れてきて掘らせればよいではないか」

「そうしようと思い、羽村の名主、徳右衛門どのに頼んだのだが、今日、明日のうちに百姓や杣人を二十人も集めることなど能わぬ、と言われた」

「それでオレたちがそいつらの代わりにやるってぇわけか」

「そうだ。それに一日ひとり一坪を掘るというのは江戸府内でのこと。この羽村の地で果たして一坪も掘れるのか、そのことも知っておかねばならぬ」

「そうしたことは上水堀を普請していくなかでわかっていくんじゃねぇか。なにもあわててやることはねぇ」

「馬鹿者」

再び庄右衛門が怒鳴った。今度は本当に怒っているような怒鳴り方だった。

「おまえはいつまで経っても先が読めぬ奴だな」

教え諭すような口調になる。

「先を読むのは兄じゃに任せたはずだ」

皆が苦笑をこらえているのを横目に清右衛門は言い返す。

「この武蔵野の大地をひとりの人足が一日で掘れる土量がわかれば、羽村から四谷大木戸までの上水堀にどれほどの人足を使えばよいか知ることが叶う。先を読むとはそういうことだ」

「さすがは兄じゃ。そこまで考えていたのか」

「本来なら清右衛、おまえが考えることだ」

言われて清右衛門は憮然とする。

「試掘の当（目的）はそればかりではない。清右衛、縄で囲った矩形の広さは何坪だ」

「短辺が二間、長辺が十間だから二十坪」

「そう二十坪、畳四十枚の広さだ。縄張り内の広さは四十畳。この縄張り内を一間半まで掘り下げるに最も適した人足数はどれほどなのか、それを知るためのもの」

「適した人足数？」

清右衛門が小首をかしげる。

「よく考えろ。縄張り内に三十人もの人足が入って掘り下げることなど能わぬであろう。また五、六人の人足では縄張り内の全てを掘り下げるのに日数がかかるであろう。何人を投入すれば無駄なく捗るのか、それを知りたいからだ」

「と、いうことだそうだ。手前らわかったか」

清右衛門は男どもに大声で告げ、

「弥兵爺を除いた二十名でこれから鋤、鍬、鶴嘴を持って縄張りの内側を一間半まで掘り下げる」

弥兵爺は羽村に来た者の中で最長老である。だれもが弥兵爺と呼んでいるが弥兵衛が正規の名である。近江屋先代からの生え抜きで先代亡き後、庄右衛門、清右衛門兄弟の父代わりとして近江屋を支え続けてきた。弥兵衛は庄右衛門の決めたことにあからさまには反対しないが、おかしいと思う進め方をする折には、庄右衛門を立てながら穏やかに修正する。清右衛門がぞんざいな口利きで組員を動かせるのも弥兵衛が控えているからである。

清右衛門は自ら土木用具置き場に走ると鶴嘴を持って戻ってきた。皆がそれに倣って鋤鍬モッコなどを持ってくる。

「取りかかれ」

清右衛門の一声で皆が縄張りの内側に入って一斉に掘り始めた。

庄右衛門は皆の一挙手一投足に目を凝らす。

陽は多摩川の河原に降り注いでいる。西に目を遣れば天空を突き上げるようにしてそびえる奥多摩の雄峰大岳は深い緑一色である。

小半刻（三十分）後、清右衛門らは地表から二尺（六十センチ）ほどの深さまで掘り下げた。

「掘り土が邪魔でこれ以上深くは掘れねぇ」

ひげ面の男が掘る手を休めて庄右衛門に訴えた。

「掘った土を縄張りの外に運び出してくれ」

庄右衛門が頼む。

皆は鋤鍬の代わりにモッコと竿を用意し、ふたり一組になって掘り下げた土をモッコに移し替え、それを丸太竿に吊して易々と縄張りの外に運び出した。

そうして掘り下げた土をあらかた運び出すと、再び鋤鍬、鶴嘴に持ち替えて土を掘り下げる。

小半刻後、また掘り下げた土で縄張り内は足の踏み場がないほどになった。

皆は前に倣って鶴嘴、鋤鍬をモッコと竿に持ち替えて掘り土を縄張りの外に搬出しようとした。ところが搬出は易々とはいかなかった。

縄張り内の掘り底と地表とで四尺（一・二メートル）もの段差が生じていたからである。この段差を乗り越えるために清右衛門は皆に命じて縄張り内に斜路を設けさせた。その斜路を上り下りして土を外に運び出す。

運び出しが終わるとまた掘り下げる作業に入った。

すると斜路を作った分だけ縄張り内の作業空間が狭まり、お互いが接触し鶴嘴や鋤鍬を思う存分に打ち下ろせなくなった。数名の者が遊びがちになった。

その様を庄右衛門はなにも言わずにじっと見ている。

やがて前と同じように二尺（六十センチ）ほど掘り下げると、斜路を延ばして掘り土を地表に運び上げる作業に入る。

この一連の繰り返し作業は一日で終わらず、二日後、大岳の山腹に陽が隠れるまでかかった。

（四）

その夜、人足小屋で夕餉を終えた組仲間は、二日間にわたって行われた試し掘りの結果を話し合うため庄右衛門の許に集まった。

「三十坪（約百七十五立方メートル）の土を清右衛ら二十人が二日掛かりで掘り下げた。するとひとりが、一日一坪に届かない土量しか掘っていないことになる。わたしの見たところでは府内の土とここ羽村の土とはずいぶん違うように思える。一坪掘れなかったのは土の質の違いによるのかもしれない」

庄右衛門が手にした半紙を見ながら言った。半紙には試掘の結果が詳細に記されている。

「組頭(くみがしら)、一坪に届かなかったのは土の質の違いによるものじゃねぇ。掘り土を地表に運び上げるのに思いのほか手間取ったからだ。掘るだけだったら一日一坪は軽いもんだ」

ひげ面(づら)の男が不満げに口を尖らせた。名は鬼五郎。名前からして恐ろしそうだがいたって気は優しい三十男である。

「オレもそう思う。土の質はそれほど硬くねぇ。鶴嘴でなく、鋤、鍬で掘り下げられる。まあ、それでもこの辺りの百姓にゃ一日で一坪を掘るのは無理じゃねぇか」

清右衛門が言う。

「これは試掘で採取した土塊だ」

庄右衛門は膝元に置いた一握りの土を皆にみせる。

「土は見ての通り赤褐色で粘土のように細かい粒の塊だ。この土塊には所々に小石が混じっているが大きな石などは見当たらない。この土の質が上水堀にとって吉なのか、あるいは凶なのか、今のところはわからぬ」

現今の土質工学ではこの土塊を〈関東ローム〉と呼んでいる。関東地方の台地や丘陵を覆っている赤褐色の粘土化した火山灰層を指す。

ローム（ＬＯＡＭ）とは砂、微細な砂、粘土が均一に混じった土壌の名称である。〈関東ローム〉と命名したのは一八八一年（明治十六年）に来日した地質学者ブラウンスである。

「掘っていた様子を見ていて気づいたのは、掘り進む皆の動きに〈流れ〉というものが感じられなかったということだ。つまり〈手待ち〉が多いのだ。だからひとり一日一坪を掘れぬのだ」

「言われなくともわかってらぁ。二尺掘る毎に掘り土を運び出す。その繰り返し。それじゃ掘りに流れなど生まれるはずもねぇ。兄じゃ、皆が滞りなく流れるように掘り続けるようにするにゃ、なんか工夫をしなくちゃな」

「その工夫を考えるのは清右衛、おまえであろう」

庄右衛門にやり込められる清右衛門に鬼五郎らがニヤリとする。それを見咎めた清右衛門が、

「なにがおかしい？　兄じゃはオレだけに言ってるんじゃねぇ、鬼五も考えろ、と言ってるんだ」

「考えるまでもねぇ。掘り方と掘り土運搬方の二つに分けりゃ済むこった」

「兄じゃ、そう言うことだ」

清右衛門はけろりとしている。

「弥兵爺はどう思う」

庄右衛門が訊く。

「一日一坪掘れる力量がある者に掘り土の運搬をさせるのは勿体ない。ここは鬼五が申したように掘り方と運搬方の二つに分けた方が普請は捗るのでは」

「掘り方は腕っ節の強ぇ若けぇ者。運搬方は年寄りや女、童でも能うんじゃねぇか」

ぎょろ目がすかさず言い添える。この男の名は権造、清右衛門とさして歳は違わない。悪相に近い顔をしているが、彼が暮らす長屋のおかみさん連中にはすこぶる評判がいい。古い長屋はあちこちに傷みが多いもので、それを権造が無償で直してくれるからである。

「わたしもそのように考えている。さて話はここから本題に入る。二日間の試掘でわかったことは、長さ十間の上水堀を作るに最適な掘り方人足数は十三人。それと別個に七人の土運搬人足を加える、ということだ。上水堀を十間作るのにこの編成でわれらがやっても二日かかる。おそらく百姓や杣人

がやるとなれば三日はかかるだろう。つまり三日で上水堀十間（十八メートル）が仕上がることになる。と言うことは一日で三間二尺（六メートル）の仕上がりだ。羽村から四谷大木戸までの上水堀の里程は二万三千間余（約四十二キロメートル）。つまり掘り方人足十三人と土運搬人足七人が一組となって、羽村から四谷大木戸までの上水堀を作りあげるには七千百七十日、つまり二十一年ほどかかることになる」

「なんと二十一年もかかるのか」

権造が大きく目を剥（む）いた。

「御上（おかみ）は羽村から四谷大木戸までの上水堀普請を一年かからずに終わらせよ、と申しているのだな」

弥兵衛は驚いた様子もなく庄右衛門に質した。

「今年の十月末までに仕上げよ、と命じられている」

「今は三月下旬。普請を四月半ばから始めて十月末となれば、普請日数は二百日を切ることになる」

「いや二百数十日はある。今年は閏年（うるうどし）で六月が二回ある」

庄右衛門が言う。

「すると四月が十五日。五月、六月、閏六月、七月、八月、九月そして十月が各三十日ということだな」

弥兵衛が念を押す。

「ということになる。二百二十日ほどだ」

「七千百七十日とは随分の隔たりがあるな」

弥兵衛は穏やかな口調で続ける。

「七千余日を二百二十日ほどに縮めることなど能わぬぞ」

ひげ面の鬼五郎は驚いた態（てい）だ。

「坊（ぼん）、七千百七十日は二百二十日の何倍に当たるのか」

先代亡き後親代わりとなった弥兵衛は庄右衛門を〈坊〉、清右衛門を〈清どん〉と呼んでいる。

庄右衛門は心得顔に膝元に置いた算盤（そろばん）を手に取ると玉をはじいて、

「およそ三十三倍か」

瞬時に答えた。

「では十三人の三十二倍は」

これも庄右衛門は算盤で苦もなく、

「四百三十人」

とはじき出した。

「それと七人の三十二倍は」

「二百三十人ほど」

「掘り方人足十三人と土運搬人足七人のひと組で上水堀を羽村から四谷大木戸まで作るとすれば七千百七十日かかる。しかるに、この組を三十三組に増やせば二百二十日で終わらせることが叶う。そうではないか」

「それしか工期内に終わらせる術（すべ）はない。ともかく掘り方人足四百三十人以上、土運搬方も二百三十人以上の人足を是が非でも集めねばならぬ」

庄右衛門は自分（おのれ）に言い聞かせるように告げる。

「七百人弱もの人足をオレら全員で使い回さねばならぬのか」

そんなことはできない、というように鬼五郎が首を横に振る。

「全員ではない。弥兵爺と清右衛は普請全般に目を配ってもらう。となれば十九人で七百六十人ほどの人足を指揮し監督してもらうことになる」

「頭（かしら）、何人がオレの手下（てか）になるんですか」

宗助が訊く。

「四十人だ」

庄右衛門が即答する。

「頭が近江屋三十人を束ねるのさえ手を焼いているのに、四十人もの人足をオレは使いこなせるのか心許（こころもと）ねぇ」

いかにも不安げな宗助の顔。

「心許なかったら弥兵爺や鬼五、権造らに与力してもらえ」

宗助、丑次郎、三太らは近江屋に雇われて二年ほどしか経っていない。それゆえ人足としての経験が浅い。彼らは弥兵衛や鬼五郎に命じられて土を掘り、石を動かし、木材を運ぶ。近江屋では下っ端人足である。それがいきなり四十人もの人足を指導監督する側に立つ。心細いのは当たり前だった。

「もう一つ難題がある。清右衛、わかるか」

「またオレか。なら言ってやる。普請は上水堀だけじゃねぇ。取水口備（施設）の普請とその備に多摩川の水を導く堤や堰を川ん中に作らなくちゃならねぇ。その人足が三百人ほど。宗助、丑、それに三太、手前らはそいつらも使い回さなくちゃならねぇんだぞ」

宗助ら若者は恐ろしい声を聴いたように震え上がった。それを見て清右衛門は、

「びびるこたぁねぇ。弥兵爺やオレらがついている。これは戦だ。さしずめ、おまえらは足軽大将だ。足軽大将がびびっているようじゃ、戦にゃ勝てねぇ。これから十月末まで、一日の休みもねぇ戦が始まるぞ。褌を締め直してオレたちの後についてこい」

天性の明るさとでもいうのか、はたまたものごとをくよく考えないとでもいうのか清右衛門の意気は高い。宗助らは緊張した面持ちで清右衛門を見入るばかりだった。

第二章　鍬入（くわいれ）の儀

（一）

承応二年（一六五三）四月四日（新暦五月一日）、卯の刻（午前六時）、羽村の崖下を流れる多摩川左岸沿いの段丘面（河岸段丘の最下段の平地）に五十人ほどが参集していた。

顔ぶれは関東郡代伊奈半十郎忠治（ただはる）とその息忠克（ただかつ）、武蔵野代官小田中正隆、近江屋兄弟、羽村の名主加藤徳右衛門、それに多摩川上流域に点在する集落の名主ら十数名と近江屋の組の者らである。

まだ夜は明けきっていなかったが、それでもお互いの顔を判別できるほどの微光が平地に届いていた。

床几（しょうぎ）（携帯用椅子）に腰掛けた伊奈忠治の前に、背丈ほどの高さの円錐状の砂山が作ってある。

その砂山のとなりには白木で作った台が置かれ、上に赤飯を山盛りした平桶四枚と酒二樽、肴（さかな）をうずたかく盛った盆三十枚などが並んでいる。

そして参列者の一団を近在の集落から集まった百姓ら二百人ほどが遠巻きにしている。

東の空が白みはじめた。

郡代伊奈忠治は段丘の稜線が金色に輝きはじめるのを見届けると床几を立ち、傍（かたえ）に置いてある赤色の絹弦を張った弓を手に取った。すかさず近江屋庄右衛門が進み出て、三本の白羽の矢を捧げ持つ。忠治は一礼して矢を受け取ると弓につがえ、一呼吸おいて弦を引きしぼると丑寅（うしとら）（北東）の方角に向けて次々に射た。

三本の矢は弧を描いて河岸段丘の斜面を覆う藪に消えた。

それを見届けた忠治は踵（きびす）を返して、白砂で築いた小山の前に進んだ。

庄右衛門が鍬（くわ）を頭上に掲げて忠治に従う。鍬の柄（え）には紅白の布が巻いてある。庄右衛門は鍬を忠治にうやうやしく捧げる。

忠治は無言で鍬を受け取ると、砂山に向かってくぐもった声で何事かを告げた。しかし、その声はあまりに小さかったので参列者には聞き取れなかった。

それから忠治は砂山に三歩ほど近づき、深く頭（こうべ）を垂れる。参列者が忠治に見習って等しく砂山に頭をさげた。

忠治は頭をあげるとさらに一歩近づき、鍬を振りあげ砂山に軽く振り下ろした。それを三度繰り返した忠治は鍬を傍（かたえ）に置いて参列者に顔を向けた。

「本日、四月四日をもって徳川四代将軍家綱公の御名のもと、ここ羽村から玉川上水の普請をはじめる。なお将軍の名代として上水総奉行に老中松平伊豆守さま、その総奉行を支える水道奉行に江戸南町奉行神尾備前守元勝どの、それに郡代であるこの伊奈半十郎忠治が就くことになった。また普請は近江屋庄右衛門並びに清右衛門が請け負う。近江屋の普請に努めて与力することを、ここに参集した名主らへお願いする。とは申せ、普請の粗々がわからなければ与力のしようもないであろうから、これから近江屋庄右衛門に普請の大略を手短に話してもらうので謹聴するよう」

忠治はそう告げて砂山から元の席に戻り床几に腰掛けた。

「関東郡代伊奈さまによって、とどこおりなく鍬入の儀は終わりました。羽村の加藤徳右衛門さまのご配慮には近江屋総勢二十二名が十日前にこの地に到着して以来、今日まで仮小屋の築造、朝夕餉等へのご配慮、さらに鍬入の儀の下準備に特段のお力添えをいただいたことに深く謝意を表します。また本日早朝にもかかわらず参列いただいた各集落の名主どの、特に砂川村、小川村の名主どの、それに青梅のさらに奥、和田村の名主どのは、おそらく真夜中にご自宅を発たれたに相違なく、そのご足労に恐縮しております」

小川村から羽村までは三里強（十二・七キロ）、和田村からではそれ以上の里程である。鍬入の儀がはじまる卯の刻（午前六時）に間に合うには丑の刻（午前二時）より前に自邸を出なくてはならない。ほかの集落の名主らもそれに似た時刻に自邸を出立したに違いなかった。

そうした苦労をしてまで列席したのは、関東郡代の命に従わざるを得なかったからである。しかし、それにもまして名主らひとり一人にとって玉川上水普請は大きな関心事であったのだ。

——名主の方々の与力（協力）と理解なくしてこの普請は一寸も前に進まない、そのことを肝に命じて、彼らに玉川上水の普請目的とその概略をわかりやすく伝えることが、わたしの役目。将軍家綱さま下での御普請である、などと威張りくさった物言いでは彼らの反感を買うだけ、あくまでも与力を仰ぐという立ち位置を念頭に話そう――

名主らの顔を見渡しながら庄右衛門はそう思った。

「上水普請のあらましをお伝えします前に江戸の水事情についてお話いたします。今から二十年ほど前、江戸に住まっていた人々の数は三十万人ほどでした。その三十余万人の飲み水は神田上水と溜め池上水と呼んでいる二つの上水に頼っておりました。今、江戸に住まう者は七十万ほどにもふくれあがりました。ところが飲み水の供給は依然として神田上水、溜め池上水の二つのまま。それでは七十余万の喉を潤すことは能いませぬ。いま、御府内では水騒動も起きております。これを憂えた新将軍徳川家綱公は、新たな上水を江戸に引くことをお決めになりました。それが此度の玉川上水です」

「わしは江戸府内に行ったことが一度しかない。神田上水とか溜め池上水などと言われても上水の大きさも長さもわからぬ。もちっと二つの上水のこと詳しく話してくだされ」

和田村の名主、小川佳之輔（よしのすけ）が頼んだ。

「これはうかつでした。江戸が飲み水に困窮していることはご存じなのですな」

「むろん存じております。わたしには七十余万もの人が住まう府内など思い描くことも能いませぬ。しかしながら、方々の喉を潤しているのが井戸でなく上水で賄われていることは知っております。今、飲み水が足りないのなら神田上水と溜め池上水の水量を増やす算段をして供すれば、なにも新しい上水など作らなくともよいのでは」

「その疑念はごもっとも。しかしながら神田上水の源は井の頭という池。池からの湧水ですので水量を増やすことは能いませぬ。また溜め池上水ですが、これは江戸城の南に位置する虎ノ門と申す辺りに大きな窪地、その窪地から水が湧き出しております。そこで窪地を堰き止めて溜め池となし、この水を御城内に引き込んで、お城の飲み水としております。窪地から湧き出す水の量も多くはありませぬ。それゆえに新しい水源を持つ上水を江戸に引かねばならぬのです」

「そうだと言って、このような遠地からわざわざ上水を引かなくとも府内で井戸を掘れば飲み水に供すること能うのではありませぬか」

列席者のひとりが訊いた。

「江戸には多くの井戸が掘られておりますが、その水はことごとく塩辛くて飲めませぬ。なにせ御府内は江戸湾に面しており、町家や武家屋敷の一部は海の浅瀬を埋め立てた地に建っております」

庄右衛門はおだやかに応じ、

「先を続けますが、話の途中で疑念が湧くようでしたら、どうか遠慮なくご質問くださりませ」

と列席者を見まわし、

「では引き続き玉川上水の概要を述べさせていただきます。本普請ではここ羽村に多摩川の水を取り入れる備（施設）を作ります。取り入れた水を流す溝、すなわち上水堀を羽村、小作、福生、熊川、拝島、砂川、小川などの集落の近傍を掘り割ってゆきます。本日、御参集してくだされた方々は小川村まで。小川村以東、四谷大木戸までの上水堀の経路についてはここでは省かせていただきます」

と続けた。

「わしは小川の名主だ。省かずに玉川上水の全容を教えてほしい」

小川村の名主にとってはその先の経路は他人事ではない。

「わかりました。小川村から先ですが、上水堀の経路は東へと掘り進んで田無村、上保谷村、関前村、西久保村、そこから経路の進路をやや南西に変えて牟礼村、久我山村、さらに久我山村から半里（二キロ）ほど先の高井戸宿まで作り進みます。この高井戸宿で上水堀を甲州街道に沿って掘っていきます。甲州街道沿いを高井戸、和泉村、代田村、下北沢村、幡ケ谷村、代々木村、角筈村、千駄ケ谷村と掘り進んで上水受け口所を作る四谷大木戸が終点となります。なおこれはまだ確定した経路とは言えませぬ。思わぬ障害が出てくることも考えられますので、この場で断定は能いませぬ。しかしながら上水堀の経路がどのように変わろうとも入り口は羽村、到達口は四谷大木戸。そしてその里程は十里余（約四十二キロ）です」

「江戸市中にも上水堀を掘り巡らすのではないか」

小川村の名主が重ねて訊く。

「いえ、四谷大木戸から先の御府内は上水堀の代わりに木製の樋を埋め込んで、そこに多摩川の水を通します」

「木の樋を地中に埋め込む？」

「堀の代わりに木樋を道に埋設します」

「堀ではないのか」

小川村の名主は呟いて、それ以上の問いかけはしなかった。

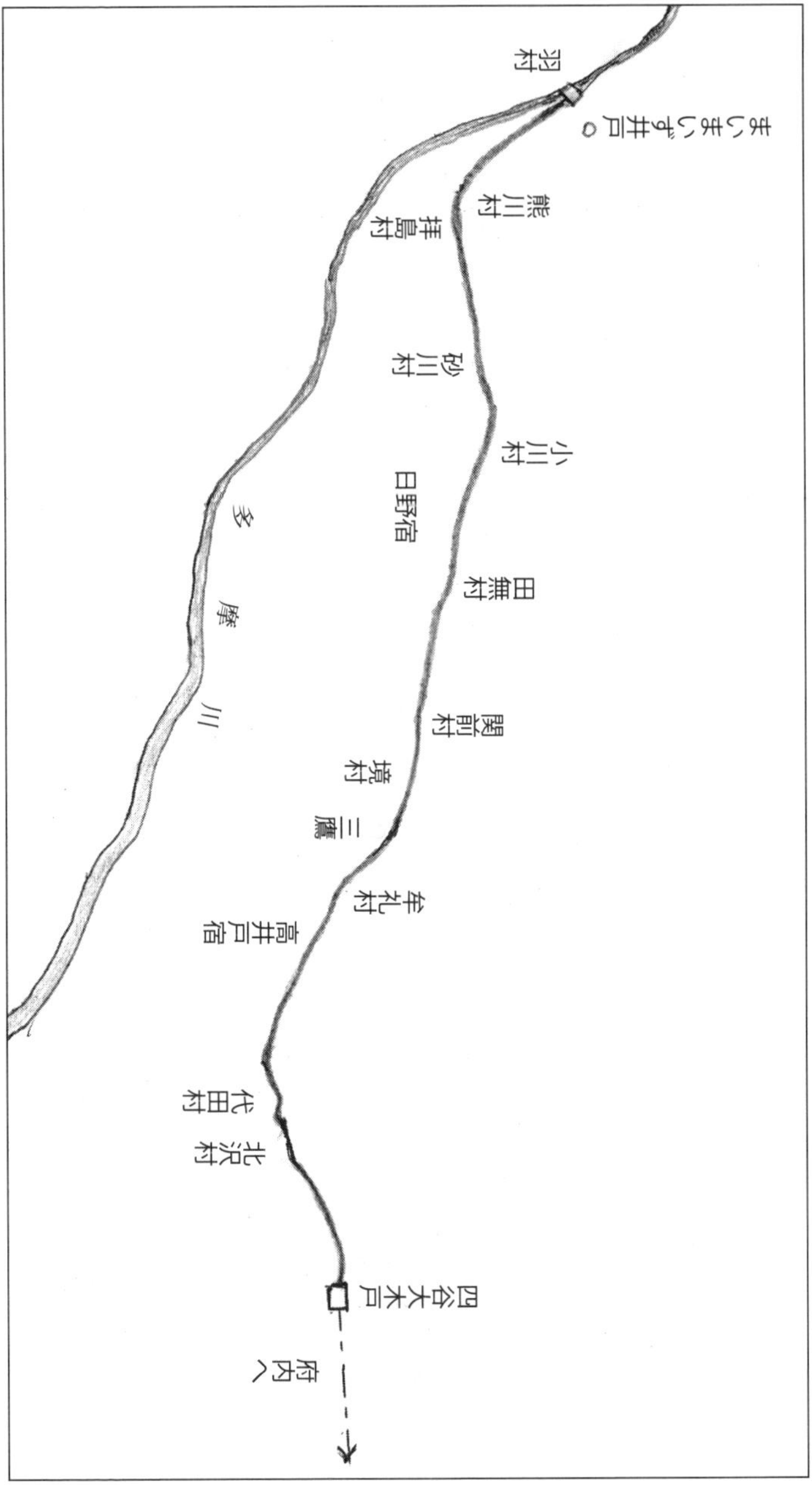

羽村
まいまいず井戸
熊川村
拝島村
砂川村
小川村
日野宿
多摩川
田無村
関前村
境村
三鷹
牟礼村
高井戸宿
代田村
北沢村
四谷大木戸
府内へ

図—2　上水堀経路図

木樋のことをもっと詳しく話さなければならないかも、と庄右衛門は思っていたのだが、ほかの誰からも木樋についての質問はなかった。おそらく江戸府内のことなど、ここに参集した名主らには、はるか遠い地のことで微にいり細にわたって訊く必要もなかったのであろう。

「先ほど多摩川の水を取り入れる備（取水口施設）を羽村に作ると申されたが、そうなると川中に河水を取り込めるような仕掛けを作るのでは」

和田村の名主、小川佳之輔が訊いた。佳之輔は歳の頃五十路半ばと思われる恰幅のよい男である。

「備に河水を導くため堰や堤を作ります」

「和田村は多摩川を挟んだ集落で、両岸に杣山があります。そこから木を切り出して一本一本を多摩川に流し、青梅の千ヶ瀬という川岸でこれらを取り集め、小さな筏に組みます。その筏をこの地、羽村まで流します。羽村では加藤徳右衛門どのらの力添えで、大きな筏に組み直します。組み直した大筏を五つ六つ連ね、乗り子（筏師）によって多摩川を三日から四日かけて下り、六郷の河口まで運びます。羽村の川中に堤や堰が築かれれば、筏を組み直すことも下流に流すことも能わなくなりましょう。そうなればわたしらの生計の途は断たれることになります」

口調は穏やかであるが顔にはありありと不安と困惑の色が出ていた。

余談であるが、後世、和田村は多摩川北岸（左岸）と南岸（右岸）のふたつの村に分かれる。北岸の陽当たりのよい地区は〈日向和田村〉、南に山があるため陽当たりがよくない地区は〈日影和田村〉と称するようになる。

「まだ堰や堤の形、大きさ、長さ、さらには川中のどこに築くのかは決まっておりませぬ」

「ならば筏流しに支障のないように御配慮願います」

佳之輔は庄右衛門にというより郡代の伊奈忠治に向かって頼んだ。

「砂川村の者だが、わが村は名の通り砂地で水源に乏しい。それゆえ畑を作ることもままならず、村の周囲は茅やススキが伸び放題。そこで近江屋さんにお願いするのだが、この荒れ地に玉川上水の水を少しばかり分けていただける算段をしてほしい」

庄右衛門は困惑する。名主らの質問はもっと些末な、たとえば掘割りをどのように作るのか、上水堀の形状は、とか掘った土をどうするのか等々を想定していたからだ。ところが参集者の関心は工事の概要もさることながら、集落の生活に直結する上水のあり方そのものに関する事柄であって、それは工事を請け負う庄右衛門に答えられるようなものではなかった。

庄右衛門は過日、徳右衛門が、

――それにしても近江屋さんは大変な普請を請け負ったものですな――

と告げたひと言はこういうことだったのか、とあらためて知ることとなった。

砂川村の名主のこの問い掛けは熊川、拝島、小川の名主らも同じ考えであったのか等しく庄右衛門の答えを待つ。

「この普請は江戸四谷大木戸に向けて一本の上水堀を掘り進めていくだけでございます」

そう答えるしかなかった。そしてそれはまた事実でもあった。

「御府内が飲み水に困窮しているのはわかる。同じように武蔵野に住むわたしどもも水は喉から手が出るほど欲しい。ご存じのように武蔵野は茅ススキなどに覆われた荒れ野。川もなければ湧水もほとんどない。玉川上水が引けた暁にはその一部の河水を荒れ野に引いて開墾すれば武蔵野は豊かな田畑の地に生まれ変わる」

小川村の名主の言にほかの名主らは大きく頷く。

「近江屋は、ただただ江戸に向かって、武蔵野に上水堀を作っていくだけでございます」

庄右衛門には同じ答えを繰り返すしかなかった。

「近江屋さんが答えられぬのであれば、郡代さまがお答えしてくだされ」

参集者の視線がすべて伊奈忠治に注がれる。忠治は床几から立つと、

「この地、すなわち武蔵野は天領。天領に住まう者らは江戸に住まうも同じ。となれば隣人同士。方々はまず隣人である府内の民の水窮乏に手を差し伸べてほしい。江戸の水不足が此度の玉川上水によって解消すれば、自ずと武蔵野への分水も考えられるようになるであろう」

為政者が民の要望に応じることができない時、民がどうにでも受け取れるような玉虫色の答弁に終始するのは昔も今も変わりはない。

江戸府内に住む人々と武蔵野に住む人々は、同じ徳川家の治める地であるから隣人である。だから隣人の窮乏を救うのは当然、と述べる忠治の言い草は一見、正論のように聞く者には思えた。しかし〈江戸の水不足が此度の玉川上水によって解消すれば、自ずと武蔵野への分水も考えられるようになる〉と述べた忠治の言を名主らはどう解釈してよいのか迷った。

「考えられるようになるとはいかなることでしょうか」

小川の名主が首をひねりながら訊くのは、ほかの名主らからすれば当然のことと思えた。

「玉川上水の河水が江戸府内に届いた後、考えられる、そういうことだ」

「考えられる、それが今ひとつわたしにはわかりませぬ。事をわけてお話してくださりませ」

「玉川上水の普請は本日、鍬入の儀が終わったばかり。まだその緒に就いてもおらぬ。分水がどうのこうのと論ずるのは時期尚早である、と申しているのだ」

「では玉川上水の普請が終わった暁に、武蔵野へ分水していただける、そう思ってよろしいのですな」

「だから〈考えられる〉と申しておるのだ」

忠治は苦々しげに口をゆがめる。

「その考えられる、と申される郡代さまのお言葉が今ひとつわたしどもには胃の腑に落ちないのでございます」

「上水の普請が終われば幕府は分水のことを取り上げてくださるであろう」

「取り上げて分水をしてくださるのですな」

「それはこの郡代の力の及ぶところではない。御老中方がお決めになること。ともかく玉川上水を一日も早く完成させることが分水に繋がる早道である」

「玉川上水の普請はいつ終わるのでしょうか」

拝島の名主が訊く。

「およそ二年」

「つまりは二年もの間、わたしらは分水の恩恵を受けられるか否か、わからぬままで玉川上水普請に与力せねばならんことになりますのか」

「二年後に玉川上水が竣工しているとは言い切れぬ。先のことは見通せぬと申しているのだ」

「そのような覚束ない普請ではわしらの与力にも力が入りませぬ」

拝島の名主の言い分に参集者の多くが首をかすかに上下に振る。

「力が入らぬとはどういう了見だ」

いままで黙って聞いていた武蔵野代官小田中正隆が荒げた声で問うた。

関東郡代と武蔵野代官は上司と下司の関係にある。

郡代の役目は天領（幕府直轄地）を統治すること。すなわち天領の訴訟、民政、年貢取り立てなどを将軍に代わって行う。

承応期、天領の総計は六百八十万余石ほどである。この領地を四つに分けて四人の郡代が統治している。

その四つとは関東、美濃、飛騨、西国（九州）である。

郡代の許には多くの代官が配属され手足となって役務に専念する仕組みになっている。四人の郡代に配属された代官の数は総計で五十名ほど。したがって郡代ひとりに十人以上の代官が配属されている。

関東郡代は天領のうち関東すなわち武蔵、相模、安房、上総、下総、上野の六か国を幕府より任されている。六か国の総石高は百万石を超える。当時石高の最も高い藩は百万石の金沢藩である。それに等しい天領を伊奈郡代が統治しているのだが、伊奈半十郎忠治の俸禄は一万石にも満たない。そこが国持ち大名と郡代の大きな違いである。

小田中正隆は忠治の補佐役として武蔵国、武蔵野一帯を差配している代官である。

小田中代官の強い語調に拝島の名主はひるんだのか肩をすぼめ、口をつぐんだ。すると小川村の名主が、

「ここに参列したわたしどもは郡代さまの申しわたしに能うるかぎりの与力を惜しみませぬ。しかしながら、わたしどもの与力など高がしれたもの。普請を為し遂げるには村民の与力があってこそ。その村民らに、わたしらが与力せよ、と頼んでも見返りがなければ、力の入った与力は得られませぬ」

拝島の名主に代わって言い返した。

「見返りが分水だと申すか」

「小田中さまは武蔵野の代官ゆえ、武蔵野に住まう者がいかに水をほしがっているか、よくご存じのはず。先ほども申し上げましたように分水が叶えば、わたしどもは今よりはるかに多い年貢米を御上にお渡しできます。それは小田中さまばかりでなく幕府にとっても好ましいことではありませぬのか」

荒地が田畑に変われば、そこから収穫された米麦の四割は幕府の懐に入る。

小川村の名主の理にかなった言い分に、小田中は口をへの字に曲げて忠治にすがるような目を向けた。

「先ほど近江屋が申したように江戸府内の飲み水困窮はその極に達している。それを一日も早く解消

するために玉川上水を作るのだ。武蔵野に分水するためではない」

「そのことわたしら名主は十分に承知しております。承知したうえでわたしらは玉川上水のほんの一部をお裾分けしてほしい、そう申しているのです」

肩を落としていた拝島の名主は息を吹き返したように強い語調である。

「わしとて玉川上水の水を武蔵野に引き、荒れた地を開墾して田畑に変えたいと思っておる。そうだからと申して今、この節で幕府に『玉川上水を分水して武蔵野の荒れ野に流し込みたいので取りはからってほしい』などと申し立てても『江戸にまだ上水が届きもせぬうちから、そのような先取りした要望を持ち込んでくるとは何事か』と一蹴されるのは火を見るより明らか。それどころか『江戸の飲み水困窮にこと寄せて分水などと申し立てるとは不埒、そのような名主はただちに替えてしまえ』と言われるかもしれぬ。そうなれば、わしはおぬしらを名主の座からおろさねばならなくなる。それゆえこの伊奈は〈考えられる〉などと言葉を濁したのじゃ。わしをそう困らすようなことはしないでくれ」

しないでくれ、と名主らに訴えかけた忠治の表情は言葉ほどに困っているようには見えなかった。

忠治は幕府が寛永十八年（一六四二）に創設した郡代という役職の初代として任命された。忠治五十歳の時である。

そもそも伊奈家は室町期、足利将軍に仕え、信州伊那谷の熊蔵（くまくら）城を預かった武将を祖とする。伊奈を名乗ったのは伊那谷に由来する。

忠治は温厚で人柄もよく、労を惜しまず天領内（武蔵、相模、安房、上総、下総、上野）を巡国して領民の話を聴き、彼らの意見を吸い上げて施政に活かしている。それを知っている天領内の住人からは信頼され親しみをもって受け入れられていた。

彼らが各々の村落を束ねていられるのは郡代伊奈半十郎忠治が彼らを村落の名主として任命したからである。名主らは租税を免除されているかわり、郡代に協力しなければならない義務を負ってもいるのだ。

「分水のことはいずれ折をみて、御老中に願い出ることにする。この玉川上水普請の総奉行は老中松平伊豆守信綱さま。知恵伊豆と呼ばれる信綱さまなれば、必ずや皆が得心するように取りはからってくださるであろう。しかしながらそれは今ではない。今はまず玉川上水の普請に名主らが心を一にして与力する、そのことに心がけてくれ」

諭すがごとくの忠治に名主らは口をつぐむしかなかった。

「話を先に進ませていただきます」

庄右衛門が忠治のあとを引き取るようにして言った。名主らは再び庄右衛門に顔を向ける。

「まずお願いしたき儀は玉川上水の普請に従事する方々、すなわち人足を各集落で募ってほしいのです」

庄右衛門はやっと普請の本題に入れたことに安堵しながら頼んだ。

「人足と申してもさまざま。此度の普請ではなにをするのか話してもらわなければ集めようもない」

青梅の名主、曽川寿三郎が言う。

「上水堀の形は幅二間（三・六メートル）深さ一間半（二・七メートル）が見当でございます。この堀を羽村から四谷大木戸まで掘り進みます。ですから人足の業（仕事）は武蔵野の大地を鋤鍬で掘り下げること。また掘った土を上水堀の外に運び出すこと」

「鋤鍬を持てる者ならだれでもよい、そういうことですかな」

「そればかりでなく杣人にも声をかけてくだされ」

〈杣人〉とは杉や檜を山から切り出し、運び出す〈樵〉のことである。

「はて、杣人が与力してくれますかどうか。筏流しの諸々を考えると杣人に声をかけても応じてくれるかどうか」

和田村の名主小川佳之輔が難しい顔をする。

「ともかく一度声掛けをしてみてくだされ」

庄右衛門はそう言うしかなかった。

「羽村近在の者ならば、毎日普請場に通えるが、砂川やわたしが差配する小川からでは遠すぎて普請場まで通うことなど能わぬ」

「普請場近くに人足小屋を用意します。通えぬ方々は人足小屋に泊まっていただきます」

「三食の飯は自前か」

砂川の名主が訊く。

「自炊したい者はそうしていただき、賄いを望む者はこちらで三食を用意します。ただし三食の代金は日雇賃から差し引きます」

「その日雇賃だが、幾らもらえるのか」

羽村の名主、徳右衛門が訊いた。

「掘り方人足には二十五文、掘り土を運ぶ人足には二十文、そのほかの雑用を担う者は十五文をお支払いします」

「江戸府内の人足の日雇賃はたしか三十五文くらいではなかったか。それに比べて十文も安いのはおかしいのではないか」

と徳右衛門。

「府内では三十五文が相場です。しかしながら府内から遠く離れた武州羽村では二十五文でも決して安いとは思えませぬ」

江戸では普請（土木事業）が盛んである。そのため人足の数が足りなくなることもしばしばであった。そうしたことから日雇賃を高くしないと人足が集まらない、という特殊な事情があった。

「近江屋さんがそう申すなら仕方ありませんな。その言い値で村の衆を募ってみましょう。ところで掘り土を運ぶ人足の日雇賃を二十文にしたのはなぜですかな。わたしの思うところを申せば、土を掘る人、それを運ぶ人と分けることなど無用に思うのですが。すなわち掘るのも掘った土を運ぶのもひとりの人足でやるのが当たり前と思うのですが」

「いいえ、きっちりと分けます。土を掘る人は掘ることに、また運ぶ人は運ぶことに専念してもらいます」

「なぜそのように分けるのか」

徳右衛門は、人足の日雇賃に差がでることで掘り方と運び方の間で諍いが起こるのではないか、という疑念を持った。

「集落の多くの方々に与力してほしいからでございます」

「多くの人？」

「ここにお集まりの皆さまは『人足』と聞いてどのような方を思い浮かべましょうか」

「腕っ節が強く、汗くさく、むさい男ども」

出席者のひとりが応じる。

「そのような方々だけの与力で羽村から四谷大木戸まで、上水堀を一年かからずに掘り割るのは難しゅうございます。筋骨がたくましくなくとも普請に与力したい者が居るならば、その方々にもお願いしたい、そう思って土掘り人足より体力の要らない掘り土運搬、さらに人足の朝夕の賄い、現場の整理、水汲み、食べ物の調達、人足らの衣服の繕いや洗濯等々の雑業を担う女や子供も募ってほしいのです。日雇賃はその業（業務）に見合った額を支払うもの、それが決まりでございます。それゆえ二十五文、二十文、十五文とそれぞれの業（職種）に応じた日雇賃を決めさせていただきました」

武州羽村近郷の集落では大きな普請（土木工事）など滅多にない。時たま青梅道（後の青梅街道）の補修普請があるくらいで、集落の人々は農林業が主で現金を手にする機会は稀であった。それが働きたいと思った者は歳や性別に関わりなく働ける、そのことに名主らは今までの道普請などと違った新しさを感じた。

「ともかく村民に声掛けしてみます。そこでお訊きしますがこの普請では何人を集めて欲しいのでしょうか」

徳右衛門が参列した名主らの思いを代弁する形で訊いた。

「掘り方四百五十人、土運搬方二百五十人、川に入って堰や堤を作る人足三百人、それに雑用を担う女性（にょしょう）や童、老人およそ百人」

「なんとなんと、総勢千百人にもなるのですか」

徳右衛門が驚きの声をあげる。

そのはずで多摩川流域では一村の人口が千人を超えるような集落は見あたらなかったのだから。

名主らはこの人数を聞いて、あらためて玉川上水普請の規模の大きさを思い知った。

（二）

鍬入の儀を執り行った郡代伊奈忠治は足立郡赤山の館に戻らず、羽村の地に多摩川の河水を取り込む備（設備）すなわち取水口築造の指揮に当たることとなった。

そのために忠治は羽村の名主、加藤徳右衛門に前もって宿泊所としての仮の陣屋を建てるための木材を用意をしておくよう命じたことは前に記した。

陣屋は鍬入の儀が行われた前日、すなわち四月三日までに小田中代官の手の者たちで作り終えていた。

仮陣屋は羽村集落にほど近い多摩川左岸の川に突き出た小高い丘に建てられた。そこからは眼下に多摩川の川筋が、また対岸には〈丸山〉と呼ぶ小山が手に取るように見える。鍬入の儀が終わったばかり、取水口の普請はすぐに始められるという状態ではなかった。忠治は〈しめた〉と心中でにんまりする。

五十歳で初代関東郡代となって足立郡の赤山に館を構えてから今日までの十年間、ほとんど役務から開放されたことはなかった。赤山の館では十日に一日ほどの休みを取ることになっていたが、家臣らはそうした決まりにお構いなく、雑事や難題を持ち込んでくる。ところがこの羽村の仮陣屋では家臣のだれひとり政の報告、相談を持ちかける者が居ないのだ。政はすべて嫡男の忠克に任せたからである。

開け放した部屋の床に坐し、多摩川の流路を見下ろす。瀬音が忠治の耳に心地よい。

庭先にいつの間にか人の姿があった。

「上水堀を作ることにしたんだな」

忠治には聞き覚えのある声だった。目を細めて声をかけた者を見た。

竹製の帽子を被り、鹿皮の筒袖の上衣と裁着袴をつけた姿は忠治が半年前に見た時のままだ。

「妙どのではないか」

忠治は細めた目を見開いて懐かしげに応じた。

半年前、すなわち承応元年（一六五二）秋、羽村の取水口から四谷大木戸に至る上水堀の築造経路を決めるため忠治は三十名の家臣を引き連れて羽村の名主、加藤徳右衛門の屋敷に数日宿泊した。その折り、羽村近辺の地形に詳しい者を案内人として雇った。

それが妙という娘だった。

本来なら妙の父である猪之助に案内人を頼むはずであったのだが、猪之助はあいにく病に伏せっていて、娘の妙が父親の代わりに案内人を勤めた。

猪之助に案内人を頼んだのはサチモンだからである。

サチモンとは猟師のことである。漢字で表記すれば〈幸者〉となる。『古事記』では獲物を捕る道具を〈幸〉と記している。古くは〈矢〉の霊力を〈幸〉と言った。これが転じて矢によって獣を捕る者を〈幸者〉と呼ぶようになったと思われる。

サチモンは野山に分け入り、鹿や山鳥などを捕獲して生計をたてている。したがって人が入らぬ山や野の地形に通じていた。

「立ったままでは話もできぬ。こちらに来て坐せ」

忠治の誘いに応じた妙は忠治と正対して坐した。

「尊父どのの病はいかがか」

「父は死んだ」

「それはご愁傷のことだ。薬石の効がなかったのだな」

「郡代さまより賜った小粒金（一分金）を懐に府中宿に出向き薬を買おうとした」

忠治は案内人を勤めた妙に過分の報酬を払った。それが小粒金である。小粒金は一両の四分の一である。一両は四千文であるから小粒金は千文に当たる。働き盛りの人足の日雇賃が三十五文ほどであるから小粒金をサチモンや百姓らが手にするようなことはまずなかった。

「薬は手に入ったのか」

「買えなかった」

「なぜだ。小粒金一粒でほとんどの薬は手に入るはず」

「薬を売る店の者に小粒金を見せると、『これは武家しか遣わぬ。この店は銅銭（文銭）でしか商(あきない)をしない。その小粒金はどこぞで拾ったのであろう。代官所に届け出てやる』そう申してワレから小粒金を取り上げ、店から追い出した」

「ワシからもらったのだと言わなかったのか」

「言った。そしたら『おまえのような者に郡代さまが小粒金を施すわけがない』と怒鳴った」

「それですごすごと引き下がったのか」

サチモンは集落の者と付き合わない。集落と離れた山間に隠れるようにして住んでいる。そうした生活環境からサチモンには様々な風聞が立つ。

たとえば武田や後北条の落ち武者が命長らえて隠れ住んだ、などの噂である。

猪之助がそうした素性の者だかどうかは不明であるが、母を早く亡くした妙を猪之助はサチモンとして育てた。サチモンは男の仕事。十八歳となった妙は小柄であるがサチモンが身にまとう鹿皮の上衣とこれもまた鹿皮で仕立てた裁着袴(たつつけばかま)を着けて竹製の笠をかぶると、どう見てもサチモンにしか見えなかった。否、笠を取った素顔を見ても、日に焼けて紅一つ口に指さぬ顔はサチモンのそれであった。

　そのうえ父親以外に接する者がいない妙の言葉付きは父と同じ男言葉である。

「すごすごとひきさがろうと思ったが、手が出た。気がついたら怒鳴った男が頬を手で押さえて店先で倒れていた」

「小粒金を取り戻したのか」

「店中が大騒ぎになって取り戻せなかった」

「それは惜しいことをしたな」

「郡代さまはワレが小粒金を遣えないことを知っていたのか」

「小判や小粒金の額が大きすぎて百姓や町人には遣い勝手が悪いことは確かだ。だが武家の間では小粒金を遣うのが当たり前だ」

「武士のことなどどうでもいい。小粒金をワレは遣えないのか」

「そのようなことはない。妙どのは、はり倒した男に騙されたのだ。一つ訊いてもよいか」

「なんだ」

「もし首尾よく小粒金で薬が買えていたら尊父の病は治ったと思うか」

「父（てて）は『オレの病は不治。薬湯などに頼るつもりはない』と常々申していた。だからワレが薬を持ち帰っても服用してくれなかっただろう」

「墓はあるのか」

「母を埋めた地に並べて葬った」

「ひとりで葬ったのか」

「手伝ってくれる誰が居るというのだ」

「菩提寺はないのか」

「サチモンに菩提寺はない」

「ここに参ったのは小粒金のことを申したかったからか」

「違う。母と父を葬った地を荒らしてほしくないのだ。普請を止めてくれ」

「それは能わぬ」

「人が住み暮らしていた地に勝手に入り込み、川を堰き止め、大地を引っ掻いて堀を作って、そこに住まう者たちの生活をめちゃめちゃにする。それが御上のやることか」

「妙どのに案内人を申しつけた折りにも話して聞かせたはずだが、この上水堀普請は江戸の民七十万が熱望している飲み水に供するため」

「だからワレらの生活などどうでもいい、というのか」

「そうは申しておらぬ」

「サチモンは獣を追って尾根を越え、谷を渡り武蔵野の荒れ野を駆けめぐる。その荒れ野の尾根沿いに上水堀を作れば今まで苦もなく行けた尾根向こうにどのようにして行けばいいのだ。それはワレだけでない。尾根は獣たちが通る道でもある。尾根向こうの獣はこちら側に、こちら側の獣は尾根向こうに行けなくなる。獣というものは」

「もうよい、それ以上のこと申すでない。尾根の向こう側とこちら側の行き来が能わぬのはサチモンや獣だけではない。そこに住む者らも同じ。そのこと関東郡代のわしが気づいていないとでも思っているのか」

「気づいているならなんとか手を打つのが関東郡代というものであろう」

還暦の忠治に十八になったばかりの妙が敬語も使わず、しかも男言葉で言い募る。それは一種異様な緊迫感があった。

――おそらく妙はよほどの覚悟を持ってわしへの直談判に及んだのであろう――

忠治は胸中でそう思いながらあらためて妙を見た。

竹で編んだ笠を目深にかぶり、俯く妙の顔の表情は定かでない。だが時折忠治に向ける目は一重の細長で、瞳は赤子の目のように碧く澄んでいる。

「尊父を亡くした今、誰と住んでいるのだ」

「ひとり」

「縁者は居らぬのか」

「居らぬ」

「サチモンの仲間を頼らぬのか」

「頼らぬ」

サチモンが生きていくには広大な原野を必要とする。獲物が少ないからだ。したがってほかのサチモンと同じ狩り場にならぬようにサチモン同士は遠く離れた地で暮らすことになる。

「これからどうするのだ」

「父は今際の際に、『おまえがひとりでも生きられるようにサチモンとして今日まで育ててきた。だからワシが死んでもひとりで生きていける』そう言った」

「ひとりで生きていけるのか」

「生きていくしかあるまい」

「寂しくないか」

「そのような愚かな問い掛けをなぜするのだ」

「寂しいのだな」

「ほかにどんな生き方がある」

「サチモンをやめてワシの付け人にならぬか」

「憐れみから言っているのであろうがまっぴらだ。武蔵野に上水堀を通すことは許さぬ」

「許さぬと言われても、この経路は幕府が決めたことだ。わしの一存で変えることなど能わぬ」

「ならば命をかけてやめさせるまでだ」

「本気で申しているのか」

「ワレが戯れを言ったことがあったか」

「そうであった。妙どのを案内人として、一月ほど雇った折、わしは一度も妙どのの戯れ言を聞いたことはなかった。だがの、本気だとしても今さら上水堀の経路を変えることに命をかけることはあるまい」

「郡代さまの館の庭に上水堀を通すとしたらなんとする」

「むろん反対はするが命をかけてまではせぬ」

「指をくわえて庭が荒らされるのを見ているのか」

「それで江戸の民、七十万の喉が潤うなら甘んじて目をつぶる」

「目をつぶっていれば、うまく収まる、そう思っているのだろう。だが、ワレは目をつぶることなどせぬ」

吐き捨てると妙は座を立って音も発てずに忠治の視界から消えた。

――まるで忍者のようだ。縁あって案内人として雇ったのだ。見捨てるわけにはいかんであろう。それにしても十八の女性(にょしょう)とは思えぬ言葉遣い、あれはなんとかならんものか――

忠治は多摩川を見下ろしながら呟いた。

（三）

鍬入の儀の翌日、庄右衛門は組の者を多摩川流域の村々に走らせ、各名主らと協力して玉川上水の普請に手を貸してくれるように触れ回った。

四月六日、各集落から人々が人足小屋を訪れた。

庄右衛門は弥兵衛と鬼五郎、それに弟の清右衛門に彼らの応対を頼んだ。

弥兵衛は先代から近江屋を支え続けている苦労人で人を見抜く眼力は人一倍優れている。

鬼五郎は名からして恐ろしげで姿形も名に恥じない。ところが声はまるで少女のように柔らかく暖かい。鬼五郎を見て恐れをなしていた相手は話しているうちになにやらほんのりとした親しみを持つ、なんとも不思議な男である。

それに反して清右衛門は目鼻立ちがきりっとして美丈夫。その顔に反して相手を口汚く罵（ののし）ることに躊躇せず、腹にたまったことは歯に衣（きぬ）着せずに口に出す。それゆえ喧嘩になることが多く、近江屋だけでなく組仲間（土木業界）からは煙たがられていた。とは言え嫌われてはいなかった。というのも喧嘩相手はいつも清右衛門より強い者たちばかりで、弱者には喧嘩をふっかけなかったからである。強い者とは時に武士であり、大店の主であり、また町を闊歩する小役人らである。

その三人が今で言う就労希望者面接官の役を担ったのである。

応募者は六十の老人から十歳を過ぎたばかりの童（わらべ）まで様々である。

庄右衛門からは、掘り方人足四百五十人、土運搬人足二百五十人、雑用を担う者百人を雇い入れよ、と申し渡されている。

掘り方は土に馴染んでいる百姓が向いている。繁忙期とあって応募者は思っていたより少ない。三百人ほどだ。しかも訪れた四半分は腰の曲がった老人でとても人足としては雇えない。

「二十五文の掘り方でオレを雇ってくれ」

初老の百姓が鬼五郎に懇願する。

「そのお歳じゃ無理」

「無理なこたぁねぇ。百姓は土を耕してなんぼのもんだ。歳はとっても掘り方は務まる」

老夫は胸を張って自分(おのれ)を大きく見せようとする。

「爺さんよ、来る日も来る日も一坪もの土を掘るんだよ」

顔に似合わぬやさしい声に老人は、

「若い頃は一坪なんざ、屁でもなかった」

「若い頃は、な。でも今はもう若くはないんだわさ」

「若くはねぇが今でも畑に出ている」

「そうか畑を耕しているのか」

「倅の奴が、鍬を持たせてくれねぇ。もっぱら草取りだ。だがわしゃ今でも鍬を持ちゃ、一坪の土は掘れる。雇ってくれねぇだんべぇか」

「ではこうしよう。雑用をしてもらうことにして一日十五文でどうかね」

「雑用？　なにをするんだんべぇか」

「人足小屋の掃除や厠(かわや)の汲み取りなど。雑用は人足などと違って朝が早いし夕方も遅くまで働かにゃならんが、掘り方から比べれば身体(からだ)はずんと楽だぞ」

「わしゃ青梅の奥の在。朝が早いんじゃ通いきれねぇ」

「だったら人足小屋で寝泊まりすりゃいい」

「朝夕の飯は？」

「それもこちらで用意するよ」

「そりゃあ、願ってもねぇこっちゃ。それで頼む」

「済まねぇが爺さん、人足小屋に泊まるには一日一文、それに朝夕の飯代として三文をいただくことになっているんだ。それでもいいか」

「するとわしの取り分は一日十一文。そりゃねんだんべ」

「どうしても銭がほしいんだろう」

「倅の世話にはなるべくなりたかねぇ。飯代はともかく人足小屋に泊まるのに宿賃を払えというのはあこぎじゃねぇのか。一文あれば孫に美味いもんの一つも買ってやれる」

こういう言葉に鬼五郎は弱いのだ。鬼五郎はどうしたものかと清右衛門を窺う。

「爺さん、人足小屋で寝泊まりするのは爺さんひとりじゃねぇ。爺さんだけ宿泊代を取らねってわけにいかねぇんだよ」

清右衛門が代わって応じた。

「ならば人足小屋の軒先を借りて寝ることにする。だから一文は勘弁してくれ」

「軒先になど寝られちゃ迷惑だ。不服ならお引き取り願おう」

清右衛門の素っ気ない対応に老夫は助けを求めるように鬼五郎に顔を向ける。

「青梅の奥に在すると申したが、ここまで来るには難儀をしただろう」

鬼五郎が労るように言った。

「夜明け前に和田ちゅうところを発ってここまで来た」

「足腰は達者なんだな。このまま戻るのか」

「戻る。このくれえの隔(へだて)(距離)を歩くのはなんでもねぇ」

「孫に美味いもんを食わせたいのだろう。十一文でもいいではないか。畑で草むしりをしていても一文にもならだろう」

鬼五郎の声はやさしい。腰を浮かせかけた老夫は、

「わかった、そうすんべぇ。でいつから来ればいいだんべぇか」

そのままの姿勢で頭をさげた。

「和田村の名主はたしか小川住之輔どのだったな。名主どのから報せてもらう」

老夫はちらりと清右衛門に恨み目を向けてから、そそくさと人足小屋を後にする。

その後ろ姿を見送りながら清右衛門は、

——おそらくこれから先も、この老夫のような者が〈働かせろ〉と押しかけてくるに違いない。それらの者に情を交えて雇っていたら雑用人足はよぼよぼの爺(じじい)で定員の百人に達してしまう。雑用方は働き盛りの女性や童を優先して雇いたい。鬼五の優しさなんぞは無用だ——

と胸中で呟く。

募集二日目で雑用方の百人は集まった。

翌日には土運搬方の二百五十人もその数に達した。

しかし掘り方は三百人ほどしか採用できなかった。募集員数は四百五十人である。

募集期間は四日間、あと一日を残すのみ。百五十人余が不足である。予想外のことだった。

四月九日（応募三日目）の夜、庄右衛門は清右衛門、弥兵衛、鬼五郎を呼んだ。

「掘り方が百五十人も足りない。これでは十月末までの上水堀の完成は覚束ない。掘り方人足の選定が厳し過ぎるのではないか」

庄右衛門は三人が、掘り方人足の採用条件を厳しくしたから三百人に留(とど)まったのではないか、と思っている。

「ことはさしせまっている」

弥兵衛が厳しい顔を庄右衛門に向けた。

「人足賃二十五文では集まらぬというのか」

庄右衛門はもっとも恐れていることを自らの口で言った。玉川上水の普請を六千両で請け負ったのは人足の日雇賃を二十五文と安く見積もったからである。この日雇賃を上げることになれば近江屋は大きな借金を背負わなければならない。

「そうではない」

弥兵衛が首を横に振る。

「では、なぜ集まらぬのだ」

「坊(ぼん)は掘り方の人足にどのような者が適していると考えているのか」

「弥兵爺(やへじい)と同じように多摩川流域の百姓と小作人ら。それに杣人、筏師、多摩川で漁をして命を繋いでいる漁師ら」

「雇いあげを決めた三百人はすべて百姓と小作人。杣人も筏師も漁師もひとりとして入っていない」

百姓はおのれの田畑を所有している者、小作人は百姓が所有する田畑を借りて生計を立てている者のことである。

「杣人や筏師をなぜ雇わなかったのだ」

「雇わなかったのではない。杣人はおろか筏師や漁師らはただのひとりもここに顔を見せなかったのだ。そうだれひとりも」

弥兵衛はことさら最後のひと言を強く言った。

「どういうことだ」

「此度の玉川上水の普請を止めようとしている者が居るということだ」

「これは新将軍徳川家綱さまの御名によって為される普請だぞ。それを妨(さまた)げる不埒な者など居るのか」

「あからさまに異を唱えるのは畏れ多いこと。しかし反対の意を表する術(すべ)は幾らでもある。その一つが普請に一切与力しないこと」

「つまりは杣人、筏師、漁師らがそうであると弥兵爺は申すのか」

「そうでも考えなければ彼らが誰ひとりとして応募しなかった理由(わけ)を解き明かせぬ」

「すると明日も彼らは誰ひとりとして、ここに顔を見せないということか」

「おそらくは」

「百五十人も足りない掘り方人足をどのようにして集めるか、普請を始める前からこのような難題にぶつかるとは」

　庄右衛門は頭を抱える。

「兄じゃ、そんなこたぁ、さしたることじゃねぇ。多摩川沿いにゃ小せぇ集落しかねぇ。そこで三百人もの掘り方人足を集めることが叶ったんだ。しかも運搬方、雑用方は断り切れねぇほどだ。まずはオレら三人に感謝の一言があっていいんじゃねぇか」

　清右衛門の声は明るい。

「感謝だと？　掘り方三百人では工期に間に合わぬ。遅れれば幕府のことだ、『延滞金を寄こせ』と言ってくるかもしれぬ」

「先のことなど考えたって百五十人の人足がどこからか降って湧いてくるわけもねぇ。まずはこの人数で普請を始めようじゃねぇか」

「坊、そうするしかなさそうですな」

　弥兵衛が言い添えた。

「始めることに吝かではない。だが足らぬ百五十人の手当を早急に考えねばならぬ」

「どうでしょう、江戸府内で人足を集めるのは」

　鬼五郎が口を入れた。

「ケチな兄じゃが首を縦に振るわけがねぇ。そうだろう、兄じゃ」

　清右衛門が被せるように言った。

庄右衛門は、ケチとはなんだ、と一喝してから、

「では鬼五に訊くが、江戸府内からの人足に日雇賃を幾ら払えばよいのだ」

と訊いた。

「そりゃ、府内相場の三十五文てぇことになるんじゃねぇでしょうか」

「そんな余分な銭はない」

庄右衛門が一蹴した。

「鬼五、考えてもみよ、府内から呼び寄せた人足に三十五文、ここで集めた人足には二十五文の日雇賃、これで普請場はうまくいくと思うか」

「……………」

鬼五郎は口をゆがめ、下を向く。

「そりゃ地元で雇った人足が臍を曲げるわな。そうなりゃ現場は収りがつかねぇ。そんなことは鬼五もわかって言ってるんだ。なあ鬼五」

清右衛門が庇う。

「ここはまず足らぬ百五十人をなんとしてでも二十五文で集めねばならぬ。さいわい、伊奈さまが羽村に御逗留なされている。坊、どうであろう、この窮状を伊奈さまに話してみれば」

弥兵衛が助言した。

翌日、庄右衛門は郡代の仮陣屋に赴き、人足応募の現状を話した後、

「なにかよい知恵をお授けくだされ」

と懇願した。

「杣人、筏師からの与力がないのはなぜなのか。庄右衛門にはわかるか」

「名主さまらに人足集めをお願いした際の口振りから察すれば、杣人や筏師は此度の玉川上水普請にあまり良い心根をもってはおらぬようです」

「筏を操る者らにとって多摩川の川中に堰や堤を作られたら、おちおち筏も流せなくなる。まあ杣人や筏師、その筏師らを牛耳る筏問屋の長らが快く思わぬのもわからぬではない。かと申して堤と堰を設けねば取水の備（取水口）に河水を導き入れることは能わぬ」

「双方が折り合う術はないのでしょうか」

「いずれは折り合う落としどころを見つけねばならぬ。しかし、それは今ではない」

「杣人らの与力を得られなければ足らぬ人足をどう集めるか、伊奈さまのお知恵をお借りしたいのですが」

「集まった人足の内訳はどうなっている」

「土運搬方人足二百五十人余、それに雑用方百人はなんとか集められました。しかし掘り方人足は三百人余しか揃えられませんでした」

「掘り方は何名を望んでいるのか」

「四百五十名ほど。これが集まらなければ上水堀を四谷大木戸まで一年で掘り割ることは能いませぬ」

「すると百五十人ほどが足らぬのだな」

「それればかりではありませぬ。これから取水口備とそれに伴う多摩川に設ける堤や堰の川普請を担う人足も雇わねばなりませぬ」

「わしの算出によれば川普請と取水口備に充てる人足はも少なくとも三百人は必要」

「してみるとこれから四百五十人ほどの人足を追加で集めなくてはなりませぬ。もはや近江屋の力ではこの四百五十名を集める力も知恵もありませぬ。ここは是非、関東郡代伊奈忠治さまのお力をお借りしたいのですが」

「今まで集めた人足らは多摩川沿岸に住む者と玉川上水堀が通る近くに住む者たち。そうした地区から再募集したとて詮なきこと。とすれば他の地の集落から人足を募らねばならぬ」

「他の地の集落と申しますと？」

「多摩川の支流沿いに散らばる集落のことだ」

「支流ですか？」

「多摩川には多くの川が流れ込んでいる。そのひとつに秋川がある。秋川はこの仮陣屋から見下ろせる多摩川の対岸の奥に見える丘陵（草花丘陵）のさらに先の地を東に向かって流れ、熊川で多摩川と合流する。むろんここからは見えぬが、秋川という名からわかるように、秋になると渓谷は紅葉に染まる清流だ。その沿岸にもこの多摩川と同じように水の恵みを得て、住み着いている集落が数多ある」

「その集落の方々から人足を募る、ということでしょうか」

「募ったとて応ずる者など居らぬであろう」

「やはり二十五文では安すぎますか」

「日雇賃の多寡ではない」

「ではなにゆえでございますか」

「彼らは今の生活にこと足りているからだ。二十五文はおろか三十五文出そうと四十文出そうと人足として加わりたい者は居らぬであろう」

「秋川筋に住み暮らす者は豊かなのですな」

「決して豊かではない。それが証には秋川筋からの納米（租税）は微々たるものだ。納米が少ないのは納める米麦の収穫が少ないことにほかならぬ。貧しくはあるが、彼らは足ることを知っている」

「それは多摩川筋にある集落の方々も同じではありませぬのか」

「かもしれぬが多摩川の水で育った者、秋川の水で育った者、両者の身過ぎ（生活）の様は異なるのだ」

「ではどのようにして人足を集めればよいのでしょうか」

「わが意に染まぬやり方ではあるが、武蔵野代官小田中に命じて秋川筋、それに上流の多摩川筋の集落から人足を出すよう命じておく」

「心染まぬやり方とは？」

「わしは秋川筋に幾つの集落があるのか知らぬ。しかし十や二十ではあるまい。その各々の集落から此度の玉川上水普請に加わるよう小田中を通じて命ずることにする。同じように上流部の多摩川筋の小さな集落にも命じる。そのようにして四百五十人ほどの者を集めさせる」

「そうしていただけるとありがたいのですが、その方々に支払う人足代は二十五文でよろしいのでしょうか」

「代官の命となればたとえ十文でも命に服さねばならぬ。それに従わぬ集落があれば、その名主を厳しく罰することになろう」

庄右衛門は困惑する。

玉川上水の普請を請け負ったのは近江屋である。請け負うとは普請の全てを近江屋の権限で行うということである。近江屋と人足の関係は日雇賃二十五文を支払うことで成立しているのだ。それに反して幕命によって集めた人足と近江屋の関係は二十五文によって成り立つのでなく、〈代官の命令に従う〉という支配する者と支配される者の関係で成り立つのだ。つまり秋川筋の人足は幕府を通して集めた者たち、すでに雇い入れた人足は近江屋が集めた者たち、という図式になる。そうなると多摩川筋と秋川筋の人足の間に諍いが起こるのではないか。

庄右衛門はそう思ったのだ。

「なにか不服でもあるのか」

忠治は自分（おのれ）が示した案に、うかぬ顔の庄右衛門へ咎めるような眼差しを向けた。

「不服などとんでもございませぬ」

近江屋の手で人足を集められない以上、忠治に頼るしかない。不平や不満を言える立場でないことを庄右衛門は今さらながらに思い知らされた。

「よろしくお願いいたします」

「早速府中に使いの者を出しておく」

代官小田中正隆は武蔵野を治めるに当たって、いくつかの番所を設けている。そのひとつが府中にある。今で言えば役所の支所に当たる。

「取水口備と堤、堰等の川普請の御指導はいつからいただけましょうか」

「いま、小助なるわしの家臣に普請図を描かせている。おっつけ描き終わるはずだ」

幕府から玉川上水に関する企画書を渡されているが、取水口備と河川内に設ける堤や堰の形状は簡略な絵図だけで詳細は示されていなかった。

企画書とは今で言う設計図書のことで工事の内容、図面、使用材料の数量明細、出来形、工期などを記載した書類一式のことである。

「何卒(なにとぞ)、川普請のこと、ご指導をお願いいたします」

庄右衛門は深く頭をさげて陣屋を辞した。

第三章　上水堀普請

（一）

承応二年（一六五三）四月十日、庄右衛門は組の者二十一人を集め、伊奈郡代との交渉事を話した後、

「そのようなわけで不足の掘り方人足はすぐには集まらぬ。そこで集まっている人足だけで上水堀の普請を明日より始める。清右衛、前準備は終わったか」

と訊いた。

庄右衛門は弟に上水堀を作る現場に木杭と割板で施工現場（工区）を作っておくよう頼んであった。

「弥兵爺とふたり、若え者（わけもん）を使い回して工区割りを済ませておいた。人足さえ揃えば、いつでも取っ（と）かかれるぜ」

「集めた掘り方人足は三百人ほどだったな」

「昨日、組の者をそれぞれの集落に走らせた。もうすぐここに掘り方人足や土運搬方人足らが押し寄せてくる」

清右衛門が応じる。

「工区割りの形状は」

と庄右衛門。

「一工区の長さは三十間（五十四メートル）、堀幅は企画書に記述された寸法の二間（三・六メートル）」

「掘り込む深さは」

「とりあえず一間（一・八メートル）と決めた」

「長さ十間の試掘でわかったことは、掘り方十三人と土運搬方七人で普請をするのが理にかなっている、ということだ。そこで、一工区の長さを試掘の三倍の三十間にしたとする。すると人足編成は試掘の三倍、つまり掘り方は十三人の三倍、また土運搬人足は七人の三倍となる。すなわち一工区の人足は掘り方三十九人、土運搬方二十一人の総勢六十人ということになる」

庄右衛門が声高に告げた。

「兄じゃ、掘り方の頭数は三百人ほどだ。一工区に三十九人をつぎ込めば工区数はいくつになる」

清右衛門が訊く。

「七つ」

庄右衛門が即答した。

「坊（ぼん）は数に強いですな」

弥兵衛は算盤を使える庄右衛門の頭の中に算盤があるのだろうと思う。

「清右衛、ここでの話が終わったら、あと六つの工区を作っておいてくれ」

「宗助らを使って作っておく」

「一工区を掘り方三十九人、土運搬方二十一人の六十人で担う。工区は七つ。この七工区に配置した四百二十人の人足を組の者が総力をあげて使い回すことになる」

と弥兵衛。

「それはいいとして兄じゃ、取水口備の方はどうするんだ」

「そのこと、伊奈さまから絵図面をいただくことになっている。それで詳細がわかれば、弥兵爺が取水口備の普請を束ねてくれ。上水堀の普請は清右衛、お前に任せる」

「取水口の普請は川の中に入らなくちゃならねぇ。夏場はよいとしても秋口から冬ともなれば、年老いた弥兵爺には命取りになるかもしれぬ。弥兵爺の死面（しにづら）など見たくねぇ。オレが川普請の方をやろうか」

「かつて、わしは先代の一右衛門さまの下で川普請に就いたことがある。川普請は若けりゃいいってもんではない。経（ふ）（経験）がものをいう。わしに取水口備の普請は任せてもらおう」

弥兵衛は清右衛門から老人扱いされたことが癪に障ったのか、強い語調で言い切った。

（一一）

四月十一日、近江屋の組員が夜を日に継いで建てた六棟の人足小屋が完成した。建てた場所は加藤徳右衛門から借りた羽村の川縁の平地である。ほかに炊事場、厠（かわや）、風呂場なども仕上がっていた。むろん借地料は徳右衛門に払うことになっている。徳右衛門としては願ってもないことだった。

人足小屋の広さは幅二間（三・六メートル）、長さ八間（十四・四メートル）、すなわち建坪が十六坪（三十二畳）である。屋根も壁も武蔵野の荒れ野から刈り取ってきた茅を使った。枯れた茅は火に弱い、だから小屋内での火気の使用は厳禁とした。

この小屋に五十人が寝泊まりする。ひとり当たり畳一畳にも満たない広さであるが、室内は今でいう二段ベッドとなっているので、ひとり一畳分は確保できた。

六棟であるから三百人が寝泊まりできることになる。

この日人足小屋に入った百姓らは二百九十人ほど。

西は和田、青梅、東からは砂川、小川などの集落から鋤、鍬、モッコさらには麦稗粟、塩、味噌、野菜まで持って人足小屋に押しかけたのである。

寝具も各自持参であるが、家から持ってくる者などいない。ほとんどの者が麦藁を束にしたのを寝具代わりにした。武蔵野は荒れ地である。多摩川上流部には水田が少ない。荒地を切り開いた畑で作れる穀物は麦や粟、それに少量の用水でも収穫できる陸稲である。しかし陸稲の収穫は極めて少なかった。そういう事情から稲藁でなく麦藁を寝具代わりにした。

昨年十一月、郡代一行が上水堀の経路を決めるため羽村を訪れたのを契機に、集落はなにかと騒がしくなった。そして、その騒がしさは六棟の小屋に人足が寝泊まりすることになって、頂点に達しようとしていた。

玉川上水普請に人足として加わる羽村の住人は四十人ほど。近隣の集落のなかでは最も多い。

むろん羽村の者らは自宅から普請場に向かう。だから人足小屋で寝泊まりすることはない。同じような境遇にあるのは福生、熊川、拝島集落の村民だ。言い換えればこれ以外の地区から集まってきた人足は皆、人足小屋に寝泊まりするということである。

その日、弥兵衛ら近江屋の者たちは、宿泊を希望する人足を人足小屋にどう振り分けるかの算段で一日を費やした。

振り分けで注意を払ったのは男女を別棟にすることである。人足らの三食を作る賄婦や厠掃除、風呂場の清掃と水汲みなどは、ほとんど女性である。人足小屋に寝泊まりする女性は少なかったが、それでも三十人ほどは和田、青梅や小川、砂川などの集落からの者である。とても通いというわけにはいかない。

六棟の人足小屋の一棟は三十人の女性たち専用となった。

男どもは四棟に振り分けた。残った一棟は庄右衛門はじめ清右衛門ら近江屋の者が使用することとなった。

六棟はこれですべて使用することとなった。となれば新たに雇う人足らが寝泊まりする小屋を早急に建てなくてはならない。

代官の命によって集められる人足は四百五十人余、彼らは多摩川の最上流域や秋川流域から招集されるので、すべて人足小屋に宿泊することになる。

庄右衛門はあと九棟の人足小屋を早急に建てることにした。

陽が落ちる前、炊事場から煙があがる。人足小屋に投宿する者たちの胃袋を満たす煮炊きの煙である。

夕餉は灯明を必要としない陽のあるうちに済ませておくのを原則とした。明かりが必要となれば灯を点す油を用意しなければならない。五百人を超える人足が動き回れるだけの灯明(とうみょう)の数はバカにならない。油は只ではない。

とは言っても終業時刻は酉の刻(午後六時)である。目論見通りの明るいうちに、とはいかなかった。庄右衛門は思わぬところでの出費に渋い顔である。

炊事場は自炊用と賄い用に分かれて作ってあったが、自炊用の土鍋や竈(かまど)の数が足りない。あちこちで諍(いさか)いが起こった。それを調整する近江屋の者たち、誰もがかつて経験したことのない場に直面して右往左往するしかなかった。

その混乱の様子を庄右衛門は、

——今はまだそれぞれが集団での暮らしに慣れていないため戸惑っているが、十日もすればこのごたごたは収まるだろう――

　そう思っていた。それより庄右衛門にとって頭が痛いのは、幕府から前渡し金として支払ってもらった千両のことである。

　千両は幕府の金蔵から一両小判と一分金で下賜された。

　その内訳は小判五百枚（五百両分）、一分金二千粒（五百両分）である。

　一分金は小粒金とも呼ばれ、一両の四分の一、すなわち千文に当たることは前に記した。

　人足らに日雇賃として支払うのは文銭（寛永通宝、銅銭）である。各人には毎日二十五文、あるいは二十文、十五文と職種に応じて手渡さなければならない。人足らへの支払い総額は一日で一万二千文は下らない。つまり日々、一万二千枚の寛永通宝を用意しなければならないのだ。しかるに庄右衛門の手には寛永通宝の一枚とてなく、あるのは一両小判五百枚と一分金二千粒なのである。

　本来なら江戸で千両全てを一文銭（寛永通宝）に両替して羽村に運ぶべきであったのだが、幕府から千両を下賜されたのが羽村に発つ一日前で両替をしている暇などなかった。

　両替商は府内にしかない。千両を全て一文銭に替えれば四百万枚となる。

　一文銭でなく四文銭、あるいは十文銭などに両替すれば銅銭の数も少なくなるだろう、と考えるのは理にかなっているが、この頃、通用していた銅銭は寛永十三年（一六三六）に発行された〈寛永通宝〉の一文銭が主である。幕府の金融政策はまだその緒に就いたばかりで四文銭等、一文より単位の大きい銅銭あるいは鉄銭が発行されるのは、江戸中期以降のことで、この承応期にはまだない。

　一文銭（寛永通宝）は一匁銭とも言い、その重さは一匁、すなわち三・七五グラムである。

一両は寛永通宝の一文銭四千枚、その重量は三・七五グラムの四千倍、すなわち十五キログラム。十両では百五十キログラム。百両では千五百キログラム、つまり一・五トン。となれば千両をすべて寛永通宝の一文銭に替えれば、枚数は四百万枚でその重さは十五トン。驚愕すべき数と重量である。

承応期に出回っている貨幣は主に一両小判、一分金、一文銭の三種類である。

これを現今に当てはめれば、百万円金貨と二十五万円金貨、それに二百五十円銅貨しか流通していないという、なんとも不便きわまりない使い勝手の悪い金融界となる。とは言っても、この頃の人々はそれほど不便を感じていない。一両小判、小粒金の金貨と一文銭の銅貨とは別世界のものと割り切っていたからである。金貨(小判、小粒金)は武家や寺社、公家らの間で流通し、銅貨(寛永通宝)はもっぱら町民、百姓の間で流通していて、二つの階層ははっきりと分かれていたからである。

とまれ十五トン、四百万枚もの寛永通宝を江戸から羽村までの、ほぼ五十キロを人力で運べるわけもない。また千両の金貨を一朝にして四百万枚もの一文銭に替えられるほどの両替商もない。よしんば替えられたとすれば、江戸市中に出回っている一文銭は枯渇してしまうほどの数である。

庄右衛門はどうしたものかと思案する。

その日の夜、庄右衛門は弥兵衛、清右衛門に人足らに支払う銭について意見を求めた。

「銭のことは兄じゃに任せてある。オレに訊いたとてなんの助けにもならねぇ。兄じゃにゃいい案はねぇのか」

清右衛門は素っ気ない。彼の頭の中は明日から建てる九棟の人足小屋のことで頭がいっぱいなのだ。

「ならばひとつわたしから提案する」

「なんだ持っているのか」

「いや、これから申す案は愚案に近い」

「勿体ぶらずに言ってくれ」

「人足らに日雇賃を日々支払うのでなく月末にまとめて支払う。しかも、ひとり一人にではなく集落毎にまとめ、その総額を集落の名主に渡し、名主から人足ひとり一人に支払うようにする。そうすれば名主に労賃の総額を渡すに当たって一両小判や一分金で渡すことも叶う」

「そんな小細工は得策とは思えねぇ」

清右衛門が即座に首を横に振った。

「わしもそれは愚策だと思う」

弥兵衛も首を横に振る。

「いつだっか、兄じゃが『人足が汗水流して働いてくれるのは近江屋のためじゃねぇ。清右衛の怒鳴り声が怖くて働くんでもねぇ。近江屋が一日働いた人足にきちんきちんと日雇賃を払うからだ』と言った。それが一か月も後にまとめて支払うなんてことをすりゃ、人足らの働きがいは薄れて手抜きするのが目に見えている。そのうえ一か月分の日雇賃を近江屋からでなく名主から貰うとなりゃ、人足らは名主に雇われたと思い違いするに違(ちげ)ぇねぇ。そうなりゃ人足らは近江屋の言うことなど聞く耳を持たなくなるに決まってらぁ」

「ここはどんなことをしてもその日の終わりに、ひとり一人の人足に約束した日雇賃を寛永通宝の一文銭で支払うことが肝要」

弥兵衛は庄右衛門に説得口調で言う。

「羽村はおろか多摩川沿いのどこを探しても両替商など見当たらぬ。一文銭で支払いたくとも払えぬぞ」

庄右衛門が抗弁する。

「何事も初手が肝心。はじめから日雇賃を支払えねぇとなりゃ近江屋の信用は地に落ちる。なにも銭が無くて払えねぇんじゃねぇ。銭は小判で十分にある。ここはひとつ兄じゃの口からそのことを人足らに上手く話して丸め込むしかあるめぇ」

「この弥兵衛も清どんと同じ思いだが、その前に二百両ほどを寛永通宝の一文銭に両替して、いざというときに備えておくことが肝要」

「弥兵爺は二百両ほどと軽く言うが、寛永通宝で八十万枚だぞ」

「わしが日比谷の近江屋の屋敷に戻り、なんとか工面してくる」

「工面できたとしてその重さは八百貫（三トン）もあるのだ。どうやって江戸からここまで運んでくるのだ」

「なんとかなる」

「宗助ら若い者を四、五人連れていけ」

「いや、組員は今でさえ足りない。わしひとりで充分」

「ならば杵屋の太助どんにお願いしてみてくれ。太助どんなら快く手助けしてくれるはずだ。それに一筆したためるからそれを持って南町奉行の神尾備前守元勝さまに与力を仰いでくれ」

「それは無用。近江屋にはわしより年上の組員らが、なにもすることなく居残っている。その者らに手伝わせればなんとかなる」

「そりゃあいい思いつきだ。今頃、ご老体方は残されたことに不満を募らせて日比谷の館でオレたちの悪口に精をだしているに違ちげぇねぇ」

清右衛門が口を入れる。

庄右衛門は館に六十歳を過ぎた組員十人を残した。江戸を離れた羽村の地で玉川上水工事の監督をするのは無理だと判断したからである。彼らは、歳を理由に羽村行きから外されたことに不満を持っていた。

「両替のこと、弥兵爺に任せたぞ。これで肩の荷が一つなくなった」

「その代わり、川普請の方はわしが江戸から戻ってくる間、坊に任せたぞ」

「二百両もの大金を持っていくのだ。道中くれぐれも気をつけてくれ」

庄右衛門は大きく息を吐いた。

（三）

多摩川縁の平地に人足として集めた七百人ほどが参集している。人足らの前に庄右衛門をはじめ清右衛門ら近江屋の組員が立っている。庄右衛門の前には衝立があり、そこに張り紙がしてある。その衝立の前に腰の高さほどの台が設えてある。台の上にはなにか置かれているのだが、白い大きな布で覆ってあるのでなんであるかはわからない。

「ここに集まった方々のお力を借りて今日から江戸、四谷大木戸まで上水堀を作っていく。お力を借りるに際して、人足小屋に投宿する者、通いで現場に来る者全てに守っていただきたい諸々があります。その諸々がこの衝立に張った半紙に書かれております。字が細々として方々からは読みにくいと思いますので、わたしがこれから読み上げます」

庄右衛門は人足らにゆっくりと話しかける。人足のほとんどは百姓と小作人、それに童らで、ほとんどが文盲である。庄右衛門は彼らが文盲であることを知ったうえで、あえて〈字が細々しているので読みにくい〉と人足らを慮った言い方をした。

「では読み上げます」

庄右衛門は一段と大きな声を出し、読みはじめた。

半紙に書かれた内容は次のような事柄だった。

一　普請の名
　玉川上水
二　諸役
　上水総奉行　老中　松平伊豆守信綱
　水道奉行　関東郡代　伊奈半十郎忠治
　　　南町奉行　神尾備前守元勝
　請負人　近江屋庄右衛門ならびに清右衛門
三　御法度(ごはっと)並びに規律
　普請場に無用な者を入れてはならない。
　普請場での喧嘩・口論があった節、関わりのない者は口出しをしてはならない。
　喧嘩を為したる者は善悪にかかわらず両成敗とする。
　普請中の言長(おしやべり)は禁ずる。
　普請仲間の悪口中傷は厳に慎むこと。
　普請場はもとより普請場外でも賭博をしてはならない。
　善悪とも世間の評判をしてはならない。
　衣装から頭のつくりまで派手なことは一切まかりならない。
　村落の子女等に一切の手出し無用のこと。また話しかけることもならぬ。

近江屋組員の命に違背（いはい）せぬこと。

病で普請に出られぬ節は組員に病状を報告し休業を申し出ること。無断での休業は慎むこと
普請場内の清掃、整理に心がけること。

風呂は四日に一度とし、すみやかに済ませること。

厠は綺麗に使うこと。

酒は慎むこと
持ち込んだ品々はおのれで管理すること。盗難、紛失に関してその責はおのれで取ること。

近江屋は一切その責を取らない。

四　就労並びに日雇賃

就労は卯の刻（午前六時）から酉の刻（午後六時）まで。人足小屋での就寝は亥の刻（午後九時）とする。

掘り方には二十五文、土運搬方には二十文、雑用方には十五文を寛永通宝で支払う。

五　普請具

掘り方並びに土運搬方が用いる鋤（すき）、鍬（くわ）、鶴嘴（つるはし）等を持参せし者には借料を支払うこととする。

貸与する普請具は絶えず手入れして粗末なきよう扱うこと。また普請場から持ち出さないこと。


庄右衛門は半紙に書かれた文言をゆっくりと読み上げていった。参集者は全ておのれに係わること

なので耳をそば立てて聞き入る。ひとつでも自分たちに不利になるような文言があれば、それを質したいからでもある。

読み上げが終わった庄右衛門はひと渡り参集者を見まわして、

「今読み上げげた法度並びに規律は方々が和気よく普請をしていただくために設けたもの。そのことを肝に命じ、守っていただきたい」

と声を高めた。

「日雇賃は本当に毎日払ってくれるのでしょうな」

「むろんきちんとお支払いします。そこで方々にお訊きしますが、受け取った日雇賃をどのように処するのでしょうか」

庄右衛門は顔を前に突き出すようにして皆を見回した。

「訊かれるまでもねぇ。支払ってもらった日雇賃は貯めておく」

「どこに貯めておくのでしょうか」

「肌身離さず懐に入れておく」

「一日二十五文、そのくらいの寛永通宝の枚数なら懐に入れ、業（作業）を為しても差し障りはないでしょう。しかし日が経てばその枚数は増えてゆきます。一月（ひとつき）も経てば寛永通宝の枚数は六、七百枚にもなりましょう。それを懐にいれての業など能いませぬぞ」

「ならば人足小屋に置いてゆこう」

「人足小屋は常に人の出入りがあります。銭を置いておく所としては適しておりません。銭を盗んだ盗まれた、などのいざこざがあっても近江屋は受け付けません」

「なら、どうすればよいのだ」

人足らは執拗に銭の保管場所に拘る庄右衛門に首をかしげる。人足らのほとんどが百姓や小作人であるので彼らは家を離れて何十日もの長い間、農作業と無縁な仕事などやったこともなく、したがって日々貯まる日雇賃をどこに仕舞っておけば安心できるのか、わかるはずもなかった。

「三日に一度か五日に一度、家の者に貯まった銭を取りに来てもらうことにしよう」

しばらくして人足のひとりが答えた。すると、

「わしは和田村よりさらに奥の御嶽山の麓から来た者。家の者に取りに来させることなど能わぬぞ」

と困惑の声をあげた。

「この近隣には銭を使うような店はほとんどありません。ですから銭は貯まる一方。貯まった銭を見ると人というものは、その銭をさらに増やそうと考えるものです」

庄右衛門が思い入れたっぷりに言った。

「増やす手立てはあるのか」

数人がすかさず問うた。

「あるはずもないのですが、欲に目が眩むとあるように思えるのでしょう。それが仲間同士ではじめる博打です。このことを見越して近江屋は人足小屋での博打を禁じたのです」

「人足小屋の外ならかまわぬのか」

「それも禁じます。しかし近江屋の組員はわずか二十人、監視の目はゆき届きません。監視の目を盗

んでやることは目に見えています」

「つまり、わしらが博打をやるのは止められねぇってことだな」

「日雇賃が懐にあるかぎり、博打に走る者は必ず出てきます。近江屋は江戸府内で人足を雇い入れ、日雇賃を毎日毎日支払うことを何十年となくやってきました。すると必ずその中から博打に溺れる者が現れるのです。結句、大きな借財をつくって府内に住まうこともならず、近江屋から去ってゆく。わたしはそうした人足を幾人も見てきています」

「ここは御府内と違う。仲間同士での博打なら借財を背負うこともあるめぇ。わしは独り者、妻子を養うことも両親を養うこともねぇ。わしのような者には働いた後の息抜き、そう思って仲間内の博打を大目にみてくれてもいいんじゃぁねぇか」

「おそらく江戸からこの普請場に良からぬ者が流れ込んできて、方々の稼いだ日雇賃を巻き上げようとあの手この手で皆さまに近づいてきましょう。そのあの手この手の一つが博打。その者たちの口車にのせられ、稼いだ有り金を根こそぎ巻き上げられるのは明らか」

「酒と博打は普請場に付きもの、と聞いたことがある。いくら近江屋さんが御法度、御法度と言ってもやる者はやるんじゃぁねぇか」

「見つけ次第、人足から外れてもらいます」

穏やかだった庄右衛門の語調がきつくなった。

「酒はいいのか」

やや経って参集者のひとりが訊いた。

「酒は一日働いた褒美として飲む、そうした酒なら構いませぬ。しかしながら翌日の業に差し障りがあるような飲み方は謹んでもらいます。博打と酒、その二つが守れないと思う方はこの場から立ち退いてお帰り願いたい」

庄右衛門の語調がさらに厳しくなった。これを聞いていた弟の清右衛門は、

――博打はともかく、酒ぐらい好きに飲ませてやれ、なにも聖人君子が集まって上水堀を作るんじゃねぇ、泥まみれ汗まみれで地面をはいずり回って掘り割っていくだけ。酒は慎め、博打はするなじゃ、今いち業に張りがもてねぇ。なんでこんなことをここに集まった者に話さなくちゃならねぇのか、オレには兄じゃの心底がわからねぇ――

と首をかしげる。

「方々には博打や大酒で稼いだ銭を減らすことなく、一文でも多くの銭を家に持ち帰ってもらいたい。そうわたしは願っております。ですから方々にはこの場にて、どのような策があるのか考えていただきたい」

庄右衛門は、つとめてさりげなく切り出した。

方策を考えよ、と言われた人足らは困惑した様子でまわりの者と小声で策について話す。

川面を渡った風が人足たちの間を吹き抜けていく。冷気の抜けた四月の風は清々しく、対岸に見える草花丘陵は新緑で覆いつくされている。

「なにかよき策は浮かびましたか」

頃はよし、と思った庄右衛門が穏やかな声で訊いた。

ざわついていた場はその一言で静まった。

「策が浮かんだ方は是非、ご披露願います」

庄右衛門は人足らを見まわして声を高める。

しかし応ずる者は居なかった。

「弱りましたな」

庄右衛門は皆に聞こえるような大声で言った。

――ちっとも弱っちゃいねぇ。その顔はなにかを企んでいる顔だ――

清右衛門は兄の口元に目を遣りながら心中で呟く。

「ならば一つ近江屋の方から策を申します。聞いていただけますかな」

庄右衛門はやんわりと言った。

「おお、聴きてぇもんだ」

人足のひとりが応じる。

「どうでしょう、近江屋が方々の日雇賃を預かるというのは」

「預かる？　そりゃどうした了見じゃ」

すぐに不審の声があがった。

「近江屋が方々の日雇賃をしっかり預かっておく、そういうことです」

「つまりは一日汗水流して働いて貰えるはずの銭を、近江屋さんはわしらに渡さねぇってことか」

「そうなりますかな」

「わしらが働くのは江戸の民の喉を潤すためなんかじゃねぇ。銭のためだ。その銭を見ることもなく近江屋さんが預かるとなりゃ、わしらはなにを楽しみに働けばいいんじゃ」

「預けた銭を形にとって、オレたちを現場に縛り付けておく魂胆じゃねぇのか」

集まった者らは口々に疑問を投げかける。

現今では月給制が当たり前であるが、承応期、日雇い人足にそのような制度があるわけもない。それに月給制は雇い主と雇われ人との間にしかるべき契約があってこそ成り立つもので、近江屋と人足のあいだに、そのような契約などあるはずもなかった。

「これは一つの策です。むろん毎日払ってくれ、と申される方にはきっちりと寛永通宝の一文銭でお払いします。だがお渡しした銭の扱いは各自でしっかりとしていただきます。先ほども申しましたが、銭を盗られた、あるいは博打で巻き上げられた、などと近江屋に泣きついても、近江屋は受け付けませせぬ」

聞いていた清右衛門は、

――兄じゃの奴、上手(うま)い手を考え出したものだ。今までしゃべりまくっていたのは寛永通宝の支給枚数を減らすための方策だったのか。それにしてもまどろっこしいやり方だ――

と心中でニヤリとする。

「仮に預けたとしよう、その預けた日雇賃をすぐに払えと言えば、その場で預けた全額を払ってくれるのか」

「むろん払います」

「そんなことができるんだんべぇか。だってよ、ここに居る者ことごとくが一斉に支払ってくれ、と言ったらどうなるべぇか」

「払います」

「ひとりやふたりじゃねぇぞ。ここに集まった者皆が何日も預けた日雇賃だ。そんな、まとまった銭を右から左へと動かせねぇだんべぇ」

「払えるように銭はいつも用意してあります」

庄右衛門は設えた台の側まで歩くと、被せた布の一端を握り、

「ほれ、このとおり」

布をはぎ取った。

大きな四角い盆に小判と一分金がうずたかく盛ってあった。ざわついていた場が一瞬にして静まる。人足らは小判と一分金に目を凝らした。

「小判三百枚と一分金二千枚、あわせて八百両。いつでも日雇賃を支払えます。方々が汗水たらして働いた日雇賃を一文も無駄にせずに家に持ち帰っていただきたい、そう思って近江屋に預けては、と申したのです。上水堀の長さは十里余、これを本年の十月末までに作らねばなりません。それを為すのは近江屋でも御上（幕府）でもなく、ここに参集した方々なのです。皆さまに心地よく働いていただく、そのための一つの策として近江屋が方々の日雇賃をお預かりする。むろん預かり賃などいただきませぬ」

庄右衛門のひと言一言に頷く者が続出した。

（四）

承応二年（一六五三）四月十五日、総勢七百余人で上水堀の工事は始まった。

人足を遊びがないように働かせるには工区割を適切にすることが重要であることから、上水堀の普請現場を三十間（五十四メートル）ごとに区切り、それを一工区としたことは前に記した。

取水口備に直結する工区を第一工区と名付け、次の上水堀三十間の区間を第二工区として順繰りに第三、第四工区と名をつけた。

近江屋の組員によって第五十工区までの工区割の縄張りはすでに終えていた。

五十工区の施工延長は三十間の五十倍、すなわち千五百間（二千七百メートル）である。幕府が企画書に記した上水堀の総延長は二万三千間余（約四十二キロ）である。それは五十工区の延長の十六倍ほどで、いかに上水堀が長いかをあらためて庄右衛門らは知ることとなった。

庄右衛門、清右衛門は七つの作業組を編成した。

作業組の内訳は近江屋の組員二名、掘り方人足三十九名、土運搬方人足二十一名の六十二名編成である。

各組には名をつけることにして、近江屋の組員の名を使った。たとえば鬼五郎、宗助が束ねる組は鬼五郎組。権造、丑次郎が差配する組は権造組などである。

この組を七つの工区に振り分けた。

すなわち第二工区を鬼五郎組として四工区は権造組、六、八、十、十二、十四の五工区にも組員の名を当てはめた。工区を一つ飛ばしにしたのは各組の作業が競合しないようにすると共に、組間で必ず起きる競争意識をできるだけ減らすためでもあった。

過度の競争意識は事故や人足らの諍いを起こす原因ともなり、決して得策ではないのだ。

卯の刻（午前六時）、銅鑼が打ち鳴らされ、それを合図に七つの工区に投入された人足らは鋤、鍬、鶴嘴、モッコなどを携えて一斉に作業に入った。各工区には白布に墨で書いた組の名、たとえば権造組なら〈権〉と一字だけ記した旗を掲げた。

その一方で人足らを支える雑用方も動き出した。

初日は無事に終わった。

近隣からの通いの人足はそれぞれの家に帰り、遠方からの人足は人足小屋に宿泊する。投宿する人足は雑用方が用意した夕餉を食すか自炊することになる。

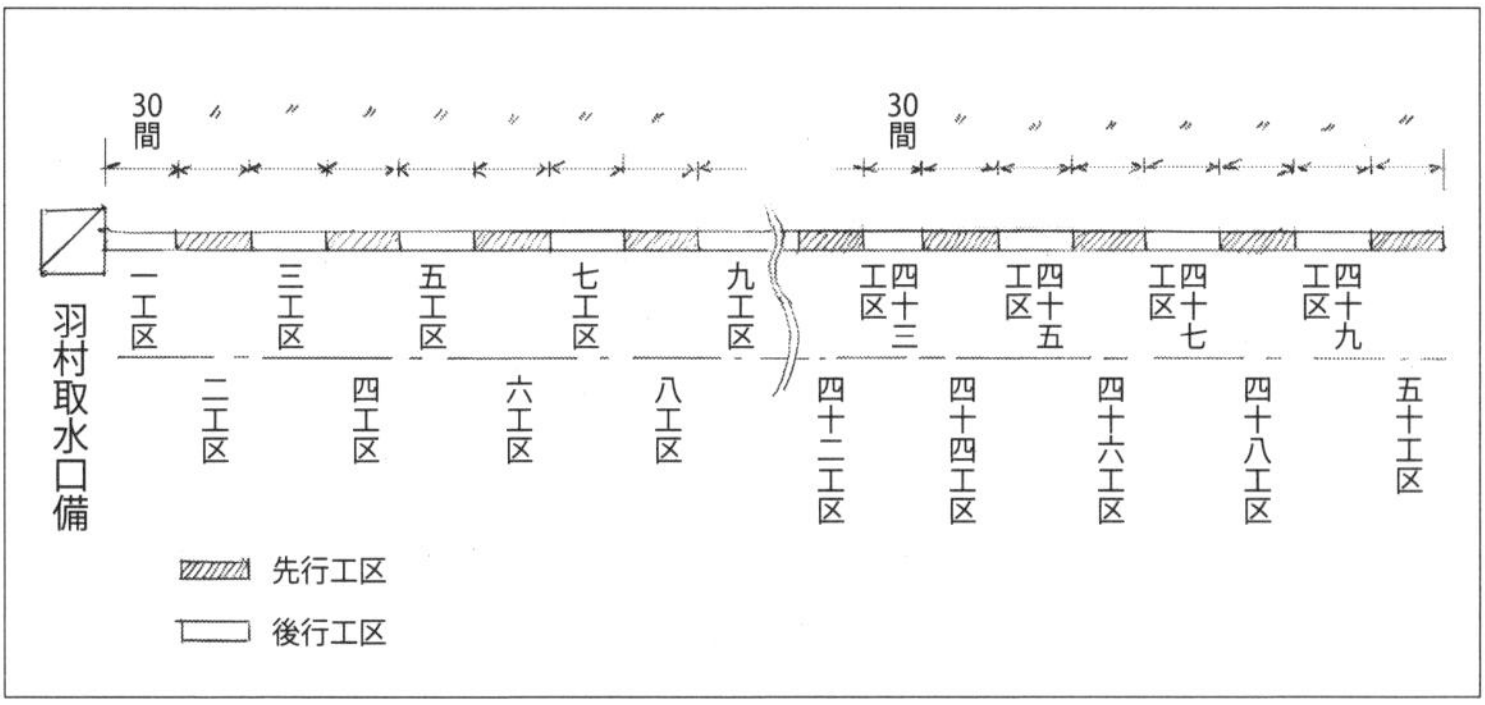

図―3　上水堀　工区割と施工順序図

その夕餉で諍いが起こった。

雑用方が用意した夕餉は人足百五十人余と近江屋の組員二十一名、それに雑用方の三十人余の計二百人余である。食堂(じきどう)に入れるのは百人ほど。そこで二度に分けて摂ることになる。

前半、百人の夕餉が終了し、後半の庄右衛門、清右衛門らが席に着いた。

ところが、いくら待っても夕餉は出てこない。

業を煮やした清右衛門が、

「三太、飯はまだか」

いらつく声で質した。

三太は庄右衛門から雑用方を仕切るよう命じられていた。

「あと半刻ほど待ってくれ」

炊事場から飛び出してきた三太は悪びれた様子もなく言い返した。

「あと半刻、待てだと？　そんなに待ったら背中と腹の皮がくっついちまわぁ」

「そんなことを言われても飯が炊きあがってねぇんだ」

「飯が炊きあがってねぇ？　オレらの分も夕餉に間に合うように炊いておくのが当たり前だろうが」

「言われるまでもねぇ、炊いておいたさ」

「じゃ待つこたぁねぇだろう」

「ところが前の連中が兄貴らの分まで食っちまった」

「なんだと、三太はそれを許したのか」

「連中に、『めしはどんぶりすり切り一杯だけだ』と言ってやったさ」

「ならば、足りるだろう」

「連中は口を尖らせて『わしらは朝昼晩三食の飯代を日雇賃の中から引かれることになっている。只で食っているわけじゃねぇ。すり切り一杯のどんぶり飯だけじゃ明日の業に力もでねぇ』そう言ってオレが止めるのも聞かずに後半の者の分も平らげたっちゅうわけだ」

「わけだ？　ばかやろう。こうした事態が起きねぇようにと思って小才の利く三太、てめぇに雑用方を仕切るよう頼んだんだ」

「おれは飯を炊きにここに来たんじゃねぇ。上水堀を掘り割るために来たんだ。明日からどこぞの工区の監督をさせてくれ」

「飯炊きの差配も満足にできねぇ奴に人足の監督なんぞを任せられるか」

「清右衛、口が過ぎるぞ」

たまらず庄右衛門が口を夾んだ。

（五）

その夜、夕餉が終えた庄右衛門は清右衛門と三太を呼んだ。

「三太には荷が勝ちすぎたようだな」

庄右衛門は穏やかに言って、

「実はな、この役を誰にするか清右衛に訊いたところ、『三太は若いが目先が利く。それに根が優しいから女や童の受けもいい、雑用方には女が多い、三太に雑用方を任せるのがいい』そう言われて、この役を三太に決めたのだ」

「頭、オレは飯炊きをするために羽村下だりまで来たんじゃありゃせん。頭や清右衛兄ぃと一緒に人足たちを使い回して、上水堀を四谷大木戸まで掘り割っていきてぇんです」

「おめえは雑用方を一段下に見ているんじゃねぇか」

清右衛門がきつい口調で言った。清右衛門はこの日一滴の酒も口にしていない。口にしようにも雑用方が酒の用意をしていなかったからだ。

「雑用方は掘り方や土運搬方から比べれば一段も二段も低いと思いやすが」

三太は頬を不満でふくらませる。

「そんな了見だから今夜の無様な夕餉になっちまったんだぞ」

「どんな了見ならそうならねぇって言うんですかい」

滅多に清右衛門に口を返すようなことをしない三太が今夜に限っては反抗的である。そのはずで、三太はひとりだけ上水堀の現場から外されたことに強い不満を持っているのだ。雑用方の監督に回されたのは近江屋の組員としてまだ半人前、そういうことなのであろうと三太は思っている。

「おめえ、日比谷の館で一日働いた後の夕餉を喰らいながら、なにを思っていた」

「口幅ったいけど、うまい飯を今夜も腹一杯食えた、これでまた明日も業を続けられる、そう思った」

「そこだ、腹一杯の夕餉」

清右衛門が三太をのぞき込む。

「その腹一杯が人足には欠かせねぇのよ。ところがお前ぇはどんぶりすり切り一杯の飯しか用意しなかった」

「そんなことはねぇ。連中が次から次へと飯のお代わりを頼むから、それに応じていたら、後半の清右衛門兄ぃらの喰い分がなくなっちまったんだ」

「それを見越して飯は炊いておくってもんじゃねぇのか」

「人足らからは飯代として一日三文支払ってもらっている。女や童なら三文もあれば三食の代金として十分だ。だが大の大人となりゃそうはいかねぇ。どんぶり飯を二杯も三杯もお代わりされたんじゃ米代だけで三文は吹っ飛ぶ。そうなりゃ近江屋の持ち出しになる。おれは頭からひとり頭三文当ての銭しかもらっていねぇ」

ふくれっ面で言い募る。

「その三文で人足らの腹を満足させるようにやりくりするのが、三太の腕の見せどころじゃねぇのか」

「オレにそんな腕はねぇ」

三太は恨めしげに清右衛門を睨み据えた。

「三太、お前ぇは今、米代と言ったが夕餉に出た飯には一粒の米も入っちゃいなかったぞ。粟と稗と麦ばかり。腹が減っていたから食えたものの、そうじゃなかったら食えたもんじゃねぇ。なぜ米を入れなかった」

「オレだって米を入れたかったさ。ところがこの近在じゃ、米なんざ一粒も売ってねぇ。入れたくとも入れられなかったんだ」

武蔵野には田がわずかしかない。農作物として穫れるのは麦と雑穀である。雑穀とは粟、稗、蕎麦、豆などである。だからこの界隈の百姓はめったに米を口にしたことがない。米を食べるのは正月、盆、それに祭り等の慶事の時だけであった。日常の食事は麦、稗、粟に菜、大根などを入れた雑炊であり、しかも朝夕の二食の家が多かった。

それゆえに三太が供した飯を人足らは文句も言わずに食したのだ。だが清右衛門ら近江屋の組員は羽村に来る前までは米を主体にした雑穀飯を食していた。江戸府内では金さえ出せば米が買えた。羽村に着いてからも組員らの食事は江戸に居た時のそれと変わらなかった。米は江戸から持参していた。その米はちょうど昨日ですべて食べつくしていた。

「食い物のことで目くじらを立てるとは清右衛らしくないぞ」

庄右衛門が三太を庇うように言う。

「目くじらを立ててなんかいねぇ。オレは三太の心の持ちようが気に入らねぇと言ってるんだ」

「心の持ちようとはなんですかね」

三太がむすっとした顔を突き出す。

「それはわたしから言おう」

庄右衛門はがふたりの間を割くようにして、

「この普請は掘り方、土運搬方、雑用方が三本の柱。そのどれもが欠けても普請は前に進まない。その柱の一つである雑用方を三太、おまえに託したのだ。いわば近江屋の若い組員で三太が出世頭といってもいいいかもしれない」

諭すような口振りだ。

「お頭にお目にかけていただいたのはありがてぇですが、オレは煮炊きひとつもできねぇ只の人足ですぜ」

「米の調達は言うに及ばず、人足小屋に寝泊まりする人たちの朝昼晩の三食の賄い、副菜の調達、煮炊きの薪、風呂の用意、厠の維持と清掃、時には人足らのほころびた衣服の繕いも雑用方が担う。上水堀の普請は人足が快く働いてこそ成就する。その快く働けるか否かは雑用方の心配りにかかっている。その中で特に気を配らねばならぬのが三度の食事だ。人足らに供する食事はその日の普請を大きく左右する。人足らにとって三度の食事はなにものにも代え難い楽しみ。少しでも供する食事に手を抜けば、それはすぐ普請の進捗に跳ね返ってくる。それほど食事を供するということは大事な業（仕事）なのだ」

「お頭、それを聞いて、なおさらオレには向かねぇと思うようになりました。人足らは一日三文の飯代を払っているという頭があるから、その元を取り返そうと腹がきつくなってもなお飯を喰らおうとする。それを止めるには、このオレは若すぎます。どうか別の者に替えてくだせぇ」

泣き出すのではないかと思うほどの三太の訴えである。

「兄じゃ、三太がそこまで尻をまくっちまったんじゃ下ろすしかねぇな。三太はオレが引き取って掘り方に加える」

「羽村に来て以来、二太にはわたしら二十二人の三食の賄いを任せてきた。それは雑用方を担うために欠かせぬ諸々を会得するため。だから三太はそれなりの覚悟をもって今日を迎えたはずだ。その三太が弱音を吐いて雑用方から逃げ出したとなれば、その代わりなど、おいそれとは見つからんぞ」

「羽村の名主、加藤家で賄いをしている、あのお婆に三太の代わりをさせるのはどうだ」

清右衛門がしたり顔で言う。

「雑用方は毎日一分金が二粒、三粒と出ていくのだ。お婆は生涯で一分金を手にしたこともないであろう。担えるはずもない。これから先、幕命によって集められた人足が四百五十人も来ることになっている。その者たちの三食も作ることになる。とてもお婆などに任せられるもんではない」

庄右衛門は出まかせに言ったとしか思えない清右衛門に腹を立てた。

「違ぇねぇ。銭勘定に長け、百人からの雑用方に目を配り、七百人近い人足が喰う朝餉夕餉を不満なく供することが叶う才覚を持つ者となりゃ、オレが知っている中じゃひとりしか居ねぇ」

「そんな者が組の中に居るとは思えぬが」

「組の中にゃ居ねぇ。兄じゃ三日待ってくれ。オレがなんとかする」

「なんとかする、というが、そのような者をおまえは知っているのか」

「ああ、知っている。オレに任せておけ。その者を連れてくるまでの間は、三太に代わる奴を見つけ出して急場をしのいでくれ。」

「その者が来るまで三太に雑用方を任せてもいいのではないか」

「三太にはその心当たりの人物の許に行って連れてきてもらう」

「その心当たりの人物はどこに住んでいるのだ」

「江戸府内」

「えっ、オレが府内まで行くんですかい」

三太は思わぬ成り行きに戸惑うばかりだ。

「お前ぇの不首尾はお前ぇが始末しなくちゃならねぇ。これから一筆、その知り合いに依頼書を書くからオレと一緒に来い」

清右衛門は三太を追い立てるようにしてその場を離れた。

――飲んべえで喧嘩早い弟に、飲み仲間は居ても雑用方を束ねられるような小才の利いた知り合いなど、江戸に居るはずもない。だが、こうなっては清右衛を信じて待つしかない――

去っていくふたりの後ろ姿を目で追いながら庄右衛門は呟いた。

翌日から庄右衛門は三太の代わりに自らが雑用方を仕切ることにした。

上水普請の喫緊の課題である河川内に設ける堰や堤、さらには取水口の備（設備）について、水道奉行伊奈忠治と打ち合わせをすることになっていたが、それを後回しにしての決断だった。一日とて〈人足の食〉はおろそかにできないからだ。

その一方で上水堀を掘り割る作業は七つの工区とも出だしとしては順調に進んだ。

清右衛門が約束した三日が過ぎた。その間、庄右衛門が雑用方を担った甲斐があってか人足らが食事で騒ぎ立てるようなことはなかった。それは人足らが炊事場で走り回る庄右衛門の姿に驚き、恐縮し、遠慮したからで、食事に満足したわけではなかった。それにひとり宛三文の徴収で人足らが満足する食事を供することなど庄右衛門の才覚で、できるようなやさしいことではなかった。

四日経っても三太は戻ってこなかった。それに二百両を懐にして江戸に行った弥兵衛もまだ戻ってこない。普請は順調な滑り出しなのに裏方の二つが覚束（おぼつか）ないことに、庄右衛門はこれから先の普請に一抹の不安を感じる。

「約束の三日は昨日で切れた。おまえが一筆認（したた）めた相手は応じなかったようだな」

現場に赴いて清右衛門を見つけ出した庄右衛門が質した。

「いや一筆の相手はそんな奴じゃねぇ。今日か明日には三太と共にここに来る。案ずることはねぇ」

「業（仕事）以外でおまえの言うことは当てにならん。信じていいのやら」

「てやんでぇ。オレは今日で四日も酒を呑んでねぇんだぞ。十何年ぶりかの正気な頭だ。そのオレが言ってるんだ、兄じゃは心安らかにしていりゃいいんだ。この玉川上水の総大将は兄じゃ。デンと構えていてくれなきゃ、人足どもはついてこねぇぞ」

弟のもっともな言い分に恥じ入った庄右衛門は、

「七つの工区の進み具合は順調なようだな」

と話題を変えた。

「各工区とも今日中に終わる。明日からは三、五、七、九、十一、十三、それに十五の七工区を新たに手掛ける」

「してみると目論見通り、一組一工区を三日で掘り上げられたということだな。それは重畳」

「だが堀底のタレはつけてねぇ」

「それでいい。タレはまだまだ先のことだ」

〈タレ〉とは〈垂れる〉のことであり、〈堀底のタレ〉とは上水堀の底部に設ける垂れ、すなわち傾斜（勾配）のことである。上水堀に流し込んだ河水が十余里（四十二キロ）先の四谷大木戸の受水口所まで流れていくには、堀底に傾斜（勾配）をつけなければならない。

幕府が提示した企画書には堀底勾配の詳細は明示されていない。明示されているのは、〈河水が堀内に留まることなく下手（しもて）に流れ下るよう、堀底にタレを設けること〉の一文だけである。

「タレについては兄じゃに任せる。とは言ってもこのタレを測り出せる者なんか、近江屋の手下（てか）にゃ居ねぇぞ」

現今ならば、レベル（水準器）を用いて上水堀底部の勾配を測り出すことは簡単にできる。しかし承応期（一六五〇年代）に江戸の小さな土木業者である近江屋が、地盤の高低を測量できる術など持ち合わせているはずもなかった。

「言ったように、まだタレを考えるときではない。清右衛は一日でも早く四谷大木戸まで上水堀を掘り抜けるよう踏ん張ってくれ」

「今でも踏ん張ってるじゃねぇか。だがよ、伊奈さまお声掛かりの人足四百五十人が来ねぇことにゃ、踏ん張りようもねぇ。で、伊奈さまからその後なにか言ってこねぇのか」

「まだない。今日、伊奈さまの陣屋に赴き、あらためて人足のこと、それに河川内普請のことについてお願いする」

「兄じゃひとりで心細いなら、オレも一緒しようか」

「心細いだと？　おまえが一緒だとうまくいく話もうまくいかなくなる。お断りだ」

「ならば、任せたぜ」

清右衛門はそう言って現場に向かうべく踵を返したが、すぐにふり返ると、

「兄じゃ、この普請は首尾よくいっても近江屋の儲けはまずねぇ。となりゃ、覚悟を決めてくよくよ思い悩むようなことはせず、のらりくらりと楽しくやろうじゃねぇか」

口の端をゆるめてニッと笑った。

その日の午後、庄右衛門は郡代伊奈忠治の仮陣屋を訪ねた。

仮とはいっても建てたばかりの陣屋は檜の香りが部屋中に満ちていて、そこから見下ろせる多摩川の流れは初夏の陽光に浮き出て一幅の絵のようだ。

「ちょうどよいところに参ったな。間もなく代官の小田中が顔を見せることになっている」

忠治は対岸の丸山に目を遣ったまま言った。丸山は眩しいばかりの新緑である。忠治は丸山から室

内に目を移すと、

「小助、小助、絵図を持ってこい」

と大声を出した。別の部屋から応じる声がして、それからしばらくして若者が何枚もの半紙を抱えてふたりの前に現れた。

「この者はわしが幕府から取水口の探索を命じられた折に付き従った片貝小助。伊奈流を学んでいる最中だ。この者に羽村の取水口備(施設)と多摩川の川中に設ける堰と堤の絵図を作成させた。小助、近江屋に見せてやれ」

二十歳を過ぎたばかりであろうか、贅肉のない体躯に似合った聡明そうな顔付きの武士である。

小助は抱えてきた数枚の絵図の中から一枚を抜き出し、庄右衛門の前に広げた。

「これは殿のご指導の下で何度も描き直して仕上げた取水口備の絵図でござる。昨夜仕上がったばかり。とくとご覧あれ」

庄右衛門は絵図に見入る。今まで庄右衛門が見たこともない普請絵図（工事図面）である。

「取水口備の役割は大きく分けて三つある。なんだかわかるか」

しばらく経って忠治が訊いた。

「一つは多摩川の水を上水堀に取り込む役割、二つ目はその備に多摩川の漂流物、言うなれば落葉、流木、獣や川魚の死骸が流れ込まぬ役割、そしてもう一つは……」

「もう一つの役割は？」

「なにせ近江屋が御府内で扱った普請は土と石ばかりでございました。河水となると近江屋の及ぶところではありませぬ」

「近江屋の先代は府内の神田上水や幕府直轄地である近江八幡の上水普請、さらに桑名御用水の普請などを手掛けたと南町奉行の神尾どのから聞いている。そうした近江屋の来歴を幕府が勘案して此度の玉川上水普請を任せるに至ったのだ。であってみれば取水口備の三つの役割など、すぐに答えられるはずだ」

「桑名御用水の普請は寛永六年（一六二九）ですからわたくしが九歳の頃かと思います。また近江八幡の上水普請はいつの頃だったか覚えておりませぬ。父から〈近江屋〉という屋号は近江八幡の上水普請の功により幕府から許されたのだ、と生前何度も聞かされていましたが、上水普請の詳細について父は一度もわたしに話してくれませんでした」

「ならば、ここでしっかりと取水口備について学んでおくことだな。玉川上水の普請を請け負ったからには誰よりも取水口備の役割を知っていなければならぬ」

口調はきついが庄右衛門に向けた眼差しは穏やかだった。

「わしはこの普請をもって郡代の職を辞すつもりだ。玉川上水の水道奉行を命じられた節は、なんでこんな老いぼれに、と幕府の仕打ちに腹を立てたが今は違う。ここから見下ろす多摩川の流れはなんと美しいことか。もしこの役を引き受けなかったら、わしはこのような美しい風景(さま)を知ることなく彼岸に旅立つことになったであろう。今では水道奉行に就いてよかったと思っている。とは申せ、おぬしのような若い者が多摩川の玲瓏(れいろう)たる瀬音に魅せられて、普請が手に着かぬようでは困るでのう。ここは一つ普請に傾注することが肝要。そこで話を元に戻すが、取水口備のもう一つの役割、それは多

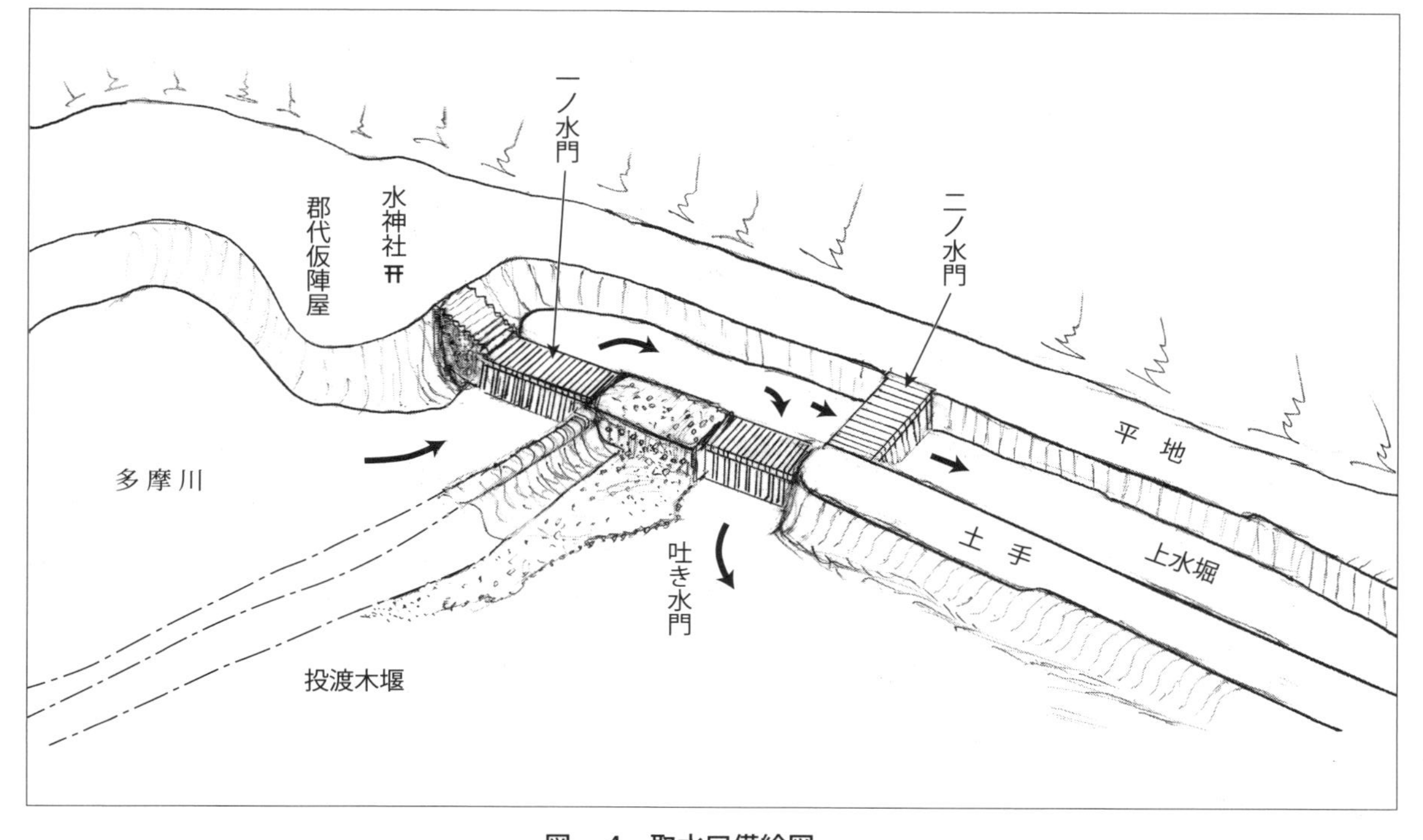

図—4　取水口備絵図

摩川の河水を取り込むに当たって、河水の取り込み量を常に一定にする役割だ。川というものは多摩川に限らず渇水期もあれば増水期もある。さらには洪水もある。今、見るように穏やかな流れだけではないのだ。多摩川がどんな様（状態）になっても御府内に一定量の河水を一日も欠かさず流し続けるには、取水口備による水量調整がなによりも大事。小助が描いた絵図を今、申した事柄を頭に入れて見るがよい」

　庄右衛門はあらためて絵図に見入る。河水を取り込む口（水門）が二つあり、それぞれに〈一ノ水門〉〈二ノ水門〉と記してある。その二つの水門の間に〈吐き水門〉と記した水門が描かれていた。

「水門が三つもあるのですな」

「一ノ門は多摩川の流れに設けた堰や堤によって導かれた河水を取り入れる門。その河水を一定の水量に保つための備が二ノ水門、そして二ノ水門で一定の水量を受け入れて余った河水を多摩川に戻す役割をするのが吐き水門。吐き水門は別名〈余水吐(よすいばき)〉とも呼んでいる」

　小助が絵図を指さしながら庄右衛門に幾分自慢げに告げる。

「さきほど伊奈さまは取水口備には三つの役割があると申されました。多摩川の河水を取り込む役割、河水を定まった量だけ取り込む役割はわかりました。しかしもう一つの雑物を取り除く役割は？」

「一ノ水門前には櫛のように何本もの杭を河中に打ち込む。この杭で漂流物、すなわち倒木など取り除く。また二ノ水門前には井桁に組んだ柵を設ける。この柵で一ノ水門をすり抜けた小さな雑物を取り除く」

「杭や井桁の柵に引っかかった雑物は、いかようにして取り除きますのか」

庄右衛門が訊いた。

「二ノ水門近くに番屋を建て、見張り人を在番させることになろう」

忠治が口を入れた。

「その見張り人が雑物を取り除く、ということになるのでしょうか」

「雑物を取り除くだけでなく、取水口備と川中に築造した堤や堰など全てを維持管理することになろう。だがその詳細は取水口備を作り終えた後でなければわからぬ。小助、次に河水を取水口備に導く備について庄右衛門に話して遣わせ」

頷いた小助は持ってきた半紙の束の中から一枚を抜き出し、それを取水口備図の隣に並べて置いた。

「この図は河水導流備(そなえ)絵図でござる。この備は取水口備に無駄なく多摩川の水を送り込むための備(施設)。堤と堰で河水の流れを制御し、制御した河水を取水口備の一の水門に導く備でござる」

――見たこともない絵図――

と口に出かかるのをかろうじて飲み込んだ庄右衛門は、絵図に記された語句(土木用語)に見入る。

角枠、牛枠、箱枠、大聖牛枠(おおひじりうし)、蛇籠、投渡木堰(なかぎぜき)、投渡木(なかぎ)、小投渡木(こなかぎ)、大堰通、どの語句も庄右衛門には目新しい語句ばかりだ。そのなかで蛇籠だけは想起できた。

「やたらと、枠が出てきますが、この枠とはどのようなものなのでしょうか」

庄右衛門が首をひねりながら小助に訊いた。

「河水を一の水門に導く堤や堰の素材は石。石を帯状に積んで作る。石を積んだままにしておくと、崩れたり河水に流されたりする。これを防ぐために木材で籠状の枠を作って、その中に石を詰め込む。その枠の形は様々」

「枠の形で呼び名が違うというわけですか」

「さよう、箱型の枠もあれば、三角の枠もある。さらには牛の角のような形をした枠もある」

そう小助が答えた時、

「おお、やっておりますな。ひとつわたしにも聞かせてもらえますかな」

背後から声がして庄右衛門が振り向くと代官の小田中正隆が立っていた。

「途中から聞いたとてわからぬであろう。はじめから話している暇はない。近江屋、その絵図二枚はそなたに預けるゆえ、持ち帰って穴の開くほど見続けるがよい。さすれば取水口備と河水導流備のなんたるかが見えてこよう」

忠治は言って、

「正隆、人足の件に目途がついたのだな。そこに坐して、話してみよ」

と命じた。

正隆は三人の前に坐すと、

「昨日の夕、人足集めから戻ってまいりました」

「首尾はどうじゃ」

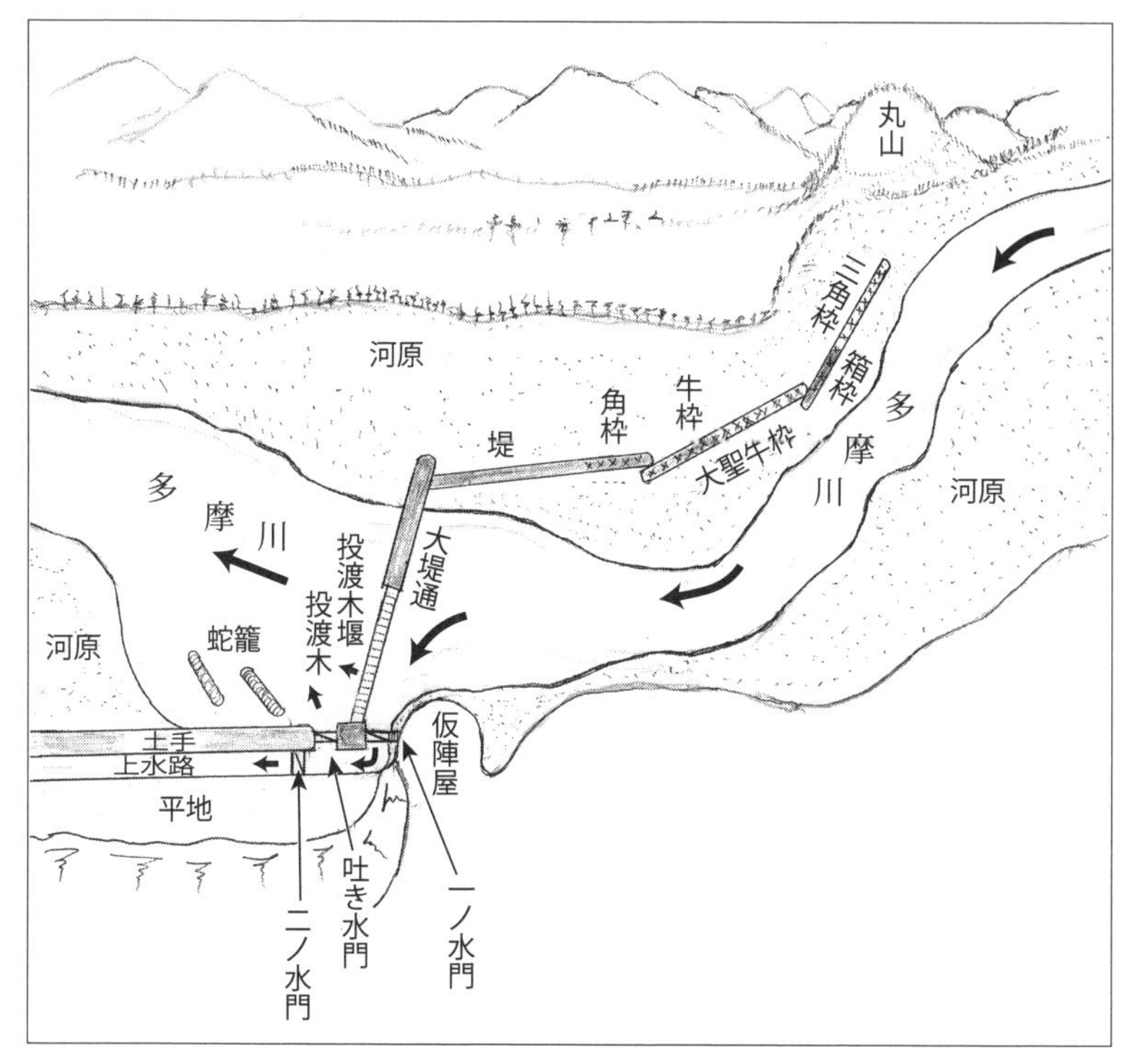

図―5　河水導流絵図（羽村の堰）

「殿よりの御下命にて多摩川筋の上流に位置する青梅の奥、御嶽山さらには軍畑などの集落にわたし自らが出張りました。各集落の名主らと会い、集落の大小に応じた人足を羽村の普請場に寄こすよう命じました」

「多摩川沿いの集落だけか」

「秋川筋の集落には代官所の手代（役人）を遣わしました」

「秋川筋の集落とは」

「二宮、阿伎留野、大悲願寺周辺に点在する集落、さらに五日市と申す集落、広徳寺なる古刹周辺の村落、それから戸倉、さらにその奥の檜原集落などでございます」

「村民らに無理強いはしなかったであろうな」

「申し渡した員数の者を集めよ、と各集落の名主らに命じておきました。名主らが村民らにどのように伝えるか、それはわたしの知るところではありませぬ。ただ申し渡した人足の頭数を揃えねば、名主の職分を取り消す、とだけは付け加えておきました。それを無理強いと殿が受け取るか否かは殿の考え次第。しかしながらそのように申し渡さねば四百五十人もの人足は集まらぬでしょう」

「日雇賃についてはなんと」

「一日働いて二十五文。近江屋がこれ以上の日雇賃を払うと申すなら人足を集めることは、もそっと楽になるのですが」

そう言って小田中代官は庄右衛門に顔を向けた。

「とてもそれ以上は払えませぬ」

庄右衛門は済まなそうに首を横に振る。

「その者らは何時ここに参るのだ」

「明日にでも顔を見せるはずです。そこで近江屋に訊くが、彼の者たちを泊める人足小屋の用意はできているのか」

「その方々用の人足小屋、九棟を建てているところです」

「それは重畳と言いたいところだが一つ気がかりなことがある」

そう告げて正隆は不快げに顔を歪めた。

「わたしが赴いた青梅、千ヶ瀬、和田、御嶽山等の多摩川沿いの集落の者に、それとなく『玉川上水普請をどのように思っているのか』と訊いてみたところ、彼らは口を閉ざして下を向くだけ。さらに問うと逃げるようにしてわたしの前から去っていった。そこでわたしは青梅の名主、曽川寿三郎に会って、村民のそうした対応について質した」

「して彼の者はなんと」

忠治が訊く。

「曽川が申すには、『多摩川に設ける堤、堰の詳細が判明した後にお答えいたします』と申して口を開こうとしませんでした。かつて、わたしは何度も名主らに様々な申し渡しをしてきましたが、このように頑な物言いで応じた名主は居りませんでした。名主の曽川がこうした返答をするのは堤や堰を多摩川に設けることに疑念を抱いているからではないかと思われます」

「かもしれぬ。近江屋、先ほど懐に入れた絵図を代官に見せてやれ」

言われて庄右衛門は絵図を取り出し正隆に渡した。

正隆は絵図二枚を開いてしばらく見ていたが、

「四月四日の鍬入の儀において和田村名主は『堤と堰は筏流しに支障とならぬような配置にしてほしい』と懇請しております。この絵図を曽川に見せれば、渋い顔をするでしょうな」

「渋い顔をするのは承知のうえ」

小助が強い調子で言った。

「承知のうえ、とはこの絵図通りに堤と堰を多摩川に設ければ筏の通り抜けが能わぬ、そのことを指すのか」

「いかにも。代官どのは筏の通り抜けと七十余万の民が渇望している上水、そのどちらを大事と思っておられるのでござるか」

小助は正隆に向けて胸を反らせた。

「これは将軍家綱公お声掛かりの普請。そのような問いかけは無用でござる」

正隆は口を曲げて苦々しげに言った。

「筏を流すとなれば堤のどこかを切り開くことになります。すると河水はその切り開いた所から一挙に流れ出て、取水口に流れ込むのはわずかばかり。それでは江戸府内の民の喉を潤すこと能いませぬ」

筏流しに係わる人々はせいぜい三百人、いやもっと少ないかもしれない。それに比して飲み水を渇望している者は七十余万人。どちらに重きを置くかは小助でなくとも明らかだった。

「小助の手になる絵図に従って川普請を始める。とは申せ川普請は河水が細る冬場が適しているのだが、その時節は過ぎた。となれば梅雨で増水する前に目途を立てておかなければならぬ。今は四月半ば。猶予はならぬ。小田中代官の尽力により不足分の人足らも日を待たずに来るようじゃ。近江屋、小助と相計って川普請に要する木材や竹、麻縄などを早急に手配せよ」

忠治はそう命じてから、

「しかし、そのなんだ、ここから見下ろす多摩川はなんと美しいことか。その様を堤や堰、さらには取水口備でぶち壊すのはあまりに惜しい。わしのようにたまたま羽村に出向いた者がそう思うのだから、ここに住み暮らす者らの思いはいかほどのものか」

ほとんどささやくように言った。

（六）

伊奈忠治の許を辞して近江屋専用の人足小屋に戻った庄右衛門は頭を抱える。

秋川筋や多摩川筋から幕命によって集めた人足はまだ到着してない。清右衛門が自信ありげに引き受けた雑用方担当者もしかりだ。さらに二百両を寛永通宝の一文銭に両替するべく江戸に向かった弥兵衛も帰着していない。それらに追い打ちをかけるように川普請の行く先になにやら不穏な動きがありそうなことを、代官の小田中から聞かされた庄右衛門は肩を落として深いため息をついた。

「また眉の間にシワを寄せているのかぇ」

背後から聞き慣れた声が届いた。ふり返った庄右衛門は、

「なんでおまえが？」

目を見張り、口を半ば開いて声をかけた主を見た。

「おまえさまが背を丸めているときは必ず眉と眉の間にシワを寄せて、くよくよ悩んでいるとき」

「そんなことより、なぜおまえがここにいるのだ」

人足小屋の出入り口に立っていたのは紛れもなく日比谷の留守宅近江屋を守っているはずの妻、お葉（よう）であった。

「突然三太が戻ってきて、清どんからの手紙を渡されました」

清右衛門が雑用方を取り仕切る者に認めた手紙のついでにお葉宛にこちらの情況を手紙にして三太に届けさせたのだろう、要らぬことをする、と庄右衛門は思いながら、

「で、なんと書いてあったのだ」

と訊いた。お葉は庄右衛門に触れんばかりまで近寄って、

「雑用方を差配する者が居ないので、あたしに頼みたいからすぐに羽村まで来てほしい、兄じゃは困っている。そう書いてありました」

と告げてかすかに笑みをもらした。

「おまえに？」

あんぐりと口を開けた庄右衛門は、

「清右衛の奴、心当たる者が居ると申していたのはおまえのことだったのか」

とあきれた顔をし、さらに、

「わたしは困ってなどおらぬぞ。あんないい加減な弟の手紙を信じたのか」

と口をへの字に曲げた。

「さっきの背を丸めたおまえさまの後ろ姿をみれば、清どんを信じてよかったと思っていますよ」

「ふたりの子供は？」

「日比谷の家に残しておきました」

「まだ母親(かか)の手が欠かせぬはずだ」

「この頃はおまえさまより手はかかりませんよ。ふたりの世話は彦爺(ひこじい)にお願いしました」

齢七十になる彦爺こと彦一は近江屋先代に仕えた最古老で、日比谷の家で庄右衛門家族と一緒に暮らしている。

「日比谷からひとりでここまで来たのか」

「いいえ、弥兵爺と江戸に残っていた先代からの組員九名と一緒」

「してみると日比谷の近江屋に残っているのは子供ふたりと彦爺だけか。しかし九名はなにゆえここに参ることになったのだ。わたしは彼らの歳のことを考えて江戸に残してきたのだぞ」

そう庄右衛門がお葉に言い募った時、

「義姉貴(あねき)、来てくれたのか」

弾んだ声で清右衛門が入ってきた。

「義姉貴、兄じゃと楽しげに話している暇はねぇぞ。すぐに来てくれ。これから雑用方の皆に会ってもらわにゃならねぇ」

清右衛門はお葉の手を引かんばかりにして人足小屋を出た。

「やれやれ」

ふたりを見送った庄右衛門が苦笑いしながら呟いた時、

「戻りましたぞ」

人足小屋の外から弥兵衛の声がして、ぞろぞろと老人たちが入ってきた。

「坊(ぼん)、手が足りねぇらしいですな」

「やはり、わしらが居らんことにゃ、近江屋はにっちもさっちもいかねぇんですな」

「端(はな)っから、わしらを連れてきておけば、よかったんたじゃねぇですか」

「わしらが来たからにゃ、もうなんの心配もいらねぇ」

老人たちは口々に言い立てて庄右衛門を囲むようにして座り込んだ。

「わたしが困っていると誰が申したのだ。わたしが皆を日比谷に留めたのは歳のことを慮(おもんばか)ったからだ」

「坊が居ねぇ近江屋は灯の消えたようでちっとも面白くねぇ。そんな所(とこ)に居ればますます年寄るだけじゃ」

「なにもしねぇで日比谷の近江屋を守れ、と坊は言ったが、なんだか只飯を食っているようで尻がむずむずして居心地が悪いったらありゃしねぇ」

「ここに来たってなにもすることはないぞ」

庄右衛門は難しい顔で九老人を見返す。しかし内心では顔中の筋肉をゆるめたいほど嬉しかった。先ほどまでの苦衷が嘘のように霧散していた。

「坊、皆がどうしても、て言うんで連れてきた。方々は先代からの仲間。若い組員には体力で劣るが皆には何十年にも渡って覚え込んだ業（土木）の知恵というものが備わっている。どうだろう、この九人に川普請の指揮を執らせては」

弥兵衛がしたり顔で言った。

「川普請を？」

「先代が幕命で府内の神田上水や幕府直轄地である近江八幡の上水普請、さらに桑名御用水の普請などを手掛けた折り、この面々はその普請に加わっていた。此度の多摩川に設ける取水口備と川普請に方々は昔得た知恵を生かしてうまく取り仕切ってくれるはず」

言われてみれば弥兵衛の言はもっともだった。

「ここまで来てしまった皆を追い返すわけにはいくまい。ならば弥兵爺の言うとおり、皆には川普請の監督を頼む。しかし老骨に鞭打つようなことは避けてくれ」

庄右衛門は相好を崩しながら頭をさげる。

「老骨に鞭を打たにゃ、わしらは動かんぞ」

「手当は上水堀普請の監督をしている若けぇ仲間より弾んでもらわにゃのう」

「いや、手当はいらねぇ。三食のお飯と酒がありゃそれで十分だ」

「江戸に比べるとこっちは寒い、温けぇ寝床があるだけでオレは文句を言わねぇ」

老人らの声を聞きながら庄右衛門は胸の内が熱くなってくる。

「江戸から羽村、慣れぬ長旅、さぞ疲れたであろう。今日のところはゆっくりと休んでくれ」

庄右衛門の声にはなんの屈託もなかった。


九名が去って人足小屋に残ったのは庄右衛門と弥兵衛だけになった。

「ご苦労であった。して両替の首尾は」

庄右衛門が訊いた。

「預かった二百両のうち二十両は一分金、後の百八十両を寛永通宝の一文銭に替えた」

「両替屋で替えたのか」

「とんでもない。両替屋を使えば、目玉が飛び出るほどの手数料を取られる。そんな業腹なことはしない」

「百八十両と言えば一文銭で七十二万枚だぞ」

「先刻承知。その重さは七百二十貫（二・七トン）」

「そのような膨大な枚数をどこで両替したのだ」

「坊が教えてくれた杵屋太助どのに頼んだ」

「それは重畳」

「太助どんは組仲間の相模屋、梅屋に掛け合って、寛永通宝をかき集めてくれた。今頃、江戸府内では一文銭不足で四苦八苦しているかもしれぬ」

杵屋、相模屋、梅屋はいずれも玉川上水工事の請負者として争った組仲間（土木業者）である。今流に言えば、〈公共工事請負者指名競争入札業者〉のことである。競争者として杵屋、相模屋、梅屋それに三河屋と近江屋の五組が選ばれ、近江屋が落札して玉川上水の請負者となった。

「三河屋さんには頼まなかったのか」

「頼んだがけんもほろろに断られた」

「三河屋さんはこの玉川上水普請を一番請け負いたかったのだ。それを近江屋に攫（さら）われた。悔しさもひとしお、面白くないのであろう」

「尻（けつ）の穴の小（ちい）せぇ男だのう」

「滅多なことは言うな。三河屋さんは家康公と同じ三河の出。家康公とは浅からぬ縁があると聞いている」

「そうでしたな。まあいずれにしても三河屋さんのお手は煩わしていない」

「で、両替した七十二万枚の一文銭をどのようにして府内からここまで運んだのだ」

「あの年寄り連中とわしの十人で木車五台に積んで運んできた。木車が道に食い込んで動けぬこともしばしば、それで、ここに戻ってくるのが少しばかり遅れた。銭は遣うもの、それが銭に使われている、と九人がこぼしていたが、まさにその感があった」

「両替のこと南町奉行の神尾さまにはお伝えしなかったのか」

「お伝えするまでもなく、神尾さまの方からお呼びがかかった。そこで、わしは羽村での諸々を神尾さまにお話した。すると神尾さまは一文銭（寛永通宝）を積んだ木車五台の警護として五人のお役人を付けてくれた」

「神尾さまがそこまでしてくだされたのか。で、そのお役人らはまだ、ここにお留まりなされているのか」

「警護は四谷大木戸までだ」

「では、武蔵野からここまでは護衛なしだったのか」

「つかなかったが、神尾さまが渡してくだされた大きな木札を木車に掲げた」

「木札？」

「〈幕府御用〉と認めた白木の木札だ」

「なるほど。神尾さまのご配慮は行き届いているな」

「武蔵野は天領。この木札を道行く人が見れば、われらに頭をさげて道をあけてくれると思った。ところが誰もあけてくれなかった」

「どうしてだ。幕府御用の荷となれば、皆頭をさげて道を譲ったのではなかったのか」

「坊、考えてもみろ。六十を過ぎたよぼよぼの爺が曳く木車五台、お付きの者と言えばお葉どのと三太。どう見ても幕府御用の荷駄とは見えない。みな胡散臭げに立ち止まって木札に目を遣るものの、道を譲る気配は毛筋ほどもなかった。木車に積んだ荷が寛永通宝だとは誰ひとり思いもしなかったであろう」

弥兵衛はさも愉快そうに笑った。

「その銭で当座は人足らに日雇賃を払える」

庄右衛門は、今夜はぐっすり眠れそうだと思った。

第四章　騒動

（一）

お葉は雑用方として雇ったひとり一人と面談を行った。その中から三十名ほどを選び出して炊事班をあらたに編成した。すべてが女と童である。

成人の男を炊事班に加えれば、女や童を下に見るであろうことを慮ったからである。

炊事班には炊事に関することしかさせない。厠の掃除、風呂の用意、人足小屋の掃除などの、いわゆる雑用方が引き受けている業から炊事だけを切り離し、別の班としたのである。

――男という者は何事につけても女を一段低く見る生きものである――

と、お葉は思っている。

三十人で七百人近い人足の食事を賄う、それも屈強な男どもが一日汗を流した末の夕餉である。食欲がないわけはない。

　お葉は庄右衛門と所帯を持ったその日から組の食事の仕度を任された。腹をすかせて戻ってくる人足らがいかに大食であるかを十分承知していた。

　朝餉、夕餉をケチってはならない。庄右衛門から賄い費として預かった銭が足りなくなれば、遠慮なく追加の賄い費を庄右衛門に求めた。

　近江屋の人足三十人がお互いに仲違いすることもなく今までうまくやってこられたのは、むろん先代を引き継いだ庄右衛門の努力によるが、お葉の朝餉、夕餉のやりくりと料理上手も大きく寄与していた。

「三太に聞いたのですが、食代としてひとり頭、一日三文を日雇賃の中から貰っているらしいですね」

「三文では足りぬか」

　庄右衛門とはここに着任した時に会っただけで二日後の今日が二度目である。

　庄右衛門は警戒しながらお葉を窺う。

「足りませぬ」

「では、ひとり頭、四文か五文に引き上げることにしよう」

「それはなりませぬ」

「足りないのであろう」

「足りませぬ」

「ならばそのことを人足らに話して得心してもらい、引き上げようではないか」

「おまえさまは最初のところで躓いたのです」

「三太に賄いを任せたことか」

「いえ、三太でなくおまえさま」

「わしのどこが躓いたというのだ」

「三食の飯代として二文と決めたこと」

「日比谷の近江屋に住み込んでいる連中の三食の賄い費としてお葉は日雇賃から三文を徴収したのでは。だからここでも二文あればこと足りると思ったのだ」

　庄右衛門は愛想のない妻の口ぶりにムッとしながら言い返した。

「そうでしょうか」

「三太が申していたが、この辺では根菜や菠薐草などの葉物が府内から比べると安いそうな」

　菠薐草は三十年ほど前にアジアから日本に入ってきて、江戸に近い農家で盛んに栽培されるようになっていた。

「副菜の値はたしかに江戸より羽村の方が安いでしょう。ならば、その分、主食にもっと銭をかけるべきでしょう。なのに主食ときたら一粒の米も入っていない粟と稗と麦ばかり、これでは皆さまから不満もでますよ」

「お前はここに来たばかりだから知らないだろうが、武蔵野では米が全くといっていいほど穫れないのだ。だから主食に米を入れたくとも入れられないのだ。その故をもってわたしが躓いたことにはならぬ」

　庄右衛門はムキになって声を高めた。

「おまえさまは、まだなにに躓いたのかわからないようですね」

「わからん」

「第一にひとり頭三文と決めたこと。第二に朝昼晩の三食全てをケチったこと。その二つです」

「それは三太に言ってくれ」

「おや、逃げるのですか。三太はおまえさまと相談して決めたと言っていましたよ」

「決めたとして、その二つがなぜ躓いたことになるのだ」

「賢い商人（あきんど）は買い手が値段を訊いたとき、売りたい値より三、四文ほど高く言うものです。買い手が『高い』と文句を言えば、一文安くする。それでも『高い』と首を横に振れば、そこで根負けしたような顔を作って、さらに一文ほど安くする。買い手は喜んで買い、商人は心内でニヤリとする」

「そのような小細工など、わたしにできると思うか」

「無理でしょうね。だからわたしを呼んだ」

「呼んだのは清右衛だ」

「呼んだのは清どんでしょうが、呼ぶような仕儀になったのはおまえさまの躓きが因（もと）」

「躓き、躓きと耳にタコができるほど言うが、躓きとは飯代を三文より三、四文高く申し渡しておかなかった、ということか」

「はじめから五文をいただくようにしておけば、もう少し増しな夕餉を用意できたでしょう。そのうえで『近江屋庄右衛門からひとり二文当ての援助が得られるようになったので、二文はお返しし、以後三文とします』とでも三太から伝えさせれば、おまえさまへの評判も上がったものを」

ふたりのやり取りはどこまでも続く。端からみれば、お互いが罵り合っているように見えるかもしれないが、ふたりにとっては実に楽しい一時なのだ。

庄右衛門は妻のお葉に一度だって褒められたことがない。一緒になった当初は控え目で口答えするような女ではなかった。

――慎しかったのは嫁いできて、ひと月かふた月の間だけ――

と庄右衛門は当時のことを思い出す。

近江屋の組員の三度の食事の賄いを任されるようになると、遠慮する態度は跡形もなく消えた。そうなったのは組員らがお葉の作る食事の虜になってしまったからである。お葉の評判は組員らの間でいやがうえにも上がった。

――それを笠に着てわたしの尻を叩くようになった――

「わたくしの話を聞いているのですか」

お葉が庄右衛門の方に半身を傾けて顔を窺う。

「そのなんだ、つまり、わたしが躓いたことは認めよう。だからと申してわたしが人足にひとり宛一文の援助をするつもりはない。ひとり頭三文で賄いを頼む」

お葉に頭をさげながら、昨日までの不安が嘘のように消えていることに気づいて、庄右衛門は思わずお葉の手を取った。

（二）

幕命によって集められた人足四百五十人が羽村の現場に到着した。

その半数以上は多摩川の支流秋川から代官が徴集した百姓や杣人、漁師らである。遠くは秋川最上流の檜原宿（現西多摩郡檜原村本宿）からの百姓もかり出された。

公役ではないので日雇賃二十五文は出る。

〈公役〉とは領主（統治者）が領民に課す税のひとつで、領民に定められた日数を無償労働するよう義務づけた制度のことである。

秋川上流域の住民にとって一日二十五文の日雇賃は決して悪い条件ではない。喜んで応じる者もいた。だが、おおむねは小田中代官の強い命に服して、名主が渋々集落の中から屈強な男を選び出して羽村に赴かせた、というのが実情であった。

檜原宿の割り当て徴集人足は五人である。しかし来たのは三人だけであった。

これを不審に思った清右衛門が質すと、

「ワレが三人分の働きをするでよう。それでいいだんべぇ」

そう言った男は相撲取りかと見まごうほどの大男だった。歳は二十半ばであろうか、なんとも逞し

い。それを見た清右衛門は、

「三人力なら飯も大食らいだろう」

「飯をたらふく食えると代官が教えてくれたから来たんだ」

「いくら大飯ぐらいでも三人分の働きをしてくれるなら大助かりだ」

「だからな、日雇賃は三倍もらうだ。七十五文だ」

「七十五文がほしいなら一日で三坪の土を掘ってもらおう」

清右衛門はあらためて大男を見た。腕も脚も筋肉で盛り上がっている。

「そんなのは苦もねぇことだんべぇや。掘ったら七十五文を払ってくれるのだな」

「苦もねぇと言うからにゃ、今まで何度も一日で三坪もの土を掘ったことがあるんだろうな」

「ねぇ。だけんどそれくらいわけはなかんべぇ」

「よしこうしよう。オレと一日掘り比べをしようじゃねぇか。それでオレに勝ったら、七十五文払うことにする」

「お前（めえ）みてぇな優男（やさおとこ）に勝つなんざ、わけのねぇことだんべぇ」

若者は自信たっぷりに破顔した。

このやり取りは一刻後には人足らの間に広まった。

翌日、工区割（幅二間、長さ三十間）現場の両端に清右衛門と若者が鍬を持って立った。その周りを数百人の人足が取り囲んでいる。

「ここに檜原宿から参った力自慢の若者が居る。この者は三人力だと申してはばからない。もしその言に嘘がないなら近江屋の腕っこきの者より、多くの土を掘り起こせるはずだ。そこでこれからふたりに一刻(二時間)の間にどれだけの土が掘れるか競ってもらうことにした。皆は楽しんでご覧じろ」

そう言ったのは庄右衛門だった。

庄右衛門はこの話を清右衛門から打ち明けられた時、はじめは渋い顔をして賛成しなかった。しかし、

——近江屋が集めた人足と代官が徴集した人足では普請に加わる心構えも思いも違う。そうした二つの集団を融和させるにうってつけの機会だ——

と思い直した。

庄右衛門は工区割りした現場の中央に立ち、手に持った銅鑼を力一杯叩いた。

若者と清右衛門が鍬を大きく振りかぶり、土に鍬を打ち込む。

なんと若者が打ち込んだ鍬の柄が手元で折れた。

取り囲んだ人足らは若者のバカ力にやんやの声援を送る。清右衛門はひたすら呼吸を整えていつものごとく掘り始めた。若者は新しい鍬に持ち替えて今度もまた渾身の力で打ち下ろす。鍬が隠れるほど土に食い込んだ。

たちまち若者と清右衛門の掘り起こし土量に差がついた。人足らには若者が三人力どころか四人力、五人力にも見えた。

——こんなすげえ奴が山奥のそのまた山奥の檜原宿には居るんだ——

近江屋が雇いあげた人足と代官が徴集した人足らは手を打ち一つとなって若者に声援を送った。

一方、清右衛門を応援する者は近江屋の組員のみである。

四半刻（三十分）が過ぎた。

若者の勢いは止まらない。すでに掘り起こし土量は清右衛門の二倍にもなっている。

さらに四半刻が過ぎる。掘削土量の差は大きくなるばかりだ。

だが清右衛門に焦（あせ）る様子はない。

この時、庄右衛門には清右衛門の勝ちが見えた。後（あと）四半刻もすれば若者の勢いは弱まり、清右衛門が少しずつ挽回し、一刻が過ぎた時に清右衛門の掘削土量が若者のそれを上回るのは明らかだった。

庄右衛門は銅鑼を高く上げると、

「ここまで」

一声を発して打ち鳴らした。取り巻いた人足らが再び手を打ち、足を踏み鳴らした。

「近江屋の負け。この者が三人力であることは真（まこと）。そこで皆に訊くが、この若者の日雇賃を七十五文としてよいか」

庄右衛門は両手を広げて人足らに問い掛けた。その所作は大げさで、平素の庄右衛門の姿にそぐわないものだった。

「いいぞ、七十五文と言わず、百文でもかまわねぇぞ。オレらにも百文払ってくれりゃもっといい」

人足らが口々に囃（はや）し立てる。

「この若者より多く掘ってくれれば百文払ってもよいぞ」

「そりゃ無理だ」

人足らは楽しげだ。そんな庄右衛門と人足のやり取りを清右衛門は涼しげな顔で見ていた。

その夜、夕餉が終わった折、

「清右衛、なぜあそこで銅鑼を鳴らしたかわかるか」

と庄右衛門が訊いた。

「兄じゃがあんな策士だとは知らなかった」

「千人を超える人足を束ねていかねばならんのだ。策士でなくては務まらぬ。悪く思わんでくれ」

「いいってことよ。実はな、もし兄じゃがあそこで銅鑼を鳴らさなかったたら、オレが鍬を投げ出していただろう」

「一刻後にお前は勝つことが自身でわかっていたはずだ」

「あの若者はすでに息が上がっていた。後少し経てばその場にへたり込むに違いなかった。だからそうなる前にオレは鍬を投げ出そうと決めていた。それを兄じゃが台無しにした」

そう言いながらも清右衛門の表情は清々としている。

「お前のことだから、最後まで掘り抜いて若者に勝とうとするのではないかと思い、銅鑼を叩いてしまった」

「言っておくがな、兄じゃよりオレの方が人足らの心根を掴むのは長けているんだぞ。これで少しでも人足らが和気あいあいに普請に就いてくれりゃ、言うことはねぇ。わかったか」

清右衛門はそう言って庄右衛門の肩をポンと一つ軽く叩いた。

承応二年（一六五三）四月二十五日、総勢千百人で玉川上水の工事は開始された。千百人の人足の振り分けは、上水堀の工事に掘り方四百五十人、土運搬方に二百五十人の計七百人。取水口備と堤、堰の築造に三百人、雑用方七十人、炊事班三十人である。

上水堀工事の工区数は当初七工区であったが人足の増員によって新たに四工区増えて十一工区となった。

これにより清右衛門は工区担当の近江屋の組員を、一工区ふたりからひとりに減らした。庄右衛門は工区担当から外れた組員を、上水堀の経路確定と工区割などの作業に専念させた。経路はすでに幕府が示した企画書によって示されていて、現地には木杭が二十間（三十六メートル）ごとに打ち込まれているので、さしたる細かい計測をしないでも済んだ。しかし、上水堀の底につける勾配（タレ）については詳細に計らねばならなかった。

タレの計測作業は上水堀を荒掘りした後のこととした。ともかく四谷大木戸の上水受け口所まで上水堀を掘り通すことを最重要の目的として進めることにした。

また取水口備の工事は江戸から新たに駆けつけた老人集団が担うこととなった。彼らは若かりし頃、庄右衛門の父と共に河川内工事を担った経験があり、歳のことを抜きにすれば任せるに十分な組員ばかりである。

一日、二日と日は過ぎていく。お葉が賄い方を担当するようになって後、人足からの不満はあがらなかった。ただ酒の提供が夕餉にないことで酒を飲みたい人足らから苦情があった。

「皆さまにお酒をお出ししたいと思っております。とは申せ、この界隈を探してもお酒はなかなか手にはいりませぬ。一升、二升は手当できましょうが、そのような少ないお酒では取り合いになります。それが因で喧嘩にもなりかねませぬ。ここでは喧嘩は御法度。どうかお酒の提供は今しばらくお待ち願います」

お葉は庄右衛門との口利きとはまるで違って、こぼれんばかりの笑顔で夕餉に集まった人足らの間をまわる。もともと美人との評判があるお葉のかいがいしい姿に人足らは注文をつけることも能わず、酒なしの夕餉を食すことになる。彼らがお葉に素直に従ったのは、三太からお葉に炊事担当が代わったその日から、夕餉の料理が格段に美味くなったことにもよる。

お葉は羽村に向かう直前に、米問屋に行き、三十俵の米を羽村に送るように頼んだ。むろん銭は前渡しである。三十俵はお葉が羽村に着いた翌日には届いた。その米を雑穀と麦に混ぜて炊き、主食として供した。米をめったに口にしたことのない人足らは毎晩、米が食べられることに驚き喜んだ。三太の時はどんぶりすり切り一杯の雑穀と麦まじりの飯しか出さなかった。人は何事かを制限されると、その何事かを超える何事かを欲(ほっ)したがることを、お葉は近江屋組員の賄いをする中で学んでいた。

十一工区に増やした上水堀工事は順調に庄右衛門の目論見通りに進んだ。

目論見通りとは一工区三十間を三日で掘り上げることである。そうすれば一年かからずに上水堀十里余（約四十三キロメートル）を四谷大木戸まで掘り抜ける。

　庄右衛門は玉川上水工事の行く末に、わずかばかりの光明を見いだして安堵の胸をなで下(おろ)した。

　ところが五日目、取水口備と堤、堰築造の河川内工事に就労した人足らが異議を申し立てて庄右衛門の許に押しかけてきた。

「わしらは小田中代官さまの命で普請に連れてこられた秋川沿いに住まう者(もん)だけんどよう、話が違うだんべぇ」

　押しかけたひとりが不満そうに口を尖らす。

「違うとは？」

　庄右衛門は人足らが大挙して来るとは思ってもみなかった。

「わしらは土を掘るって聞かされていたんでよう、だからここに来ることを承知したんだ。それが多摩川にざんぶり浸かっての業となっちゃ、おかしいだんべぇ」

「今の時節、秋川の漁師だって水が冷たすぎて川にゃ入らんぞ」

「わしらを上水堀の方にまわしてくれろ」

「いや、わしは村に戻りてぇ」

「わしも戻るので五日分の日雇賃を呉(く)れろや」

「川普請のことは聞いてなかったのですか」

　たまらずに庄右衛門が訊いた。

「大悲願寺(だいひがんじ)ちゅう大きな寺の近くの山田っちゅう集落に住まう与五郎ちゅう者だけんど、わしらの名主どのは『代官の命でこの山田集落から七人の人足を出すよう命じられた。なかなか応ずる者が居らんので、すまんが羽村に出向いてくれ。なに業はたいしたことじゃない。なんでも多摩川の水を江戸に通す掘割（ほりわり）を作るとのことだ。これは公役じゃないから二十五文の日雇賃が出る』そう泣きつかれたから、わしは名主の顔を立ててしぶしぶ首を縦に振ったんだ。来てみたら多摩川ん中に褌一つで突っ込まれて川底を浚え、石をどけろと口うるさい年寄りらが言い募る。どう考えても間尺にあわねんだべぇよ」

　口うるさい年寄りとは近江屋の組員の老人九人のことであろう。庄右衛門はなるほどと思った。

　彼らは土を掘る仕事だと思って名主の説得に応じたのだ。それが羽村に来てみれば土を掘るのではなく川中に入っての作業。二、三日は文句も言わずに近江屋の老人たちの指導監督の下で働いたが、五日目、とうとう我慢しきれずに作業をやめて談判に及んだ、ということなのだ。

「川中での業については前もって報されていなかったのですな」

「名主は上水堀を作る業（作業）だとはっきり申した」

　与五郎が胸をそらせて答える。

「わかりました。なんとかします。しますが今日一日はどうか業を続けてくだされ。無断で村に戻るような仕儀に及べば、小田中代官は黙って見過ごすようなことをなさらないでしょう」

「ならば、明日まで待つことにする。明日にはわしらが得心するような話を聞かせてほしい」

　代官の名をちらつかせたのが功を奏したのか、それ以上の申し立てをすることもなく、彼らは庄右衛門の前から退散した。

その夜、夕餉が終わってから庄右衛門は弥兵衛と老人九人を呼んだ。

「先ほど川に入ってみた。なるほど川普請をするには、ちと河水は冷たすぎる。さぞや老骨には応えるであろう」

庄右衛門は夕餉前に多摩川に赴き、腰の深さまで川中に入り、小半刻(三十分)ほど浸かってみた。

「夏場ならいざ知らず、今の節、川普請が骨身に応えるのは当たり前」

なかのひとり兵三郎という七十歳にちかい老人が応じた。

「なら川普請の監督は組の若い者に代えてもいいぞ」

「川普請とは骨身に応えるもの。わしらはそのことを先代の許で神田上水や近江八幡の上水普請でたたき込まれた。その経(経験)が身体に染みついている。今時の若ぇ者にゃ務まるもんじゃない」

兵三郎は首を横に振る。

「坊、わしらへの心遣いは無用。わしらを呼んだのは昼間の一件を話し合うためじゃねぇんですか」

「そのことだが、彼らの今日の仕儀をどう思ったか聴かせてくれ」

「川普請の三百人は御上の命で仕方なく羽村に赴いた、とみなければならん」

兵三郎がすかさず応じた。

「三百人の中で秋川沿いから来たのは何人ほどか」

庄右衛門が訊く。

「百二十人ほど」

「すると後の残りの百八十人は多摩川筋にある集落の人たちだな。で、今日押し寄せたのはどちらの川筋に住まう者たちなのだ」

「秋川筋、多摩川筋の両者。川普請に臨む彼らの思いは三つに分かれている。一つは〈自分（おのれ）は名主に拝み倒されて羽村に来た〉と思っている連中。二つは〈日雇賃を貰えるなら多少きつい業でもやるしかない〉と考えている者ら。それから三つ目は〈日雇賃が掘り方人足と同じじゃ、間尺にあわない〉と不満を持っている奴ら」

「皆は今、兵三郎どんが申したことをどう思う」

「もっと違った思いを持った奴もいるだろうが、まあそんなところだ」

中のひとりが悟りすましたように頷いた。

「明日、わたしは彼らに得心のいく返答をせねばならない。どう伝えればよいか聴かせてくれ」

「伝えることなんかしなくてもいい。あいつらの尻を蹴飛ばして川普請に従事させりゃいいこった。府内の普請では何度もそうしてきた。いちいちあいつらの不満を聴いていたら普請は前に進まねぇ」

老人の中では最も口が悪いと評判の千造がダミ声で言った。ダミ声なのは人足を始終怒鳴り散らしている内に声帯が潰れてしまったのだと仲間内で言われている。

「そんなことをすりゃ、あいつらは水道奉行の郡代さまに泣きつくに決まっている。そうなれば坊（ぼん）がお叱りを受ける羽目になる。坊に迷惑はかけたくない」

兵三郎より二、三歳若いと思われる老人は孫を見るようなやさしい目つきだ。

「与五郎とか申す者の口利きは強かったが、腹に一物あるわけではなさそうだった。川普請は確かにきつい、そのうえ河水は冷たいときている。しかも好きで川普請に加わったのではない。となれば、誰しもが心内に不満を抱えてもおかしくない。抱えた不満のはけ口を坊に求めたものと思われる。そうならこれから先、川普請が終わるまで何度も坊に苦情を申し立てるに違いない。坊、その覚悟をまずしておいてくれ。そのうえで言うのだが、人足らに川普請を放り出して村に戻るだけの覚悟はないと思われる。ここはわしら九人がなんとか押さえ込んでみせよう」

兵三郎は自信たっぷりだ。

「そこで坊に頼みがあるんだが頼まれてくれますかな」

ダミ声の千造が庄右衛門を窺う。

「頼み事を聴いてから返答する」

庄右衛門は慎重だ。千造ら老人たちは無駄に生きてきてはいない。したたかで老獪で策に長けている。そうした老人たちが組員として加わっていたからこそ、今の近江屋がある。だが老人たちの人足の扱い方と次世代の庄右衛門らのそれとは微妙に違ってきている。

「川普請をあいつらに続けさせるにゃ、掘り方人足と差をつけにゃならねぇ」

千造がダミ声で言った。

「差をつける？」

「掘り方にゃ二十五文の日雇賃、川普請人足も同じ二十五文。これじゃ、わしでも掘り方に移りたくなる。そこで川普請人足に少しばかり日雇賃に色をつけるっちゅうのはどうだろう」

「どれほどの日雇賃にすればいいのだ」

「四十文ってぇところが落としどころじゃねぇですかね」

千造はそう言ってひとり頷く。

「兵三郎どんはどう思う」

「それは坊の腹ひとつ」

「腹ひとつ、か。四十文となればひとり頭十五文多く日雇賃を払うことになる。三百人だから四千五百文、つまり毎日小判一枚と五百枚の寛永通宝が出ていくことになる。すると川普請が終わるまでには三百両ちかい銭が余計に掛かる」

庄右衛門はため息混じりに、

——三百両の出費は大きすぎる——

と心内で呟く。

「坊、銭でなんとかなるなら今は惜しむべき時ではない。方々の考えに乗ってみようではないか」

今まで黙って聴いていた弥兵衛が遠慮勝ちに言った。


翌日、朝餉が終わったばかりの庄右衛門の許を与五郎らが訪れた。

「得心のゆく返答を聞きたい」

与五郎が一歩前に出て声を張り上げた。背後には昨日よりも大勢の者が押しかけている。

「昨日、川中に浸かって皆さまと同じように川底を浚う業をしてみました。小半刻ほどで腰から下が寒さでしびれ動かなくなりました。皆さまの申し立てがよくわかりました」

「今頃気づいたのか」

「近江屋の手の者から川普請は大変だと聞かされておりました。それを聞き流しておりましたゆえ気づきませんでした」

人足らの実情などは兵三郎らから聴いていない。だがそう答えて自身を悪者にしておくことが、使う者と使われる者の関係を悪化させない知恵であることを、近江屋という組（土木業）を束ねていくうちに庄右衛門は学び取っていた。

「どうでしょう、水が温むまでの間、皆さまには二十五文のほかに河中手当なる労賃を別途支給することで得心していただけないでしょうか」

「河中手当？　聞いたことのない手当だが、幾ら出してくれるんだんべぇか」

「その額は」

と言って庄右衛門は昨夜の話し合いで老組員が〈四十文ってぇところが落としどころじゃねぇですかね〉と言ったことが頭をかすめた。

――四十文となれば河中手当を十五文にすればよい――

「河中手当は」

庄右衛門は、〈十五文〉と口にでかかるのをやめた。この時、妻のお葉がしたり顔で〈賢い商人は買い手が値段を訊いたとき、売りたい値より三、四文ほど高く言う〉と言ったのを思い出したからである。

――そうかその逆もありだな――

庄右衛門は考え直し、

「五文ではいかがでしょうか」

いかにも考えぬいたかのような口振りである。

「たった五文の上乗せか。それでは働く力も湧かぬだんべぇよ」

背後に大勢の仲間が控えているので与五郎は強気だ。

「五文では湧きませんか」

庄右衛門はわざとらしく腕を組んで難しい顔をする。

「この普請は将軍さま肝煎りだんべぇ。人足の日雇賃をケチれば将軍さまに顔向けできねぇことになるだんべぇや」

「痛いところを突かれますな。では寛永寺の舞台から飛び降りたつもりでもう二文増やし七文では」

「すると川普請の日雇賃は合わせて三十二文ちゅうことだんべぇか」

「そう三十二文」

「皆の衆、三十二文でどうだんべぇ」

与五郎は大声で三十二文を告げる。

「うんにゃ、あと一押しだ」

押しかけ者が首を横に振る。

「もう少し色を付けろと皆が言っている。なんとかしてくれねぇだんべぇか」

庄右衛門はさらに難しい顔をして腕を組み直した。

「あと三文奮発して十文の河中手当にすりゃ、切りのいい三十五文になるだんべぇ」

与五郎が皆から背を押されたように一歩、庄右衛門に近づく。

「三十五文では近江屋は大損をしますが、将軍さまに顔向けできるのか、と言われては出さざるを得ません。ただこのことはしばらくの間、掘り方には内緒にしておいてくだされ」

「なにも隠すことじゃねぇだんべぇや」

「知れば、川普請に替えてくれ、と大勢の掘り方が言ってくるのは目に見えております。この三十五文は江戸御府内の人足の日雇賃と同じ。江戸から三十五文を目当てに川普請に得手な人足らがここに押し寄せるかもしれませぬ。そうなれば近江屋は日雇賃を三十四文、いや三十文と減額する手立てを考えます」

これは非を理に言い曲げる話だな、と思いながら庄右衛門は内心忸怩たる思いで言ってのけた。

「わかった。日雇賃三十五文、今日から払ってくれ。皆の衆、近江屋さんの気が変わらぬうちに、この場を退散すべぇ」

与五郎は皆を追い立てるように河原に向かった。

去っていく与五郎らの背を見ながら庄右衛門は大きく息をつく。

「五文、助かったな」

いつの間に来たのか弥兵衛が背後から声をかけてきた。

「どうもそのなんだ。なんとなく人を騙したようで後味(あとあじ)が悪い」

「おそらくこれから何度も後味の悪い駆け引きをせねばならぬ場がでてくる。此度の普請は後味が悪かろうが、意に添わなかろうが上水堀を四谷大木戸まで掘り割ることが全てに勝る。大丈夫、坊ならやれる」

弥兵衛は思いやりあふれる声で庄右衛門に頷いてみせた。

（三）

承応二年（一六五三）四月三十日、取水口備と堤や堰を設けるための下準備は、近江屋老組員九名と水道奉行伊奈忠治の家臣片貝小助の指導によって順調に進んでいた。人足らは一日三十五文の日雇賃が貰えるので不満を漏らす者は少なくなった。とは言え河中での仕事は決して楽ではなかった。特に老組員にとっては昔の経験があるとはいえ、骨身に堪える毎日である。

庄右衛門は清右衛門と相談して老組員らに一日交替で川普請の監督をするよう勧めた。すなわち一日川普請に就労したら次の日は陸業（河川内以外の業務）にまわって身体を休めてもらうという考えである。

九老人ははじめ不愉快な顔をして断った。というのも庄右衛門が自分らを老人扱いしていると思ったからである。しかし紛れもない老人であってみれば、頭（庄右衛門）の勧めもあながち間違っているわけではない、と思い直して受け入れた。

庄右衛門はこれで九老人の身体への負担は楽になると安堵した。清右衛門はこれで九老人が河中で凍え死ぬような厄介ことが起こらずにすみそうだと思った。

これからは川底浚いが終わった箇所に堤や堰を作る作業に入り、あわせて取水口備の構築に手をつけることになる。

堤と堰には膨大な石と木材、竹、縄が欠かせない。陸業にまわった老組員らは小助と共に木材などの土木材料集めに奔走することになった。

手許金が庄右衛門の懐からどんどん出ていく。前渡しされた千両の七割(七百両)はすでになくなっていた。

一方、上水堀は一工区の堀延長三十間を三日で掘り抜けることが確実になった。

同時に行える工区は十一工区であるから、三日で三百三十間(五百九十四メートル)掘れる。

順調に掘り進められれば、およそ二百二十日ほどで四谷大木戸まで掘り抜ける。そうなら工期に間に合う。

しかしなにかことが起これば、この工程は延びることになる。延びれば普請費は嵩む。

――今はまだ、普請費の勘定をする節ではない。日々順調に掘り進められるよう祈るしかない――

庄右衛門が自分にあてがわれた人足小屋の小部屋でひとり呟いた時、

「兄じゃは居るか」

大声で入ってきたのは清右衛門だった。

「一緒に来てくれ」

「なにかあったのか」

「ちょいとまずいことが起こった。一緒に来てくれ」

「まずいこと？」

「まあ、ついてきてくれりゃわかる」

清右衛門は兄を急かすようにして小屋を出ると上水堀の現場へと導いた。

工区ごとに旗を立て、組員が人足を鼓舞している。その声にせき立てられるように、人足らは鋤鍬を振り上げ、一心に土を掘り込んでいる。土の色は赤褐色、締まって密というほどの硬度はないので鋤や鍬でも掘れる。鶴嘴を使っている人足はそれほど多くない。

「なにも変わったようには見えぬが」

「上水堀の普請はいまのところ上々の首尾。明日には十一工区が揃って掘り終わる」

「次の十一工区の縄張りなどは終わったのか」

〈縄張り〉とは工区の区画施工線を地表に縄で張り、掘り込む箇所を特定する作業をいう。

「訊かれるまでもねぇ」

「ならばわたしを現場に呼び出すこともなかろう」

「文句を言わずにオレの後についてきてくれ」

清右衛門は十一の工区を過ぎてその先へ足早に進む。そのあとを庄右衛門は仕方なく続く。しばらくすると先を歩いていた清右衛門が立ち止まり、

「この先に見えるあの尾根筋に上水堀を作っていく」

眼前には後世、拝島丘陵と呼ばれる背骨のような尾根が連なっている。その尾根は全て茅で覆われていた。

「そんなことは言われなくともわかっている」

「ところが尾根筋に打ってあるはずの木杭が見当たらねぇんだ」

「茅が生い茂っているので探せなかったのではないか」

「そう思って三太らを使って探したが見つからなかった」

「木杭は幕府が打ち込んだもので、上水堀の経路を決める基本となる杭だ。探したが見つからんではすまぬぞ」

「だから兄じゃを呼んだんじゃねぇか」

「これから先、ずっと木杭は見当たらぬのか」

「抜かれていたのは尾根が尽きた一里ほど先の砂川村あたりまでだ」

「杭は二十間（三十六メートル）ごとに打たれている。一本や二本なら猪などの獣が食い散らかしたとも考えられる。だが尾根筋に打たれた杭が一本も見当たらぬとなれば、人の仕業としか思えぬ」

「そうだとしたら、とんでもねぇ野郎だ。ひっ捕まえて獄門だ」

「だれだか心当たりでもあるのか」

「ねぇ」

「このこと伊奈さまにお伝えせねばならぬ」

「伊奈さまに訴えたって埒が明くわけじゃねぇ。報せなくともいいんじゃねぇか」

「木杭は幕府が打ち込んだものだ。水道奉行の伊奈さまは上水堀の経路に当たる近隣住民に〈木杭を抜いたり傷つけたりしてはならぬ〉、と申し渡している。であるなら、このこと伊奈さまにお伝え申しておかねばならぬ」

「兄じゃも大変じゃのう。小判の両替、雑用方の炊事のもめ事、川普請での銭よこせ騒ぎ、それでもって此度の木杭引っこ抜き。こう次から次へと難事が降りかかるんじゃ、一度どこぞの寺社にお参りしたほうがいいんじゃねぇか。なんせ兄じゃはオレと違って信心深いからな。お参りすりゃ、助けてくれるかもしれねぇ」

「要らぬ。今は神頼みするときではない。降りかかる難事を一つ一つ地道に片づけていく、それしかない」

「難事のおかげで兄じゃは義姉貴(あねき)を呼び寄せることが叶った。悪いことばかりじゃねぇ」

「呼び寄せたのは清右衛、おまえではないか」

「兄じゃ、尖(とんが)っていてもなんにもなりゃしねぇ。肩の力を抜いて義姉貴を見習うんだな」

「お葉のどこを見習えと申すのだ」

「義姉貴は美味い夕餉で人足らをすっかり丸め込んじまったみてぇだ。義姉貴にかかれば人足を手なずけるなんざぁ、朝飯前ってところだ。なんせ兄じゃでも義姉貴にかかっちゃ、手も足も出ねぇからな」

清右衛門は庄右衛門をのぞき込むようにして、いかにも楽しそうに歯を見せてヒッヒッと笑った。

（四）

仮陣屋からは多摩川の風景が手に取るように見える。

そこからは多摩川の流れに身を浸した老組員に、追い立てられるようにして三百人の人足が、石を運んでいる様が望めた。

「近江屋のご老人の働きには驚くばかりだ。わしと違わぬ老い先短い者ばかり。だが小助が渡した絵図を深く解して川普請に精を出している。さすがその昔、神田上水や近江八幡の上水普請を手掛けた生き残りだけのことはある。近江屋はよい組員を持っているな」

不意に訪れた庄右衛門に伊奈忠治は穏和な顔を向けた。

「ありがたいことだ思っております」

「それに比べて上水堀を仕切る清右衛門はどうじゃ。あの跳ね返り方は筋金入りじゃのう」

「なにか弟が伊奈さまにご不快になるようなことを申したのでしょうか」

「いやそうではない。この玉川上水普請は言ってみれば戦(いくさ)のようなものでの。総大将は老中の松平信綱さま。それを支える副将が南町奉行の神尾元勝どのと、この伊奈半十郎忠治。この玉川上水普請と申す戦においては大将と副将はいわばお飾りだ。戦(たたか)うのは人足という兵。その兵を鼓舞し、陣太鼓を打ち鳴らし、雄叫びをあげる役割をするのが近江屋の清右衛門だ。その役割を清右衛門はみごとに熟(こな)

している。ただ時として陣太鼓を叩きすぎたり、雄叫びがいたずらに大きかったりして思わぬ方に兵が動くやに見える。その折は庄右衛門、おぬしが手綱を引き締めて遣わせ」

忠治の一言は庄右衛門に亡き父一右衛門を思い出させた。

一右衛門は今際(いまわ)の際(きわ)に庄右衛門を枕頭に呼んで、

――清右衛は曲がったこと理不尽なことに後先(あとさき)の見境なく申し立てをする。それで何度もお武家や役人らと喧嘩沙汰を引き起こす。善悪は別として町人の分際である清右衛が謝らねば収まらぬのが今の世の習いである。謝りにゆけ、と申すのだが、がんとして受け入れぬ。結句、わしが出張って謝り、それでどうにか収まる。わしが清右衛の代わりに謝りにいくのは、御上（権力）にへつらうような生き方をせぬよう清右衛に教え込んだ親の責任を感じているからだ。わしがあの世に旅立った後のことを考えると清右衛の行く末に一抹の不安を感じるが、これで良かったと思っている。近江屋はおまえに託すが清右衛のそうした心根は、近江屋が困ったときに大きな支えになるであろう――

と告げた声が庄右衛門の耳に今でも残っている。

「伊奈さまの御忠告、父の言と心得てそのように心掛けます」

庄右衛門は頭を深くさげる。

そういえば、父の臨終の席に清右衛は顔を出さなかった、とその折りの苦々しさが蘇ってくる。

「一右衛門どのは幾つで亡くなったのであったか」

「ちょうど五十歳でした」

清右衛門への苦々しさを吹っ切るように幾分明るい声で答える。

「してみるとわしは一右衛門どのより十年も長く生きながらえていることになるな。そうした早世の話を聞くにつけ、わしは一日も早く郡代の職を辞して余生を楽しみたい」

人間五十年と言われた江戸初期であってみれば、一右衛門の死は世間並みの寿命といえた。

「して、今日ここに参ったのはわしの御託を聞きたいからではあるまい」

忠治は探るような目で庄右衛門を窺った。

「実は」

そう言って庄右衛門は木杭の一件を話した。

「そのような不埒な所業におよぶ者に心当りはないのか」

「わたしにも清右衛門にもまったくありませぬ。伊奈さまに心当る者が居りましょうか」

忠治はしばらく考えていたが、さて、と呟き、

「いやあの者がそのような仕儀に及ぶとは考えられぬ」

首をかしげ、さらに、

「杭が失せたとなると上水堀の普請はどうなるのだ」

と訊いた。

「木杭の復元は近江屋では能いませぬ。となれば上水堀は工期内に仕上げられるどうか」

「このようなことが起こることを想定して控え杭を設けておかなかったのか」

〈控え杭〉とは本杭が抜けたり損傷した時の用心のために本杭の近くに打ち込んでおく、復元用の予備杭のことである。

「たとえ控え杭を設けたとしても、その杭も抜いたに違いありませぬ」

「で、わしにその不埒な者を捕まえてほしいとでもいうのか」

「いえ、そうではありませぬ。わたしはこの玉川上水普請を請け負ったときから、羽村から二十間ごとに杭を打って経路を決めていった者を知りたいと思っておりました。なにせ経路はただ四谷大木戸に向かって掘り割っていけばよい、といったものではありませぬ。羽村から取り入れた多摩川の水が上水堀を少しの淀みもなく四谷大木戸の上水受け口所まで流れ下る地を選び、探し出さねばなりませぬ。それは地盤の低い高いを正しく測れる技を持った者でなければ為し得ませぬ。経路を決めたのは伊奈忠治さまであることは幕府の誰もが認めるところ。ただもう一方、この経路決めに与力した者が居られたと羽村の名主、加藤徳右衛門さまからお聞きしました。その方は安松金右衛門さま、とか」

「たしかにその者が上水堀の経路を決めるにひと役買った」

「そのお方に、もう一度木杭を打ち直していただき、あわせて堀底のタレを計測していただきたいのでございます」

「近江屋の技（技術）では上水堀のタレを測り出すことが能わぬと申すのか」

「まことに残念ですが伊奈さまの仰せられるとおりでございます」

「どうしてもその者の力を借りたいのだな」

「むろん報酬はその方の求める額をお支払いします」

「安松どのはわが家臣ではない」

「御家臣ではないとすれば、幕府のしかるべきお方でしょうか」

「いや、今の幕府にそのような優れた技を持った者は居らぬ。安松どのは上水総奉行を務める老中の松平信綱さまの家臣」

「松平さまは川越藩士。してみると川越藩の御家中の方なのですな」

伊奈家の家臣と思っていた庄右衛門にとってそれは意外なことだった。

「わしとその安松どのが組んで玉川上水の経路を決めた。経路ばかりでなく近江屋に幕府が渡した上水企画書も安松どのが作ったのだ」

企画書とは今で言う基本計画と実施計画を合わせたような書類一式である。

「安松さまをここにお呼びすること叶いましょうか」

「呼ぶには御老中（松平信綱）のお許しを得ねばならぬ」

「わたしが御老中にお目通りできるわけもありませぬ。どうか伊奈さまからお願いしてくださらないでしょうか」

「関東郡代と老中という間柄でなく、玉川上水総奉行とそれをお支えする水道奉行という立場でなら松平さまも御承知なされるであろう」

そう告げて忠治は多摩川の流れに顔を向けた。それに倣（なら）って庄右衛門も川の向こう岸にある丸山に目を遣る。四月末、現今の新暦に直せば六月初頭、新緑から濃緑へと変わりつつある丸山は、その姿を川面に余すことなく映していた。

多摩川の流路は丸山によって大きく向きを変え、ふたりが坐す仮陣屋が建つ小高い丘へと流れてくる。従って丸山で向きを変えた上流部は仮陣屋からは見えない。その見えない上流から突然、筏の先端が見えた。流路に沿って流れ下る三連の筏を丸山の裾に当たらぬように、筏の先端部に乗った竿師が巧みな竿捌（さおさば）きで向きを変える。

向きを変えた筏は見る間に流れに乗って川中の作業現場の近くを下流へと向かう。

「おおっ」

忠治と庄右衛門が同時に叫びとも悲鳴ともとれる一声を発し、仮陣屋を飛び出すと川中の作業現場へ走った。

庄右衛門の脳裏に、三連の筏の真ん中の筏が幾分横に張り出していて、その張り出し部に川普請に従事している者が接触し、筏の下敷きになった光景が焼き付いていた。

（五）

河岸段丘の最上段に建つ福生山（ふっささん）清源院は応永年間（一三九四〜一四二八）に建てられた。創建当初は『正蓮寺』と称し、のちに臨済宗建長寺派広徳寺（こうとくじ）の末寺となった。広徳寺は秋川の中流部五日市（現あきる野市小和田）という地に建つ古刹である。ちなみに現在の東京都福生市という名称はこの福生山清源院が由来となっている。

その清源院のお堂に庄右衛門、清右衛門、お葉、それに弥兵衛ら近江屋の総勢が顔を揃えていた。前には白木の座棺が置かれている。死者を座った姿勢で納める桶状の棺である。

その棺に千造が納められていた。

千造に身寄りのものは居ない。どこで生まれ、どこで育ったかもわからない。十五歳の時に近江屋の先代一右衛門に拾われて近江屋の組員となった。以後、六十歳になる今日までの四十五年間を独り者で通した。口は悪かったが心情は人一倍篤かった。酒呑みで日雇賃はほとんど飲み代で消えた。清右衛門に酒を教えたのも喧嘩の仕方も口の利き方も教えたのは千造だった。

「兄じゃ、代官からなんの報せもねぇのか」

住職の読経が終わった時、清右衛門が訊いた。

「筏に千造をひっかけた筏師は、そのことに気づいてはおらぬ。兵三郎らが筏の後を追いかけたが川中のことだ、追いつくはずもなく筏師はそのまま筏を操って多摩川から六郷川に流れ下った。今頃は六郷の渡し辺りで筏をばらし、木場に運ぶ段取りをつけているであろう」

「所詮、川中で起こった惨事だ。オレらには手に負えるはずもねぇ。そのことがわかっているから武蔵野を差配する代官小田中さまにお願いして、筏師をひっ捕まえてほしいと願い出たんだ」

「小田中さまは江戸に同心を向かわせた。だが同心はまだ戻ってきておらぬ」

「同心が筏師を連れ戻したら、オレがそいつの首を刎ねてやる」

「清右衛、物騒なことは申すな。筏師はこのことに気づいてないのだ。これは偶然の惨事だったのだ」

「兄じゃ、だからと言って許されることじゃねぇぞ」

「小田中さまの手の者が木場にまで出張っているではないか」

「明日からオレが川普請を仕切る。筏なんぞは一枚だって通しゃしねぇ」

「バカを言うな。清右衛には上水堀を四谷大木戸まで掘り割っていく、という大事な業（仕事）があるのだぞ。筏師のことは小田中さまに任せておけばよい」

「兄じゃの、そういう冷たいところがオレは大嫌ぇだ」

「筏師の首を刎ねれば千造は浮かばれるというのか」

「死んじまった千爺が浮かばれるにゃ、生き返えらせるしかねぇ」

清右衛門はそう言って座棺に近づき蓋に手をかけて開けようとした。

それと気づいた弥兵衛が駆け寄って清右衛門を羽交い締めにして席に戻した。

清右衛門の顔は涙で濡れていた。


それから二日後、代官所の同心二名が筏師を伴って羽村の仮陣屋に戻ってきた。

すでにそのことを報されていた和田村の名主小川佳之輔をはじめ、筏問屋の者らが仮陣屋に詰めかけていた。ほかにも庄右衛門、清右衛門兄弟、さらに今は八人となった近江屋の老組員も顔を見せている。

関東郡代の伊奈半十郎忠治の姿はない。昨日、忠治は庄右衛門が依頼した件で松平信綱に会うため、江戸の松平屋敷に向けて発ったからである。

仮陣屋の広い庭の一段高いところに床几を置いて、そこに武州武蔵野一帯を差配する代官、小田中正隆が腰掛けていた。

すでに正隆は筏師への尋問を終えていた。正隆の前に件の筏師が神妙な面持ちで座らされている。

「これまでの応答でこの者は近江屋の組員千造が筏に巻き込まれたことに気づかなかったことが判明した。ゆえにこの者になんの罪もない。とは申せ、人ひとりが死んでいる。このようなことが二度とあってはならぬ。そこで筏流しは当分の間、禁ずることとする」

正隆は床几に腰掛けたままで参集者を威圧するように告げた。

「当分の間、とはいつまででございますか」

参集者を押し分けて正隆の前に立ったのは青梅の集落を束ねる曽川寿三郎であった。

「しばらくの間とはしばらくの間である」

正隆は口を尖らせて言い返した。

「筏流しは筏師だけが関わっているのではありませぬ。杉檜の生える山を持っている者、その山から杉檜を切り出し、多摩川の岸辺まで運び出す者、さらに岸辺から杉檜を青梅の地にある千ヶ瀬という川辺まで一本一本流す者、千ヶ瀬で拾い上げた木材を筏に組む者、さらにその筏を三枚に繋げ、筏師が乗って多摩川、六郷川を三日がかりで下り、そこから引き揚げて陸路で木場に運ぶ者。それら全ての人々が一丸となって多摩川沿いの杉檜は江戸に届けられるのでございます。その筏流しを当分の間禁ずると言い渡されても、おいそれと、はい、そうですか、と受け入れることは能いませぬ。禁ずる期間を申してくださりませ」

曽川寿三郎がそのように強く言い張るのは、杉檜が生えている山を自身が幾つも持っているからであり、さらに山から杉檜を切り出させるための杣人（樵）を三十人ほど抱えているからでもある。筏が流せなくなれば寿三郎も杣人も路頭に迷うのは目に見えていた。

「おっつけ郡代が江戸から戻ってこよう。戻ってきたら郡代と相諮って禁止期間を明らかにする。それまで筏を流してはならぬ」

「それは無茶な話でございますな。そんなことになれば木場の材木問屋らが騒ぎ立てるに違いありません。木場の問屋はわしらが届ける木材で商いをしております。武蔵野を仕切るお代官さまの一存で江戸城下の木場の材木問屋まで迷惑を蒙ることになれば幕府も黙っていないのでは」

そう告げたのは羽村の名主、加藤徳右衛門である。徳右衛門もまた山林地主で杉檜が生えている山を持っている。

「これは武蔵野を取り仕切る代官小田中正隆、すなわちこのわしが決めたことだ。当分の間とは当分の間である」

正隆はそう言うしかなかった。郡代の伊奈忠治からはなにか事が起これば上水堀普請をなによりも最優先して裁くように、ときつく命じられている。江戸の民七十万人が渇望する上水普請と多摩川流域の筏問屋ら百人余の者らの要望のどちらに重きを置くか、は言わずもがなであった。

「筏を流せぬとなればわしらは食べていけぬ。そこで近江屋さんにお願いだが筏が流せぬ間、わしらになにがしかの銭を払ってもらいたい」

寿三郎が不満を顕わにした顔で言った。

「それは」

と庄右衛門が口を開いた時、

「びた一文出せねぇ。いいか筏師はオレらの仲間を殺しているんだぞ。どうしてもとほざくなら、千造を生きかえらせろ。そうすりゃ、てめえが言うなにがしかの銭は払ってやらぁ」

清右衛門が怒鳴った。するとこれに応じた杣人が、

「死んだ奴を生き返らせる術（すべ）があるなら、ワレは杣人なんぞをやってはおらぬわ。今までこの多摩川筋の者はな、貧しいながらも穏やかに住み暮らしていたんだ。そこへおめえらがずかずかと乗り込んできて、銭を見せびらかし人集めに走り回った。それでも足りねぇとわかると郡代さまに泣きついて、無理矢理の人集め。誰もこの普請を喜んでやっているんじゃねぇ。六十万だか七十万だか知らねぇが御府内の奴らの喉を潤すためだ、と郡代や代官が頭をさげるから、皆仕方なくおめえらに使われてやっているんだ。言っとくがな、この普請が多摩川筋に住み暮らす者になんの御利益ももたらしちゃくれねぇことを皆はよくわかっているんだ」

と声を荒げた。

杉檜を急傾斜の山から切り出し、運び出す杣人の気性は荒い。気性ばかりでなく言葉も語気も強い。やさしい声掛けなどしていては、切り倒した木に巻き込まれて大怪我をするか、命を落とすことになるからだ。

「こんな普請なんぞ、すぐにやめて、近江屋は江戸に帰（けえ）れ」

ほかの杣人らが口々に叫ぶ。場は騒然となった。

「黙れ、黙らんか」

小田中正隆が床几から立ち上がると腰に下げている大刀を引き抜いて頭上にかざした。

一瞬で場は鎮まった。

「わしらは、このままでは得心しませんぞ。ことは杣人の生き死にがかかっているのですからな」

寿三郎は正隆に一歩近づいて恐れげもなく言い放った。


翌日、昨日の騒ぎがなんでもなかったように上水堀工事と河川内工事は続けられた。

「兄じゃ、昨日は小田中代官の一喝で事は収まったが、なにも片付いちゃいねぇ」

上水堀の現場を訪れた庄右衛門に清右衛門が言った。

「おまえの怒声に怖じることなく言い返した杣人にわたしは心底驚いた。今まで、おまえの脅しに似た口調にくってかかる猛者（もさ）など見たこともなかったからな」

「オレも驚いたが、あいつらの言っていることは間違っちゃいねぇ」

「おまえにしては殊勝だな」

「この普請を近江屋に丸投げした幕府は間違っている」

「滅多なことは申すな」

「兄じゃはそう思わねぇのか。小田中代官が刀を抜いて怒鳴った折のあいつらの顔を見たか。どいつもこいつも代官に今にも飛びかかるんじゃねぇかと思うほど怒った目をしていた」

「だが飛びかからなかった」

「飛びかかったら青梅の名主も羽村の名主も名主の座を追われることをわかっていたからだ。なんせ、名主の役を命じるのは武州武蔵野代官小田中正隆さまだからな。筏師や杣人は名主に雇われている。名主が名主の座を追われれば名主が持っている杣山は幕府が召し上げるに違ぇねぇ。そうなりゃ筏師も杣人も食っちゃいけねぇ」

「だからといって幕府が間違っているとは言えまい」

「だからよ、玉川上水の普請を近江屋に丸投げしたためにあいつらは不平不満を好き勝手にわしら近江屋に言えるのよ。幕府が直で普請をやりゃ、こんな騒動は起こらなかった。そう思わねぇか」

「騒動は起こらなかったかもしれぬが、筏師や杣人が困窮することは変わりないであろう。そのように清右衛がくどくど言い立てるのは、この普請に嫌気がさしたからなのか」

「嫌気がさした？　とんでもねぇ。こうなりゃ、意地でもこの普請をやり遂げて幕府と杣人の鼻を明かしてみせる。そうでもしなきゃ、死んだ千爺が浮かばれねぇ」

「鼻を明かすなどと高慢な思い上がりでは、この普請を為し遂げられぬ。今朝早く清源院に行って真新しい千造の墓に詣でてきた。千造はあちらの世で、おのれの死が因で筏流しが能わなくなったことを悲しんでいるに違いない」

「死んじまった者にゃただ冥福を祈るだけだ。千爺があの世でなにを思っているのか、オレは考えたくもねぇ。だがよ兄じゃ、この普請はますます一筋縄じゃいかねぇことが明白になってきたな。この先、鬼が出るか蛇がでるか、わかったもんじゃねぇ。兄じゃの方こそ嫌気がしているんじゃねぇのか」

「わたしの本音を申せば普請を投げ出してしまいたい。だがわたしの背には近江屋の組員らの暮らしがかかっている。この普請を御上に返上することなどありえない」

「そうこなくちゃな。でもよ、組員らの暮らしがかかっているみてえな、いい子ぶった了見は捨てた方がいい。本音はどうであれ、でーんと構えてやっていけばどうにかなる。兄じゃが眉と眉の間にシワを寄せて現場をウロチョロしている姿なんぞ、組の者は誰ひとり見たいとは思わねぇからな」

「千造があんな死に方をして一番悲しんでいるのはおまえだと思ってここに来てみたが、おまえの今の言を聞いてわたしは安堵した」

庄右衛門は清右衛門にひとつ頷いて、その場を後にした。その背を見送る清右衛門の目に大粒の涙が溢れて頰を伝わった。

第五章　大石

（一）

河水を取り込む施設（取水口備）の土手が少しずつ姿を現しつつあった。

対岸（右岸）の丸山の緑はますますその濃さを増している。その丸山の裾に広がる河原には何本もの丸太が陸揚げされていた。

上流の千ヶ瀬で組まれた筏は丸山の裾の河原まで多摩川を下り、そこで陸に引き揚げられ、解体されて丸太に戻す。その丸太を杣人が一本、一本担いで河原沿いを二町（約二百メートル）ほど下流へと運ぶ。そこでまた丸太を筏に組む。組んだ筏は筏師によって多摩川を下り、六郷の渡しまで運ばれる。

筏を解体するために作られた揚陸施設の、あちこちに筵旗が立ち並んでいる。旗には文字が書かれていない。

「あの筵旗をなんと見る」

仮陣屋に庄右衛門を呼びつけた伊奈忠治が苦々しげに訊いた。

「おそらくは伊奈さまのご裁可を不服とした筵旗」

江戸から五日ほど前に戻ってきた忠治は、代官小田中と諮って〈筏を川普請の現場に乗り入れてはならない〉と筏問屋に通告した。

「筏問屋の心底、わからぬではない。だが幕府が甘い処置をとれば、川普請は前に進まぬ。普請は急がねばならぬ」

堤と堰を設ける箇所の川底を浚う作業は終わっていた。

今は浚った箇所に堤や堰の基礎となる大振りの石を敷き詰める作業が老組員らの監督の下で行われていた。

普請を急ぐのは川普請を梅雨がくる前に終えさせたいからだ。梅雨に入れば多摩川は増水期に入り、普請が難しくなるからである。

「今日、近江屋にきてもらったのは玉川上水総奉行、老中松平伊豆守信綱さまにお願いにあがった首尾について伝えるためだ」

忠治は多摩川から目を転じて庄右衛門に向けた。

「まず、伊豆守さまは、近江屋が無事に普請にこぎつけたことに安堵しておられた。御府内では玉川上水を渇望する者が日に日に増えているとのこと。伊豆守さまは『今まで水がないので見向きもされなかった地が上水から給水を受けられるのではないかとの思惑で地価が上がっておる。玉川上水が竣工いたせば七十万の民の喉が潤うばかりでなく、今まで水不足を嫌って江戸に住まうことをためらっていた者らも大挙して江戸に押し寄せるであろう。江戸は七十万から百万、いや後々、百二十万を抱え込む城下町に進展する』そう仰せられて近江屋へ『普請に一層励むように』とのお言葉をいただいた」

「ありがたいことでございます」

庄右衛門は上水総奉行が近江屋に目をかけてくれることに幾分の誇らしさを感じて頭をさげた。

余談であるがこの頃、全世界で百万人を超える都市はどこにもない。

「細々した事は省くが、安松金右衛門どのの件については快くご承諾いただいた。その安松どのが今さっき陣屋に到着した」

忠治は、安松どの、安松どの、と二度ばかり大声をあげた。すると部屋の後の扉が開いて、ひとりの武士が現れ、部屋に入ってくると、庄右衛門の横に並んで坐した。

「川越藩士、安松金右衛門でござる」

一見では四十路（よそじ）を超えた穏やかな風貌である。

「近江屋庄右衛門でございます。ご無理なお呼び立て、さぞやご不快に思われたのではないかと懸念しております」

庄右衛門は床に両手をついて深く頭をさげた。

「なんの、実は殿（信綱）から羽村に行くよう命じられた折り、わたしは心躍る思いでした。と申すのもこの地、羽村には伊奈さまとふたり、お忍びで玉川上水の取水口を探しに訪れた際のさまざまな思いが込められておりますからな」

「此度は、おひとりで参られましたのか」

庄右衛門が訊いた。

「いや、家臣ひとりと下僕ふたりを連れてまいった。殿によれば、わたしらが打ち込んだ木杭が何者かによって引き抜かれたとのことですが」

「尾根筋に半里（二キロ）にわたって打ち込まれた木杭、全てがどこかに持ち去られておりました」

「それを復元をせよ、とのことですな」

「近江屋には地盤の高低を測る技を持った者がおりませぬゆえ、抜かれた木杭の復元は能いませぬ。是非とも安松さまのお力添えで復元をお願いいします」

「任せてくだされ。ただし殿からお許しをいただいた期間は十日間。そのことあらかじめご了承願います。なに、十日もあれば木杭の復元は十分に叶います」

事も無げに話す金右衛門に庄右衛門は上水堀の行く末が明るく思えるようになった。

「話はうまくいったようだな。そこでと申すとなんだが、金右衛門どのに関わりのある者を連れてこさせた」

忠治は部屋奥に向かって二度手を叩いた。

それを待っていたように代官小田中に伴われて異様な姿（なり）をした者が入ってきた。

「おお、妙（たえ）どのではありませぬか」

金右衛門は腰を浮かせるようにして妙を親しげに迎えた。

妙は獣の皮で作った上衣と同じく獣皮の裁着袴をはいている。

「数名の同心を使ってやっとこの者を探し出した」

小田中は三人の前に妙を押さえつけるようにして座らせた。

〈同心〉とは代官が手足のように使う下級武士のことである。

「よく探し出せたな。足労であった。さて、妙どの、なにゆえ代官がそなたをここに連れてきたか、そのことわかるな」

忠治は妙の方に幾分身体を傾けた。

妙は口を固く結んで下を向いている。庄右衛門はそれを見て、忠治と安松、それに妙という男か女かわからぬ装束に身を包んだ女性が旧知の仲であることに気づいた。

「木杭を抜いたのはワレじゃ」

妙が顔を上げて忠治を睨んだ。男言葉である。見れば、まだどこかにあどけなさが残る顔立ちであるが、その猛々しい口ぶりに庄右衛門は驚愕し、わが耳を疑った。

「やはり妙どのであったか」

忠治は哀れむように首をかしげて頷いた。

「わたしも信綱さまから、尾根筋の木杭が抜かれた、と告げられた節、もしや、と思っておりました。そうですか、犯人は妙どのでしたか。わたしども三人が上水堀の経路探しに奔走した仲であってみれば、伊奈さまもわたしも妙どのの心情は知り抜いておりますからな」

金右衛門は少しの驚きも見せず、痛々しげに妙を見た。

「だがわかっているからと申して、妙どのの所業は許されるべきものではない」

忠治が眉の間をかすかに曇らせる。

「幅二間の堀を尾根筋に掘り割っていけば、尾根筋は南と北に分断される。尾根を北から南、南から北へ走り回っていた猪、兎、鹿、狸、狐、ムササビなどの獣は行き来が能わなくなる。獣だけではない。ワレらサチモンも尾根越えが難しくなる。尾根はサチモンの大事な狩り場、命の綱だ。上水堀を尾根筋に作るのはもってのほか」

「だから尾根筋の木杭を抜いたと申すか」

忠治の声は穏やかだ。

「困っているのはサチモンだけではない。今まで尾根を越えて行き来していた者も堀が通れば能わなくなる」

「上水堀には小橋を架ける。集落の者の往来はなんとかなろう」

「獣は橋を渡る知恵など持っとらんわ」

「おぬしはおのれが犯した罪の深さがわからぬのか」

忠治に代わって小田中正隆が口を入れる。

「ワレは罪など犯しておらぬ。獣や集落の住人が為してほしいと思っていることを為しただけじゃ」

「玉川上水は新将軍家綱さまの御名の下で為される御普請。その御普請を妨げる所業が罪でないはずはない。将軍さまから武州武蔵野の治安を任されたこの小田中が将軍さまに代わっておぬしを罰するしかない」

　余談であるが、武州武蔵野で起こる犯罪について郡代伊奈忠治自らが裁くことはない。郡代と代官は双方とも幕臣である。関東郡代が幕府に代わって預かる領地は武蔵、相模、安房、上総、下総、上野の六か国であることは前に記した。その六か国のそれぞれに幕府が一名あるいは二名の代官を任命し、その代官らを統括する役として関東郡代を置いた。郡代はそれらの代官を統括するが統治は各代官に任せた。したがって代官（小田中）は郡代（伊奈忠治）の指図を受けずに罪人を裁くことができた。とは言っても、代官が再任される条件の一つに郡代の同意を必要とした。それゆえ、代官は郡代の意向を無視することはできなかった。

「百叩きか押し込め、入牢か、それとも獄門、島流し。父が死に、狩り場を追われたワレがどんな刑を受けようと、それはどうでもよい」

「親父どのは亡くなられたのか」

　金右衛門が哀れむように顔を歪める。

「親父どのの死の経緯は妙どのから聞き及んでいる。金右衛門どのには後ほどお伝えいたす。さて正隆、おぬしは妙どのをどのように裁くかの」

「押し込め、と申したいところですが、押し込める家とて定かでない妙では罰することにはなりますまい。さていかがいたしましょうか」

「どうであろう、妙どのをこの忠治の監視下におくというのは」

「郡代さまに監視が能うとは思われませぬ。なにせ妙を見る目は孫娘を見るようにやさしいですからな」

「勝手に決めるな。郡代に監視されるくらいなら百叩きか入牢する方がマシじゃ。ワレはまた折があったら木杭を抜いてやる」

「口の減らぬ奴だ。伊奈さまの温情を踏みにじるとはなんとも小憎らしい。ならば望み通り、百叩きの刑にしてやろう。そのうえで所払いにいたす」

小田中代官は立ち上がり妙にのしかかるようにして怒鳴った。

妙は平然と正隆を見返した。

成り行きを驚きを持って見ていた庄右衛門は、

——生きていく拠(よ)り所を失った娘が頼る者もなく、抗(あらが)っている。なんとも、あわれ——

と思った。

「十里余に亘る上水堀は妙どのが申すように一つの大地であったのを二つに分かちます。そうなれば様々な弊害を人々に与えましょう。この娘子(むすめご)を一方的に罪ありと為すことはいささか理不尽に思えます。そこでお願いですが、わたしに預けてくださりませぬか」

「ほう、近江屋がこの無礼甚だしい小娘を預かると申すか」

予期せぬ申し出に正隆は、再び坐すと庄右衛門に怪訝な顔を向けた。

「上水堀の普請はどこまでも続きます。これから先、この娘子のように暮らしの場を奪われた者が上水堀の普請をやめさせようと、あの手この手で害に及ぶやもしれませぬ。その者らをことごとく罰するようなことをすれば、新将軍御名の玉川上水は罪作りな普請、と世上に流布されましょう」

「だから近江屋が引き取ると申すか。してこの者を引き取ってどうするのだ。罰せずして放置すれば、この女性（にょしょう）と同じような仕儀に及ぶ者が次々に出てくるに違いない。そうなれば武州武蔵野を預かる代官小田中正隆が役儀をおろそかにしたことになる」

「正隆、近江屋に妙どのを預けてみたらどうだ」

「伊奈さまがそう申されるなら従いましょう。だが同じことを二度くり返したら百叩きのうえ所払いとするから覚悟しておけ」

容赦ない正隆の口ぶりに妙は、

「ワレはサチモンだ。サチモンに脅しはきかぬ」

ほえるように言い返した。

（二）

清右衛門が安松金右衛門に持った印象は、物腰が柔らかく思ったより若く、武張ったところがないというものだった。

類まれな測量技を駆使して玉川上水の経路を探り出し、決めたことを考えれば、もっと老獪で年老いた絵図師（測量士）ではないかと思っていた。それが四十半ばで腰の低い武士であることに、清右衛門は驚きとともに好意もいだいた。

清右衛門は上水堀の監督を弥兵衛に任せ、金右衛門に、

「ここに居られる間、ワレを使いまわしてほしい」

と申し出た。

土地の高低差を測る技はこれから先、上水堀にタレ（勾配）を付けるのにどうしても欠かせないからである。

その日から、清右衛門は一切酒を呑むことをやめた。とはいっても江戸から羽村に来てからというもの、到着した最初の夜を除いて酒は口にしていなかった。飲みたくとも酒がお葉によって封じられ、出回っていなかったからである。

金右衛門は清右衛門の申し出を快く受け入れてくれたが、

「十日間では測高儀の取り扱いを会得するのは無理でしょう。そこで手伝うのでなく、わたしどもが行う測量をただ見ていてくだされ」

と諭すように告げた。

「十日の間、ただ見ていろと申されるか」

「じっと見ていれば見えぬものも見えてきましょう。いま清右衛門どのに必要なのは木杭を復元する技を覚えることではありませぬ。羽村から四谷大木戸の十里余に亘る上水堀の堀底につけるタレ（勾配）、そのタレをいかにして測り出すかの技を会得することです」

「タレを測定するには安松さまが持ち込んだその具、なんという名でしたっけ」

「測高儀と名付けております」

「その測高儀を用いなければ出せないのでは」

「測高儀を自在に使い回せるようになるには一年、いや二年でも足りないでしょう。羽村から四谷大木戸までのように十里余も離れた地の高低差を知るには測高儀が欠かせませぬ。しかし上水堀の工区、三十間毎のように短い間のタレ出しなら測高儀に頼らずもっと簡易な技があります」

「安松さまの作った企画書によれば羽村と四谷大木戸の高低差はおよそ五十一間（約九十二メートル）でしたな」

「さよう、五十一間。また羽村から四谷大木戸までの里程は十里半余（約四十二七キロ）です。つまり上水堀の堀底を一町（約百十メートル）進むごとに八寸六分（約二十六センチ）ずつ下げて整地をしていかねばなりませぬ」

余談であるが、〈タレ八寸〉と言えば現地から一町先の地盤高が八寸低いことを表す。その折、組（土木業界）では一町という言葉は省くのが通例である。

なお現在の土木業界ではこのタレ（勾配）を表現するに当たって〈パーミリ〉という単位を使う。たとえば〈五パーミリ〉と表

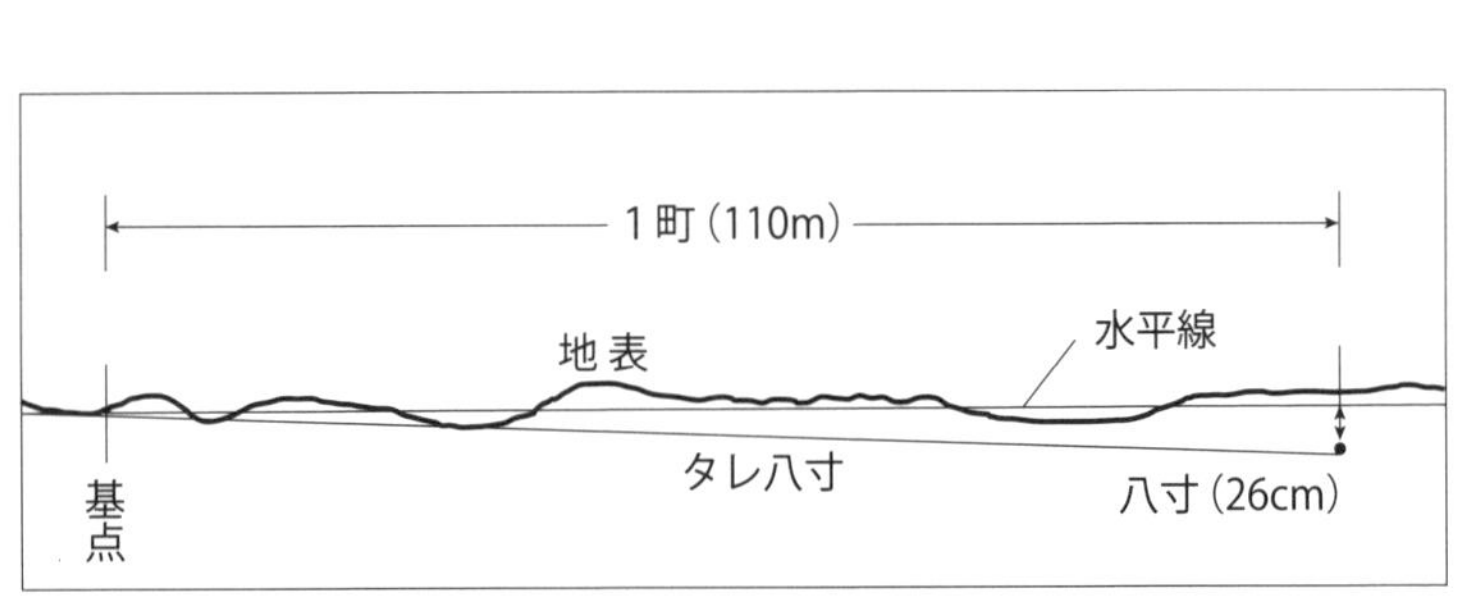

図―6　タレ八寸の図
タレ八寸とは１町先で八寸の下がりをいう。
この時、１町という語ははぶく。

せば基点から千メートル先の標高が基点の標高より五メートル低い、ということになる。

これに基づけば、羽村から四谷大木戸までの上水堀の平均勾配は〈二・一八パーミリ〉と表すことができる。つまり千メートル進む毎に標高が二・一八メートル低くなる、ということである。

ちなみに神田上水の平均勾配は〈一・〇六パーミリ〉である。

いずれにしても玉川上水の勾配（タレ）は非常に小さく、勾配を測り間違えば上水は逆流し江戸に届かなくなるということである。

金右衛門は川越から連れてきた家臣の新八郎、下僕（げぼく）の茂一と勇馬（ゆうま）を使って抜かれた木杭の復元測量を開始した。

清右衛門は金右衛門ら四人が測高儀と呼ぶ器具を用いて木杭が抜かれた尾根筋の高低差を分（ぶ）単位（分は一寸の十分の一、すなわち三ミリメートル）で測定する作業に目を凝（こ）らした。おそらく清右衛門の三十数年に亘る人生で、これほど一つのことを凝視したことなどなかったであろう。

一日が過ぎ、二日が過ぎても清右衛門は四人の行動を無言で観察し続けた。

一方、妙を預かった庄右衛門は、お葉に妙を託すことにした。

裏をかえせばお葉が羽村に来ていたからこそ、妙を預かりたいと申し出たのだ。恐れを知らず思ったことを行動に移し、思ったことを口走る天衣無縫で、それゆえ粗野な妙。父親を失い天涯孤独となった妙を、お葉ならなんとか手なづけてくれると思ったからである。

庄右衛門は二日間、仮陣屋に留め置かれた妙が釈放されるのを待って、お葉の許に連れていった。

「待っていました。あなたのことは昨日、庄右衛門から聞いておりますよ。父親（てて）さまを病で亡くされたとか。さぞや心細く、お辛かったことでしょうね」

妙の人となりを前もって庄右衛門から聞かされていたお葉は心を込めて言った。

それを聞いた妙は、

「あんたにワレの心底のなにがわかる」

と、くってかかるように言い返した。

「わたしには妙どのの心底がわかるのですよ」

お葉は穏やかに受け流してかすかに笑みをもらす。

「観音さまでもあるまいに、はじめて会ったワレの心底などわかってたまるか」

「わたくしは観音さまかもしれませんよ」

笑みを絶やさぬまま、お葉はやんわりと返す。

「観音さまのわけがない」

「どうしてないと言えるのですか」

「観音さまなら今すぐ上水堀の普請を止めてみせろ」

「観音さまはこの普請をお止めになるおつもりはないようです」

「似非（えせ）観音め」

「いいえ、わたくしは観音さまの化身です」

「似非観音の正体を突き止めてやる」

「どうぞ、そうしてくださいましな。ですが、突き止めるには、わたしを見張らなければなりませんよ」

「見張ってやる」

「昼間だけ見張っていてもわかりません。夜に正体を現すかもしれませんからね」

「夜も昼も化けの皮がはがれるまで側にくっついてやる」

庄右衛門が割って入る余地はなかった。ふたりのなんとも、へんてこなやり取りにあきれ、不安になり、そして今さらながらお葉に妙を託そうとした自分（おのれ）の浅はかさを知った。庄右衛門は暗い気持ちでふたりを残し、その場を早々に立ち去った。


サチモンは同族以外の者と顔を会わせることもなければ、まして寝食を共にするようなことはない。ところが、どうしたことか妙は、お葉と寝食を共にするようになった。

むろんそうなったのは、お葉が観音の化身か否かを突き止めるためである。

お葉は妙を一目見たとき、妙とどのように接すれば自分の許につなぎ止めておけるかがわかった。

お葉を睨み据える妙の目は憤懣と怒りと戸惑いで満ちているように思えた。

――妙どのはサチモンであるがゆえにサチモンの掟を守るようにと父親から教えられたのだ。その父が病没し、ひとりとなったが、これから先もサチモンとして生きていくにはどうすればよいのかわからないのだ。ここに来てまだわたくしは日が浅いが、この近隣の人々が玉川上水の普請を必ずしも喜んでいるわけではないことを知った。杣人しかり、漁師しかり、そしてまたサチモンもそうなのであろう。しかし杣人や漁師は仲間を募って玉川上水の普請に不満をぶつけ反対を叫ぶことができる。だが、サチモンは生来徒党を組まないといわれている。それゆえ、妙どのは誰にも頼らず、この普請をやめさせようと必死なのだ。とはいっても二十歳にも満たない女ひとりでやめさせることなど能うはずもない。能わぬことに妙どのは気づいているはずだ。わたくしを睨み据える妙どのの目には、そうした諸々の思いが全て込められているのだ。そのような思いを抱く妙どのを、玉川上水普請の旗頭である庄右衛門の妻であるわたくしの許に留め置くことが能うとすれば、それは妙どののよき理解者としてでも母親代わりとしてでもない。ではそれはなにか。成り行きに任せ、妙どのの思いや行いに口出しせず、妙どのを丸ごと受け入れることだ――

お葉はそう思ったのだ。

お葉と妙の奇妙な日々が始まった。

同じ部屋に寝泊まりするが、お互いが顔をあわせることはない。お葉は人足の朝餉の用意に暗い内から部屋を抜け出し炊事場に向かう。そして夕餉が終わり、人足らの食器類を炊事班総出でかたづけた後、明日の朝餉の下準備を済ませて部屋に戻る。部屋には明かりが灯っていない。妙が戻っていないのだ。だがお葉は妙を待つようなことはしない。疲れ果てているのでさっさと寝てしまう。妙が何時戻ってきたのかをお葉は知らない。そして朝、お葉は炊事場へと向かう。妙が日中どこに出かけていくのか、朝夕の食事をどうしているのか、お葉は知らない。

（三）

清右衛門が金右衛門についてまわっている間に、上水堀の施工済み延長は一里弱（四キロ弱）まで進んでいた。

「坊、そろそろ人足小屋を移さねば普請に支障を来すことになるぞ」

上水堀の現場を訪れた庄右衛門に弥兵衛が言った。

人足小屋は羽村の平地（河岸段丘面）に建っている。この人足小屋から上水堀の現場に人足らが向かう。着工当初は人足小屋から現場まで近かったので便がよかったが、今は人足小屋と現場は一里弱も離れている。現場の往復に一刻（二時間）もかかるようになっていた。

「普請の手を半分ほどに減らし、減らした人足でこの現場から一里ほど先の上水堀経路付近に人足小屋を移転させてくれ」

「これからは普請場が二つに分かれることになるな」

「一つは羽村での川普請。これは動かぬ普請場。もう一つは尺取り虫のように進む上水堀普請場」

「その二つの普請場はこれからますます離れていく」

「やがて上水堀の普請場は四谷大木戸に到達する」

「すると二つの普請場の隔たりは十里半（四十二キロ）ほど」

弥兵衛は今さらながら玉川上水工事の特殊性に驚きを隠せない。

「そればかりではない。四谷大木戸から先の甲州街道沿いに虎ノ門まで埋設する木樋のことを考えれば、羽村の普請場と虎ノ門の普請場の隔（距離）は十二里（四十八キロ）近くにも及ぶ」

「そうだった。この普請は羽村から四谷大木戸で終わるのではなかった。これからは四谷大木戸から虎ノ門までの木樋埋設のことも考えねば」

「上水堀、取水口備と堰や堤の川普請、それで近江屋は手一杯だったからな」

そう庄右衛門が言った時、

「組頭、すぐに普請場に来てくだせぇ」

突然ふたりの背後から声がした。庄右衛門がふり返ると髭の鬼五郎が立っていた。

「なにかあったのか」

庄右衛門の穏やかだった顔が険しくなる。

「来てくれりゃわかりまさぁ」

そう言って先に立って歩き出し、鬼五組が請け持つ工区現場にふたりを案内した。

「見てくだせえ、堀内にこんな大石が現れやがった」

鬼五郎が言うまでもなく堀を塞ぐようにして岩石がのぞいていた。

「大きさは」

弥兵衛が訊いた。

「横幅が一間半、縦幅が二間」

「高さは」

「一間ほど。今までこんな大(で)けぇ石に突き当たったことはない」

すでに羽村から一里ほどを掘り進んでいるが大石の出現などなかった。頭大の大きさの石は所々で出てきたが、ほとんどは砂混じりの土である。

前(さき)に記したが武蔵野は赤褐色の粘土化した火山灰土で覆われている。灰は富士山が噴火した時に降り注いだもので、火山弾（溶岩の破片）のような巨石は富士山から遠く離れた武蔵野まで届かない。従って武蔵野の表層部に巨石が露出するのは珍しかった。

「で、どうする気だ」

「石工(いしく)を探し出して砕かせる」

「羽村や福生に石工が居るとは思えぬ」

弥兵衛は首を横に振る。

「だったら江戸から呼ぶしかねぇ」

「呼ぶとなれば御府内まで出向いて石工を捜し、連れてこなければならぬ。手間も暇も銭もかかる」

「オレの組の人足を使って大石を砕くとなりゃ、鏨(たがね)と玄翁(げんのう)を二十組三十組揃えなくちゃならねぇ。そんな数の鏨や玄翁は持ってきてねぇぞ」

「鏨と玄翁が揃えばなんとかなるのか」

庄右衛門が訊いた。

「土を耕すしか能のねぇ人足らのことだ。やったこともねぇ石割りが能うのか、そこんところは、やらしてみなけりゃなんとも言えねぇ」

「とりあえず今日のところは大石を放っておいて先に掘りを進めてくれ。弥兵爺、鬼五、この石を誰に砕かせるか今夜一晩考えてみてくれ」

庄右衛門は上水堀普請が何事もなく進むとは思っていなかった。何事もなく一里ほどを掘り進んでこられたのは、むしろ幸運と言うべきだったのかもしれない。これから残りの九里強（三十八キロ）の経路になにが待ちかまえているかわからない。だが、なにが起ころうとも、四谷大木戸まで上水堀を掘り抜かねばならない。庄右衛門の顔は知らず知らずのうちに厳しくなっていた。

翌日、大石の前に庄右衛門、弥兵衛それに鬼五郎が顔を揃えた。

「考えてみたか」

庄右衛門が訊く。

「やはり御府内から石工を十人ほどを呼び寄せて、この石を砕かせるのがいいんじゃねぇか」

鬼五郎はそれしかない、と言った口ぶりだ。

「石工はこの界隈にひとりも居らぬ、と羽村の名主の加藤さまは申していた。そうなると鬼五の申すとおり、江戸から石工を呼び寄せるのがよいかもしれぬ」

庄右衛門は昨晩、考えてみたがそれ以外によい方法は思い浮かばなかった。

「江戸から石工を呼ぶとなれば思わぬ出費。石工に払う日雇賃は四十五文ほど。小判の一枚や二枚が消えることになる」

　弥兵衛は庄右衛門の懐具合が良くないことを知っているので、つい銭勘定を頭に入れた物言いになる。

「いや、銭のことはいい。わたしが案ずるのはこの先を掘り進んでいくうちに、このようなことにまた出くわすかもしれぬと懸念するからだ。起こる度に御府内から石工を呼び寄せているようでは、上水堀の普請を工期内に終えることが能わなくなる」

「では人足の何人かを選び出し、そいつらを石工に仕立てあげたらどうですかね」

　鬼五郎が言った。

「石工に育てるのは誰がするのだ。近江屋の組員にそのような者は居らんぞ」

　弥兵衛が渋い顔で一蹴する。

　三人は石を睨んで思案する。

「なにをそんなに難しい顔してぼそぼそと話し合っているんだ。三人がそんな顔をしているとな、うまくいく普請も、うまくいかなくなるってぇもんだ。明るい顔、明るい顔」

　三人の背後に清右衛門と安松金右衛門が立っていた。

「立ち聞きをしていたのか」

　庄右衛門は憮然とした顔だ。

「昨夜、上水堀に支障となる大石が出てきたと聞いた。そのことを今朝、金右衛門さまにお話しすると、どのような石が出てきたのか見たい、と申されるのでお連れした。なるほど大けぇ石だな」

清右衛門は石を睨みすえる。金右衛門は皆に頭をさげると、大石の間近まで進み、岩肌を手で触った。

「立派な石ですな」

まるで石を愛でているような口ぶりに、

「石は石。立派かどうかはわしらにはどうでもいいことでがんす。わしはこの邪魔石をどうやって砕くかで頭がいっぱい」

鬼五郎が他人事のような様の金右衛門に腹を立てながら言った。

「この石をここから無くしたいのですな」

金右衛門は鬼五郎のぞんざいな口利きを意に介さず穏やかに応じた。

「どのようにして砕くか三人で話し合っていたところです」

庄右衛門が言う。

「この石を取り除くのにどれほどの日数を考えておられるのですかな」

金右衛門は石を見たままである。

「石工を江戸から呼び寄せるのに三日、砕くのに十日ってぇとこだろう」

鬼五郎がいまいましげに言った。

「なるほどおよそ半月ほど。それでは上水堀の進捗に支障となりますな」

「ほかに打つ手がねぇんじゃ仕方あるめぇ」

鬼五郎が一向に自分(おのれ)を見ようとしない金右衛門の耳もとに口を寄せて大声で言った。

「わたしなら、人足五人ほどで一日かければなんとかなります」

鬼五郎に顔を向けた金右衛門がこともなげに言った。

「一日？」

四人が声を揃えて驚愕した。

「冗談はおやめ願います」

弥兵衛がやんわりとたしなめる。

「冗談ではありません。皆さまは京に高瀬川なる水路があるのをご存じですか」

「聞いたことはあります。たしか京の豪商が舟を通すために掘割（運河）を作ったのでは」

庄右衛門が答えた。

「左様、角倉了以（すみのくらりょうい）と申される京の豪商が京の二条から伏見まで作ったもの。作り終えたのが慶長十九年（一六一四）と言いますから今からほぼ四十年前になりましょうか。その了以さまの孫に当たる方とわたしは懇意になりました」

「孫ですか」

庄右衛門は気の乗らぬ体（てい）である。

今さら四十年も前の、しかも江戸から、はるか離れた西国の話を持ち出す金右衛門の真意が今ひとつ庄右衛門にはわからない。

「その孫、吉田光由（みつよし）さまが高瀬川を作った折に直面したさまざまな苦難をわたしに話してくださりました。その話のなかに、この現場と似たような案件がありましてな、それを思い出した、というわけです」

「その了以とやらは、たった一日でこのような大きな石をかたづけたのだな」

鬼五郎が身体を揺すって金右衛門に近づいた。

「いかにも。それもひとりの石工も使わず、たった五人の人足だけでかたづけたそうです」

「そんなことはあり得ねぇ。こんな大けぇ石をたった五人の人足でしかも一日でどけるなんてぇことができるわけがねぇ」

鬼五郎は口をへの字に結んで首を左右に振る。

「それが、いとも容易く（たやすく）できたのです。わたしでもお手前どのでもできましょう」

「ワレに能うはずもねぇ。そういうなら安松さま直々にやっちゃくれめぇか」

「わたしでよろしいのであれば受けましょう。ただし、わたしには今日しなければならぬ業があります。明日早朝ということでどうでしょう」

「願ってもねぇことだ」

鬼五郎は半信半疑で首を縦に振る。

「ついてはこの大石の下流側も今まで通り掘り進んでおいてくだされ」

「承知した。明日ここで屈強な男五人を揃えて待っている」

鬼五郎は金右衛門の自信に満ちた物言いが明日、泣き言にならなければいいが、と思った。

（四）

枕元の音でお葉は目を醒ました。

部屋には灯明が一つだけ点してある。深夜に戻る妙のためである。

――いつもは猫のように物音一つ発てずに部屋に入ってくるのに、今夜は所作が荒いようだ――

お葉は夢うつつのなかで思いながら再び眠りに落ちていった。

再びお葉はもの音で目が醒めた。妙が戻ってきてどれほど経ったのかはわからないが、まだ夜が明けていないので、それほどの時は経っていないように、お葉には思えた。その時、妙が歯を食いしばって声を漏らしてはならない、そんな風なうめき声を発した。

お葉は起きあがり、灯明を手に取って妙の枕元に行き、

「どうかしましたか」

と訊いた。

「足が」

灯明下に照らし出された妙の顔は苦しげにゆがんでいた。

お葉は上掛けの寝具をはぎ取って妙の下半身を灯明で照らした。

寝具が真っ赤であった。お葉の眠気はいっぺんに吹き飛んだ。

「この傷は？」

「牙」

「牙？　牙がどうしたのですか」

「猪に右足を突き刺された」

「すぐ手当します」

「放っといてくれ。サチモンにはよくあることだ」

強気で言う妙の顔は苦痛でゆがんでいる。

お葉は部屋を出て炊事場に向かうと朝餉のために汲み置いてある水を桶に移し替え、それを持ってふたたび戻ってきた。それから部屋に置いてある衣服を取り出すと惜しげもなく裂いて十数枚の布にした。

「サチモンにはサチモンの傷の直し方があるでしょう。でもここはわたしの部屋。わたしの流儀で傷の手当をするので覚悟しなされ」

「あんたに傷の手当てなどできるはずはない」

「言ったでしょ。わたしは観音さまだと」

お葉は大量の血を見てもまったく驚いていないようだった。そのはずで近江屋の組の者は府内の工事現場で石を足に落としたり、倒れてきた土木用木材で足を折ったり、鎌などで大きな切り傷をつくったりがしょっちゅうだった。それらの怪我人は日比谷の近江屋に担ぎ込まれ応急処置をする。その処置を庄右衛門はお葉に押しつけた。押しつけたとお葉は今でも思っている。

——男はいつも威を張って強がりを言いながら女を指図するが、真っ赤な血を見ると急に臆病になる。元来男は血に弱い生きものなのだ。夫もその例外ではない。女は月のものを毎月見ている。血など恐れていたら生きていけないのだ——

お葉はいやがる妙を押さえつけるようにして裁着袴（たっつけばかま）を脱がした。

右大腿部にこびりついた血の塊を布で拭き取り、傷口を運んできた水で何度も洗い流す。

「結構な深手ですね」

男ならここで〈傷は浅いぞ、しっかりしろ〉とでも言うのであろう、とお葉は思いながら平然と言った。

「深いか」

「まあこれで命を落とすようなことはないでしょう。なにせ観音さまであるわたくしが介護するのですから」

お葉は今までの怪我人介護の経験から、傷口に化膿止めの薬草を塗って手当すれば四、五日で歩けるようになると推察した。

「頼みがある。この小屋の裏側まで猪を引きずってきた。それを羽村の名主に売ってくれ」

「猪を仕留め、それをここまで運んできたのですか」

「そうだ。ワレを傷つけた猪をなんで逃すか」

「その傷で猪をここまで運ぶなど、よくもまあ」

お葉には考えられないことだ。お葉はサチモンの執念をまざまざと見せつけられた思いだった。夜陰、その中を二十歳にも満たない女が足を引きずりながら猪を運ぶ姿を思うと、お葉は自然と涙が出てきた。

「名主の加藤さまに売って得た銭を妙どのに渡せばいいのですね」

お葉は妙に涙を見せまいとして顔を背けて訊いた。

「それはあんたへのお礼だ。これから足が治るまで、あんたの世話になる。だから名主には高値で買ってもらえ」

「わかりましたよ。そうしましょう」

「それにもうひとつ」

「まだお願いがあるのですか」

「お願いではない。ワレはあんたが観音さまだとは思っておらぬ」

「わたしが観音さまか、そうでないか、それを一番よく知っているのはわたしです」

お葉はそう告げて洗った傷口を布で包み始めた。

（五）

早朝、鬼五組の現場は人だかりの山である。

安松金右衛門が、たった五人の人足を使って人の背丈よりはるかに大きい石を一日で上水堀から無くしてみせるという、そのことに誰もが首をかしげ、そんなことはできるはずがない、ならば是が非でも見届けよう、と思ったからだ。

人足らが見守る中で金右衛門は、

「鬼五郎どの、人足が四人しか居りませんが、あとひとりをお願いします」

と平明な口調で言った。

「残りのひとりはワレがやる」

鬼五郎は胸を張って応じた。

「では、この大石の一間（一・八メートル）前方を五人がかりで掘り下げてくだされ。半日もあれば大石がすっぽり入る大穴を掘れるでしょう」

そう告げたとき、取り囲んだ人足らが感嘆の声をあげて、中には手を叩く者も居た。

「そうであったか、そういうことであったか」

庄右衛門は金右衛門の頓知（とんち）に似た処分手法に頷くしかなかった。

「高瀬川（運河）を作っている最中にこのような大石が出てきたそうです。この知恵は角倉了以さまからお借りしただけ。まさかそれがここで役に立つとは」

金右衛門は笑みを浮かべて庄右衛門に頷き返した。

一刻（二時間）後、直径二間半（四・五メートル）深さ一間半（二・七メートト）ほどの穴が掘り上がった。

処理手法が明らかになれば集まった人足らがその場を去るのではないか、と思ったが、人足の数は増していた。

大石を今しがた掘り上げた穴の中に落とし込み、穴の空隙を土で埋め戻してしまえば、あたかも石はそこに存在しなかったかのように無くなる、人足らはそこまでは理解できた。だが大石と穴は一間ほど離れている。どのようにして大石を穴に近づけ落とし込むのか今ひとつわからない。人足らは固唾を飲んで金右衛門の次の出方を待った。

「岩底を穴の淵に向かって傾斜をつけて掘り下げてくだされ」

金右衛門が鬼五郎に頼む。

金右衛門の妙策に感服した鬼五郎は今までのふてぶてしい態度を一変させて素直に応じる。

「それから、六尺ほどに切りそろえた丸太を十本、ここに運んできてほしい」

金右衛門は弥兵衛に頭をさげる。

弥兵衛は頷くとまわりにいる人足三十人ほどを連れてその場を離れた。

鬼五郎ら五人は一刻ほどをかけて金右衛門の注文通り、石底と穴の間を斜めに掘り込んだ。すでに金右衛門が頼んだ丸太は大石の近くに運び込まれている。

「掘りこんだ傾斜の先がさらに石底に食い込むように掘り進んでくだされ」

金右衛門の穏やかだった表情は消えて厳しい目が石に向けられている。

鬼五郎ら五人は石底を少しずつ掻き出すようにして掘り進める。

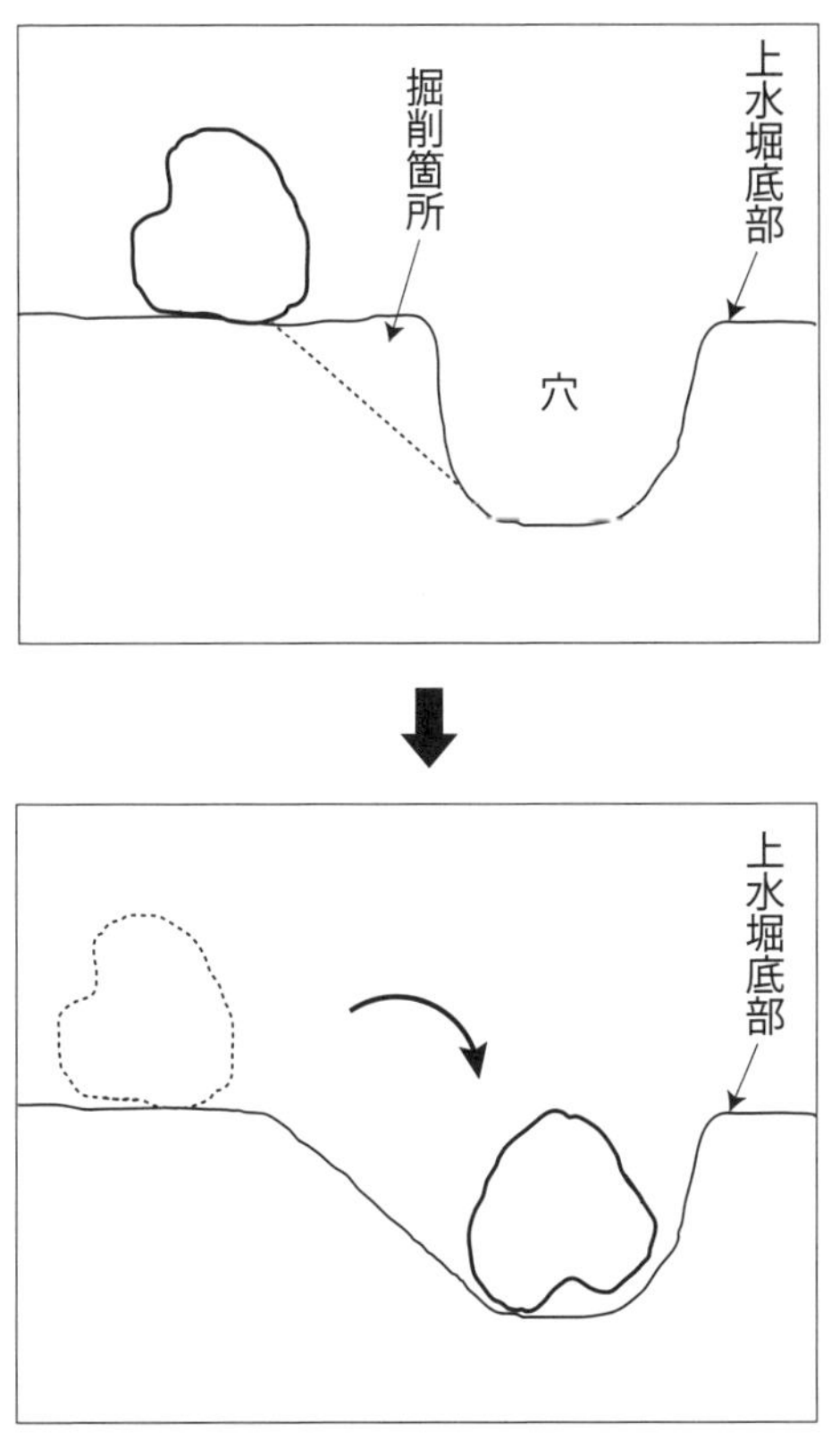

図—7　大石処分法

「慎重に、慎重に。でないと石がずり落ち、掘り方を押しつぶすとも限りませんからな」

鬼五郎らは言われたとおりゆっくりと石底を掘り進める。金右衛門は鬼五郎らが掘り進む手を睨む。しばらくして、

「そこで掘るのをやめて、石から離れてくだされ」

金右衛門はそう命じて、

「弥兵衛どの穴の反対側の石尻に丸太を差し込んでコジ起こしてくだされ」

弥兵衛は言われたとおり、人足十人に丸太を持たせ、その先端を石底に突き入れさせた。

「コジ起こせ」

弥兵衛のかけ声で人足らが丸太の端(はじ)を肩に担いで足を踏ん張る。みるみる人足らの顔が赤くなり、足の筋肉が盛り上がる。

だが石は微動だにしない。

金右衛門はその作業をやめさせると、再び鬼五郎らに石底を掘り続けるよう命じた。

見守る人足らは大石が掘り下げた斜面を転がり落ちるのではないかとヒヤヒヤしながら目を凝らす。

「掘り方止め」

金右衛門が厳しい声で制し、

「弥兵衛どのお願いします」

と合図した。

弥兵衛は頷くと再び人足に丸太で石尻をコジ起こすよう命じた。人足らが足を踏ん張り丸太を肩に当ててわずかに力を入れたとき、石は緩やかに傾いて斜面を転がりなら穴の中に落ちた。目を凝らして息を詰めて見ていた人足らは手を叩き、足を踏みならした。

第六章　不明の死

（一）

承応二年（一六五三）五月、安松金右衛門ら四名は羽村から川越に戻った。

上水堀は羽村の取水口に打った一番杭から数えて百六十本目（五千七百メートル）まで掘り進んでいた。

全延長の七分の一が掘り上がったことになる。

つまりはまだ先が長いということである。

すでに羽村に建てた人足小屋九棟のうち四棟を残し、五棟を砂川の集落近くに移転させていた。

普請現場が羽村から福生、福生から小作（おざく）そして熊川、拝島へと東進するにしたがって、自宅から通っていた村民（人足）のなかで現場に通いきれなくなった者は、自家を離れて新たに建てた人足小屋に入るか、そこで人足を辞めていくか、の二者に分かれた。

辞めた者は二百人近くになった。その補充に庄右衛門は新たに人足の募集をはじめた。これから上水堀が通る近隣村落の百姓たち、さらには日野や柴崎といった多摩川沿いの集落の百姓らを雇うことにした。

すでにこの近辺の村民は玉川上水の噂を耳にしていて、庄右衛門があらためて上水を江戸に敷かねばならぬ理由や募集を呼びかけることをしなくとも集めることができた。

これは庄右衛門にとって嬉しい誤算だった。

庄右衛門は砂川に建てた人足小屋に移るか、羽村に残した人足小屋に残るか考えた末に、羽村に残ることにした。

熊川から先の上水堀普請は清右衛門と弥兵衛に任せ、庄右衛門は羽村の取水口備と河川内普請の監督に軸足を移しながら玉川上水の全体を統括することにしたのである。

これに伴い、雑用方と炊事班も二つに分かれた。

その双方をお葉が担うことになった。

新しく砂川に作った炊事班を任せられるような者はまだ育っていなかったし、日々の総菜の買い入れも財布の紐を握っている者しかできない。それはお葉以外にいない。

庄右衛門はこれを機に人足から預かっていた日雇賃を一旦、清算することにした。

人足総員はおよそ千人、そのうち近江屋に日雇賃を預けていた人足は七百人ほどである。支払いはすべて寛永通宝の一文銭である。これは人足が望んだことで、一分金での受取を拒否したからである。

人足七百人がひと月働いて得る賃金の総額はおよそ五十万文である。

五十万文の重量は五十万匁、すなわち一・八八トンである。

寛永通宝をひとり一人に手渡すだけでも大変な手間である。

清算したのは日雇賃だけではない。川中に設置する堤や堰に用いる木材、石、竹、鉄線、釘、カスガイなどの購入費、それから取水口備（施設）築造用の木材、金具類等の購入費、さらには工具の購入費、百姓からの鋤鍬の借入費、そのほかこまごました費用が未払いのままになっていた。

それらも庄右衛門は清算した。

弥兵衛が江戸で両替してきた百八十両の寛永通宝はほとんど消え、そればかりでなく幕府から前渡し金として下賜された千両が底をついた。

玉川上水の普請総額は六千両である。その六分の一がたったの二か月足らずで消えてしまった。

庄右衛門は残りの五千両をなんとか幕府から下賜してほしいと願ったが、上水堀の進捗は七分の一、取水口備や川中に設ける堤や堰はまだその基礎さえできていないのだ。残りの五千両から千両でもいいから早急に下賜してもらえれば、と思ったが申し出ても支払ってもらえるとは思えなかった。

妙は五日もすると歩けるようになった。忙しさが増したお葉を尻目に、妙は再び部屋を空けるようになった。そして、お葉が寝込む頃に小屋に戻ってくると、猫のように音を発てずにお葉の隣で眠る。

ただ、怪我の前と後で一つだけ変わったのは、お葉が朝起きると部屋の隅に必ず妙が仕留めた雉、兎、蛇、それからお葉がはじめて見るような小獣などが置かれていることだった。

妙は獲物を自分の食い扶持の代わりにお葉に渡すようになったのである。あくまでもお葉の世話にはならない、という意思表示とお葉は受け取ったが、そのようなことはおくびにも出さず、

「獲物は喜んでいただきます。とは申せ、わたくしは獣や鳥を捌く術を知りません。教えてくださいな」

と頼んだ。妙は頷くでもなく、また断るでもなく、その日は終わった。

翌日、お葉が炊事場から戻ってくると、妙が部屋に居た。一緒に住まうようになってはじめてのことだった。

「今から獲物の捌き方を教える。炊事場に行こう」

妙の誘いにお葉は疲れ切っていたが快く応じた。

先ほどまで炊事班の者が働いていた炊事場に人影はなかった。炊事場には常夜灯が設けてある。そこから火をもらって灯明に灯をつける。

妙は罠で捕えてきた兎を調理台に乗せる。兎はまだ生きている。妙は腰に下げた蛮刀を手に持つと高く振り上げて一気に振り下ろした。兎の首が調理台から地に落ちた。お葉は目を背けず、

「みごとなものですね」

吐きそうになりながら気丈に言った。

「あんたが今見たものがサチモンの暮らしそのものだ。これから捌く、包丁はあるか」

蛮刀を収めた妙が訊く。

お葉は調理場に備えてある包丁を指さす。妙はその中から一本抜き出すと、

「よく見ているがいい」

そう告げて包丁の切っ先を首のない兎の腹に突き立てた。

（二）

上水堀は順調に施工が続けられていた。

熊川の地を掘り進み、拝島の集落近くに達したあたりから掘り起こす土の質が変わってきた。今までは粘土のように密な赤褐色の土（今で言う関東ローム）であったが灰色の土に変わった辺りから小砂利とやや荒い砂が日立つ土になった。

清右衛門は気にせずに掘り進めることに決めた。

何里にもわたって上水堀を掘り割っていけば、地質が変わるのはそれほど不思議なことではない、むしろ地質が変わる方が理に叶っている、そう清右衛門は思った。

二十間（三十六メートル）ほど掘り進んでも砂と小砂利の地層は続く。

清右衛門がその現場をじっと見つめている老人に気づいたのは、掘り進んで二日後のことだった。

掘削現場を見物しにくる者は後を絶たなかったが、その老人は違っていた。見物する者は半刻（一

時間）もすれば現場を去り、二度と見物に訪れないのだが、老人は二刻過ぎても現場から離れずに無言で立っているのだ。それが二日も続いた。そして三日目も老人は現場に現れた。そこで清右衛門は、

「爺さんよ、毎日ここに来るほど普請を見るのが面白れぇか」

と親し気に訊いてみた。すると老人は、

「悪いことは言わぬ。今すぐこの近隣に上水堀を通すことをやめなされ」

と思いつめた顔を清右衛門に向けた。

「爺さん、この上水堀はな、幕府に代わって近江屋が普請を請け負ったんだ。だからよ、やめるわけにはいかねぇんだ」

「ならば、この地を避けてほかの所に作りなされ」

「なぜこの地を避けなくちゃならねぇんだ」

「わしらはこの地を〈水喰らい土〉と呼んで恐れているのだ」

「水喰らい土？　そんなことは聞いたこともねぇ。掘り方の者もそんなことは誰ひとり言っちゃいねぇぞ」

「今の若い者はこの水喰らい土のことを知らんのじゃ」

「で、その水喰らい土ってぇのはなんなのだ」

「土が水を喰らう、ということだ」

「土ちゅうもんはもともと水が浸みこみやすいんじゃねぇか」

「そうかもしれんが、ここの土は生半可なもんじゃない。わしらは子供の頃、ここは地獄に通じる入口だから近寄るなと、と聞かされて育った」

「地獄に通じているだと？　そう言えば、京にもそんな話があったな。ということはどこにでもある話じゃねぇのか」

京の六道珍皇寺（ちんこうじ）は、冥界に通じている井戸があることで江戸でも知られている。

「どこにでもあるか否かは知らぬが、わしは信じている」

「信じるのは爺さんの勝手だが、地獄と水喰らい土、二つの間にどんな係わりがあるんだ」

「地獄もこの武蔵野のように大地がカラカラに乾いているのだそうな。そりゃそうだ。鬼どもは地獄に落ちた人たちを釜茹でにするため年がら年中、竈で火を燃やし続けているからの。鬼どもも喉はカラカラじゃろうて。そこで閻魔さまが地獄とこの世に水道を設けたというわけじゃ」

「それがこの拝島の地ってことか。だがその言い伝えは少しおかしかねぇか。だってよ地獄にゃ三途の川があるじゃねぇか」

「あれは川といっても川ではない。水などが流れてはおらぬ」

「じゃ、なにが流れているんだ」

「人の世の業や怨念じゃ」

「なんだか地獄を見てきたような言いようじゃねぇか」

「見てきたのかもしれぬ」

そう言って清右衛門を見た老人の目は白く濁って眼窩が大きく落ち込み、人の世の顔とは思えな

かった。清右衛門は思わず身震いして、

「ありがとよ、わかったから明日からここに来るのはやめてくれ」

といつにない神妙な声で告げた。


六月。


「伊奈さまのご指導で堰と堤の築造に目鼻がついてまいりました」

仮陣屋に関東郡代であり玉川上水の水道奉行である伊奈忠治を訪ねた庄右衛門は深く頭をさげた。

仮陣屋からは取水口備を築造する人足らが忙しく動き回っている光景（さま）が望める。

先の川中では堤と堰の基礎となる川底の改良も終わり、丸太で組んだ角枠、牛枠、箱枠、大聖牛枠（おおひじりうし）などが右岸から左岸を横断して据えられていた。

材木問屋、筏問屋に携わる人々、杣人らの反対は小田中代官ら役人によって強く抑えられていたが、それでも筵旗を立てた人々が無言のまま川普請に冷たい視線を送っていた。

「取水口備（施設）も佳境にはいっておるようだな」

「伊奈さまからお示しいただいた取水口備絵図に従って普請を進めております」

「それは重畳」

すっかり仮陣屋の生活に慣れたのか忠治はゆとりのある顔つきである。

「上水堀の現場はずいぶんとここから離れてしまったようだ。いまどの辺りを掘っておるのか」

「熊川、拝島を過ぎ砂川集落まで掘り進んでおります。そうでした、伊奈さまは水喰らい土、と申す言い伝えをお耳にしたことはございませぬか」

「水喰らい土？　聞いたことはない」

「拝島の古老の話によれば、集落の近辺には、どんなに激しい雨が降ろうとも水溜りをつくることもなく雨水を飲み込んでしまう地帯があり、その地の土を、水喰らい土、と呼んでいるそうでございます」

「武蔵野は広いのだ。そうした地帯があってもおかしくはない」

「それが上水堀を掘り進んでいる現場に現れたのです」

「ほう、それは難儀なことだな。だが案ずることもあるまい。土というものは天雨を喰らうがごとく飲み込んでいくものだ。喰らうのに飽きれば喰らわなくなろう」

「わたしも清右衛門も伊奈さまと同じ考えでございます。古老の言を信じるとしても上水堀は企画書どおり掘り進めております」

「昨日、お葉どのがわしの許に参って、料理した雉を持ってきてくれた。美味かった、と御妻女に伝えておいてくれ」

伊奈は水喰らい土にさして興味を持った様子もなく話題を変えた。

「その雉は伊奈さまからお預かりした、妙と申すサチモンが仕留めたもの」

「お葉どのもそのように申していた。なんでも猪を仕留め損なって足に大怪我をしたそうな」

「もうすっかり治ったそうでございます」

「お葉どのに、妙と上手くやっているか、と訊いてみた」

「お葉はなんと」

「なんだ、御妻女とは会っておらぬのか」

「泊まる小屋も別。会う暇もありませぬ」

「なかなか手強い相手だ、と申していた」

庄右衛門にしてみれば、お葉こそ手強い相手である。そのお葉が言うのだから、よほど妙は手強いのであろう、と思った。

「ゆくゆくは妙をわしの許に引き取り、足立郡のわしの屋敷に住まわせるつもりだ」

「まさか御養女になさる、というのではないでしょうね」

庄右衛門には忠治が、なにゆえに妙を引き取るのかわからない。

「するつもりだが、それは妙どのが望むのであれば、のことだ。おぬしから見ればおかしな話と思うであろうの」

「伊奈さまには嫡男の忠克さまが居られます。忠克さまは養女になさること御存じなのでしょうか」

「まだ、誰にも話しておらぬ。忠克には取水口備がひと段落ついたら封書を送って、わしの考えを伝えるつもりだ。とは申せ、忠克が快く承諾するとは思えぬがの」

「どうでしょう、わたくしとお葉に妙どのは引き続きお任せくだされば」

「それもよいかもしれぬ。いずれにしても妙どのを、あのままサチモンとして放っておくわけにはいかぬ。わしは妙どのが不憫でならぬのだ」

「憐憫の情で妙どのを伊奈家の養女になさるのはいかがなものでしょうか」

「この玉川上水の普請には、江戸の民七十万の喉を潤す、という大義名分がある。だがの、近江屋、その大義名分の下で筏師や杣人などが暮らしの場を追われることになった。サチモンもそうだ。筏師、杣人などは川中に堤や堰ができて後、元の業（仕事）に就くことが能う。だがサチモンは違う。上水堀で二つに分けられた大地に獲物は戻ってこぬからだ」

「サチモンは妙どののひとりではありますまい。かなりの数の者が居るはずです」

「おそらく彼の者たちは、わしに恨みごとの一つも言わず、多摩川上流部の山奥に猟場を移して武蔵野から去っていったのであろう。妙どのの父親が生きていれば同じように妙どのを連れ、大岳の麓辺りに猟場を移したに違いない。だが父親が死んで一年は過ぎている。女手ひとつで新しい猟場を見つけ出すことなど能わぬであろう」

「だから妙どのを養女になさる。その所業はまるでサチモンへの罪滅ぼしのように思えます」

「なるほどの。そうかもしれぬ。この普請が終われば、わしは隠居するつもりだ。隠居したらわしは、かねてから望んでいる四国巡礼に出る。その折の供人として妙どのを充てようと考えている」

「その日が一日でも早くまいりますよう、近江屋は普請に邁進する所存でございます」

六月ともなれば多摩川の川面を撫でて仮陣屋に流れ込む風は肌に心地よく感じられる。とはいえ、曇天は、これから迎える梅雨を思わせた。

安松、伊奈が近江屋を助けてくれなければ、今頃は江戸に逃げ帰っていたに違いない。そのふたりのためにも玉川上水を作り終えなければならない、と庄右衛門は思った。

庄右衛門が仮陣屋に忠治を訪ねたその日の夜から雨となった。

雨は次の日もまた次の日も降り続いた。

「清右衛、この雨で川普請を見合わせたので、こちらの様子を見にきた」

上水堀の現場を訪れた庄右衛門が言った。

「見てのとおりよ」

雨の中、掘り方人足が泥んこで土を掘っている。土運搬方は掘り土を堀外に運び出し、堀の両側に積み上げて土手を作っている。

「こちとらは、これくれぇの雨で普請を見あわせるわけにゃいかねぇ」

「堀底が水浸しではないか」

「雨が降っているんだ。堀底がぬかるむのは当たり前(めえ)」

「水喰らい土の一帯もやはりぬかるんでいるのか」

「それが、まったくぬかるんでねぇんだ。雨が降っているとは思えねぇほど」

「見てみたいものだ」

ふたりはその場を後にして、すでに掘り上がっている上水堀に沿って上流(羽村方面)に歩く。まだ堀底に勾配をつけていないので堀には行き場のなくなった雨水がところどころに溜まっている。半里(二キロ)ほど堀に沿って歩くと、雨水がまったく溜まっていない上水堀が出現した。

「ここらあたりが水喰らい土と言われている一帯だ」

清右衛門が両手を広げて堀底を指す。

庄右衛門は堀底に下りて土を手ですくい感触を確かめる。土の粒が粗い。だがこのような土は江戸府内には幾らでもある。

「よくわからぬな」

首をかしげて堀底を上流に向かって歩きはじめる。清右衛門がそのあとに続く。堀底には水溜まりがない。

遡ること五町（約五百五十メートル）、ふたたび堀底に雨水が溜まるようになった。

「爺さんの話じゃ、この水喰らい土があると言われている一帯のどこかに地獄に通ずる途方もねぇ水道があった、とのことだ」

「そんなこと、清右衛は信じるのか」

「信じちゃいねぇ。だからこうして上水堀を掘り進めたんだ。だが爺さんは信じているようだ。地獄は江戸と同じでいつも水不足で鬼どもも喉が乾いて困っているらしい」

「よくできた話だ。鬼どもはともかく、この水はけのよさは異常だな」

「江戸に送る水を地獄にお裾分けしてやってもいいんじゃねぇか」

清右衛門の、ものに拘らない言い方に庄右衛門は、

——なるほど、そんなものか——

とそれ以上深く考えることはやめた。

（三）

降り続いた雨は五日ほどで止んだ。

それから十日ほどは晴天が続き、川普請、上水堀普請とも順調に進捗した。

庄右衛門にとって心安まる十日間と言いたいところであったが、そうとはならなかった。

漁師らが庄右衛門の許に押しかけてきたからである。

「多摩川を堰(せ)き止めるような堤を作られたんじゃ、わしら川を頼りに生きている漁師はたまったもんじゃねぇ。鮎がのぼってこられなくなる。それにほかの魚も逃げちまう。堤なんぞ川中に作ってほしくねぇ」

漁師らを束ねる甚助(じんすけ)と名乗る壮年の男が声を荒げる。

多摩川に生息する魚はウグイ、コイ、ウナギ、ヤマメ、イワナ、カジカなど多種である。特に春先に六郷の河口から遡上してくるアユは、漁師たちにとって貴重な獲物で大きな収入源であった。

庄右衛門はこのことを郡代の伊奈忠治に報告し、その処置を仰いだ。

忠治は漁師の言い分をもっともだと思い、その裁量を代官小田中正隆に任せた。

正隆は甚助を仮陣屋に呼び出し、言い分を聞くことにした。

「近江屋からおぬしらの苦情の粗々(あらあら)は聞いた。筏問屋の者らにも申し渡したことだが、堰も堤も取り除くようなことはせぬ」

「毎年、鮎が六郷川を遡って青梅あたりまで来ますが、今年は鮎の姿がめっきり減りました。またウナギも羽村や千ヶ瀬では獲れなくなりました。ウグイもしかりです。みな羽村に設けた堤や堰の所為です。筏問屋の方々は堰や堤を越えるために筏を一度ばらして下流に担いで運べばなんとかなります。ですから筏師らはそうしております。しかしながら漁師はそうはまいりません。堤や堰を取り除いてもらわねば、わしらの暮らしは立ちません」

「おぬしら冬場は漁を休み、小作人として生活を立てているのであろう。一層のこと漁師をやめて小作人になったらどうだ」

　正隆のこの言い方に甚助は抑えに抑えていた不満が一挙に吹き出た。

「わしらは何代も前から多摩川筋の魚を獲って生活の元としている。小田中さまが代官としてこの地を差配する何百年も前からだ。わしらは多摩川の漁師としての誇りをもっている。小作人などに今さらなる気はない」

　あまりの強い語調に正隆は思わず首をすくめた。そして筏師といい漁師といい、多摩川を頼って生活を立てている者の気性の激しさを今さらながらに知った。

「再三申すが堰や堤の撤去はありえぬ。もし漁師らが徒党組んで阻止しようとすれば、武蔵野を治める代官としておぬしら全てを引っ捕らえて所払いに処すぞ」

「今年は将軍さまに鮎を献上しようと仲間で決めて、昨年からその旨を幕府のしかるべきところにお頼みしました」

「そのようなことをわしの了承も得ずにやったのか」

「幕府から返答がありましたらお報せするつもりでした。しかし、もうそれも叶わなくなりました。わしらはお頼みした方に事情をお伝え申し、取り下げることにします」

「誰に頼んだのだ」

「こうなったからには、その方の名をお教えするわけにはまいりませぬ」

怒りで甚助の手が震えている。

おそらく、その者は将軍家の食事をつくる賄い方の幕臣であろう。となれば将軍の耳にも入りやすい。正隆はこのまま話を続けても埒が明かないと思い直し、

「明日一日の猶予を与えるから頭を冷やせ。明後日、再びここで話し合おうではないか」

そう言って座を立った。

その日の夕刻、庄右衛門は話合いの結果を聞くため正隆と会った。

正隆は甚助とのやり取りを話したうえで、

「明後日、再度甚助に会うことになった。ついては近江屋、おぬしも顔を出せ」

と無愛想に命じた。


二日後、庄右衛門が仮陣屋を訪れると、すでに正隆と甚助が広間に坐していた。その隣に見知らぬ男も坐している。庄右衛門は軽く礼をして一歩下がったところに坐した。しばらく待っていると伊奈忠治が現れて、上座に坐した。

「これで顔が揃いましたな」

正隆は忠治に軽く頭をさげると、

「此度は秋川の漁師を束ねる左兵衛(さへえ)も同席してもらった。甚助、頭は十分に冷えたか」

と甚助に目線を移して訊いた。

甚助は苦笑いして下を向く。

「左兵衛を呼んだのは左兵衛に承諾してほしいことが生じたからだ。そこで申すが、秋川の漁場を甚助ら多摩川の漁師に使わせてやってほしいのだ」

「それは承諾しかねます。甚助どのらが羽村に設けた堰や堤で漁場が荒らされ、困っている話は聞いております。だからと申してわしらの漁場に甚助どのらが入ることは、わしが許したとしても秋川の漁師らは誰ひとり許さぬでしょう」

左兵衛は強い語調で拒否した。

「困っている時は、お互い助け合うのが漁師仲間というものであろう」

正隆は思わぬ成り行きに困惑した。

「漁師仲間と申しますが、秋川筋の漁師はわたしも含めて、多摩川筋の漁師を漁師仲間とは思っておりませぬ」

左兵衛の言はますます強くなる。

「わしらとて秋川筋の漁師を仲間とは思っておらぬ。秋川で漁するなどこちらから願い下げだ」

甚助は憮然とした顔で言い返した。

「おぬしらに喧嘩をさせるために呼んだのではない。なぜそのように啀み合うのだ」

正隆の顔は苦り切っている。

「代官さまは、どこからどこまでを秋川であるとお考えでしょうか」

左兵衛がひと膝乗り出した。

「檜原宿のずっと奥のそのまた奥の山々の谷から流れ出す水を集めて、檜原の本宿、乙津（現あきる野市乙津）、戸倉、五日市、舘谷、網代、牛沼、雨間と東流し、熊川と拝島の間で多摩川に注ぎ込むまでが秋川であろう」

さすがこの一帯を治める代官だけあって正隆の口ぶりに淀みはない。

「いえ、そうではありませぬ」

左兵衛がさらにひと膝前に出た。

「なにが違うのだ」

正隆は自分の言になに一つ間違いはないと思っている。

「多摩川に注ぎ込む、代官さまは申されました。それが違うと申すのです」

「違うわけもなかろう」

「秋川が多摩川に注ぎ込むのでなく、多摩川が秋川に注ぎ込んでいるのです」

「ばかを申すな」

甚助が割って入った。

「秋川が多摩川に注ぎ込んでいるのだ。だらかこそ、二川が合流した熊川以東の流れも多摩川と呼ばれているのだぞ」

　甚助が続けた。

「熊川以東の川の河水の半分は秋川の河水だ」

「それは言いがかりだ」

「違う。多摩川の漁師らは熊川より下流の川も多摩川だと言い張って、秋川の漁師がそこで漁をすることを一切禁じた。熊川より下流でも漁をさせてくれ、と何度頼んでも甚助どのらは首を横に振り続けた。代官さまの頼みであっても秋川の漁場を甚助どのらに解放することなど、今までの仕打ちを考えればあり得ぬ」

「川は誰のものでもない。皆のものだ」

　正隆がもっともらしく言った。

「そう、誰のものでもない。ならばわれら秋川の漁師が、なぜ多摩川で漁ができないままに、今まで代官さまは放っておかれましたのか」

　とばっちりが代官に向けられたことに正隆は渋い顔をさらに渋くした。正隆は郡代の忠治がどのようにこの諍いを見ているのかと思って忠治に目を遣った。

　忠治の顔からはなにも読み取れない。

　両者への裁量を間違えれば玉川上水の普請に支障をきたすことになる。そうなれば伊奈郡代からの小田中正隆の評価は低くなる。結句、次期武蔵野代官の任命は危うくなるかもしれない。

　正隆は腕組みをして瞑目した。

甚助、左兵衛はお互いを避けるようにして横を向いている。忠治は黙ったまま、表情を変えない。庄右衛門に口を夾む場は全くなかった。

「多摩川、秋川の縄張りは今日を限りに撤廃してもらう。これは武州武蔵野を差配する代官小田中正隆が決めたことだ。双方がこの命に服さぬと申すなら、これより以後漁師としての権（漁業権）を取り上げる」

「すると甚助どのらが秋川の漁場にずけずけと入ってくるというわけですか」

「なにを言うか。左兵衛どのらが遠慮もなく多摩川の漁場を荒らす、ということであろう」

「だまれ」

正隆が一喝した。

「わしが穏やかに話しているのをいいことにつけあがって、双方言いたい放題。なお啀み合うなら捨て置かぬぞ」

正隆は甚助、左兵衛を睨みつけた。

成り行きを見守っていた忠治は、

「双方とも先祖伝来の漁場を守り抜きたいであろう。だが羽村に設けた堰と堤の撤去は能わぬ。なにせ上様をはじめ、府内七十万の民が渇望している上水だからの。双方が折り合いをつけねば、代官は漁師の利権を取り上げると申している。ここは双方が代官の言い分に従うしかあるまい」

と穏やかにふたりを説得した。

「羽村から上流での鮎漁はあきらめろと郡代さまは申されますのか」

甚助は悔しさを滲ませてなおも言い募った。

「小田中とて鬼ではない。今、双方の漁師に課している冥加金を玉川上水が完成するまでの間、減免してもよいと思っているはずだ」

忠治はそう言って正隆に頷いて見せた。

〈冥加金〉とは江戸幕府が設けた雑税の一種である。商業、漁業、工業などを営むことを許す代償として献金をさせた。この献金を冥加金と呼んだ。

冥加金減免のことなどまったく考えていなかった正隆は一瞬困惑したが、

「郡代さまはいずれは鮎やウグイなどが遡上できるよう堰の一か所を開いて魚道を造ることを考えておられる。その魚道がいつ設けられるかは、これからのことであろう。魚道ができるまでの間、冥加金は納めなくともよいことにする」

とやり返した。

「郡代さま、代官さまがそこまでお考えくだされているのならば、これ以上はなにも申しませぬ。小田中さまの裁量に従います」

左兵衛が険しかった顔を一変させて柔らかな口調で言った。

「真、魚道を造っていただけるのでしょうな」

多摩川の漁師を束ねる甚助にとっては一番の気がかりな事柄である。

「約束しよう。しかし堤や堰が完成した後でなければ、魚道をどこに設ければよいかわからぬ。しばし待ってもらう」

「待ちましょう。わしら多摩川の漁師はお二方のお言いつけとおりにいたします」

甚助はそう言って左兵衛に笑いかけたが、その目は笑ってはいなかった。

余談であるが、玉川上水が完成した三年後、堰の一部を切断してそこに筏を通す流路を設けた。この筏通し場は魚道を兼ねることとなったので、忠治は約束を守ったことになる。

なおその筏通し場の形状は幅四間（七・二メートル）で底部に丸太を横に敷き並べ筏が通過する際に川底がえぐられないようにした。

（四）

六月二十五日。その日は朝から豪雨となった。梅雨明けを知らせる豪雨か、あるいは野分（台風）の前触れなのかわからなかった。強風が川筋に沿って雨粒を巻き上げていく。

川普請はもちろん、上水堀の普請も朝から中止である。

多摩川の水嵩は見る間に増えていく。作り上げたばかりの堤や堰はたちまち水中に没した。

その光景を忠治は仮陣屋の一室から見据えていた。

その日、一日雨は降り続いた。

泥流となった多摩川は平素の穏やかな河相を一変させて荒々しい様となった。

翌二十六日も暗雲が低く垂れこめ、雨の勢いは衰えそうになかった。しかし昼を過ぎたあたりから黒かった雲が白くなり、それに伴って雨も小降りとなった。とは言っても多摩川の河水は増え続けていた。

翌六月二十七日、天は抜けるように碧かった。

見上げる空に鳶がゆうゆうと輪を描いている。

この晴天を待っていた庄右衛門は誰よりも早く起きて、取水口備の状況を検分しようと人足小屋を出た時、

「殿が伺っておらぬか」

小助が小走りに近づいてきて訊いた。

「仮陣屋に居られるのではありませぬか」

「それが見当たらぬのだ」

「雨があがり、すがすがしい朝、伊奈さまは踏青（とうせい）（散歩）でもなされているのでは」

「そう思って心当たるところを探したのだが見当たらんのだ」

「そのうちぶらりと戻ってまいりましょう」

「わたしもそう思うのだが、殿は六十路（むそじ）になられた。道草が過ぎて迷子にでもなられたのではないかと案じておるのだ」

今でこそ六十歳は老人の入り口、といった感覚だが、江戸期にあっては寿命を十歳近くも上回った高齢である。

「ここに来ておらぬのであれば、ほかを当たってみよう」

小助は再び小走りで人足小屋を後にする。それを見送った庄右衛門は取水口備に赴いた。

泥色の河水が一ノ門を飲み込んでどこにあるのかわからない。築造中の導流土手も濁流に呑み込まれて見えない。

「土手は押し流されたと見える。これで百両がとこ、吹っ飛んだな」

背後からの声に振り返ると弥兵衛が立っていた。

「豪雨には勝てぬ。致し方ない」

「この損額を幕府が補ってくれればいいのだが」

「玉川上水を請け負うに際して、幕府からは六千両の請負費以外、なにがあろうともビタ一文出さぬ、と申し渡されている」

「近江屋の儲けは百両ばかり減ることになるな」

「この普請、はじめから儲けなどない」

「近江屋の財が百両減る、ということか」

「これから先、なにがあるかわからぬ。減るのは百両では収まらぬであろう」

「それで坊がいいなら、わしらはついていくしかない」

「今さら、儲けができませんので普請を辞退する、と幕府に申し立てても取り合ってくれぬであろう」

「それに安松さまや伊奈さまの玉川上水にかける思いを知ってしまったわれらとしては、お二方の思いを頓挫させることもならぬ」

「おおそうだ、その伊奈さまのことだが弥兵爺は伊奈さまを見掛けなかったか」

「いや、見てない」

「朝早く仮陣屋を出たままお戻りになっていないらしい」

「あの方は早朝に多摩川沿いを歩くのが好きのようでしたから、そのうち陣屋に戻られるのでは」

「わたしもそう思っている。わたしは清右衛の現場に行って上水堀がどうなっているか検分する。弥兵爺は此度の豪雨で取水口備の損失がどれほどになるか調べておいてくれ」

庄右衛門は言い残して砂川へと向かった。


羽村から砂川までは一里半（六キロ）余り。二刻（四時間）かけて上水堀を下流方向に検分しながら最先端の現場に着いた。

昨日までの雨の影響で掘り上げた箇所は泥んこになっている。その土をこねるようにして人足らが鋤、鍬を振るっている。

「なんだ、こそこそと現場を覗きにきたのか」

庄右衛門に気づいた清右衛門が近づいてきて嫌味を言う。

「ここに来る途中、閻魔さまの口を見てきたぞ」

「閻魔さまが飲み干した雨水で、地獄の鬼どもの乾いた喉も潤ったことだろうな」

「やはり、あの一帯に通した上水堀の堀底には一滴の水も溜まっておらなかった」

「だから水喰らい土、と言われているんだ。そんなことはどうでもいい。それより川普請の方はどうなんだ」

「弥兵爺が百両がとこ近江屋の財が減ると申していた」

「百両で済みそうか」

「河水がもっと退いてみなければわからぬが、普請はまだまだ先まで続く。損得勘定は玉川上水が完成した折にすればよい」

「組のご老体は、この普請が終わればひとり頭十両の報奨金がもらえるんじゃねぇかと言っていた」

「そのくらい出してやりたいが、まず一両も出せまい」

「さぞ、がっかりするだろうよ。そのこと、ご老体方に言っちゃならねぇぞ」

「隠し立てすることでもあるまい」

「ご老体方は十両もらったらその銭をもって隠居すると言っていた。いつまでも近江屋の足手まといになりたかねぇ、とさ。泣かせるじゃねぇか」

「ご老体にはこれからもずっと近江屋にいてほしい、死に水も取ってやりたい。そのためにもこの普請で少しでも儲けを出さなくてはな」

そう庄右衛門が言ったとき、

「庄右衛門どの、清右衛門どの、すぐに羽村の仮陣屋までお越し願いたい」

背後から声がした。振り返ると伊奈忠治の手の者が立っていた。

「なにか仮陣屋でありましたのか」

庄右衛門が訊く。

「来ていただければわかります」

その者は難しい顔で答えた。

走るようにして仮陣屋に駆けつけると、ふたりはすぐに一室に通された。

そこに伊奈半十郎忠治が横たえられていた。

枕元に小助が座っている。

「一体、これは」

庄右衛門は一目で忠治になにが起こったのかを悟った。

「殿が亡くなられた」

小助がぼそりと呟いた。

「なにゆえの死でございましょうか」

「殿のお帰りを待った。半刻待ってもお戻りにならない。そこでわれらをはじめ、近江屋の組の者、それに人足百五十人ほどをつかって四方近隣を探させた。半刻（一時間）後、殿が取水口備から五町（約五百五十メートル）ほど下流の川中で木杭に引っかかっているのを見つけた。すでに息をしておられなかった」

小助の声はほとんどささやくように低かった。

第七章　水喰らい土

（一）

江戸城奥御殿の最奥部に老中御用部屋がある。江戸幕府の政（まつりごと）を決める中枢部である。

二代将軍秀忠の時世からこの部屋に老中（ろうじゅう）と呼ぶ譜代大名四名から五名が集まり幕政を司ってきた。

老中御用部屋に酒井讃岐守（さぬきのかみ）忠勝、井伊（いい）掃部守（かもんのかみ）直孝、松平伊豆守信綱、阿部豊後守（ぶんごのかみ）忠秋、それに机を前にしてふたりの奥祐筆が顔を揃えていた。

「昨日、伊豆守さまより緊急に御老中を招集いたせと御下命を受け、讃岐守さまの御了解を得て本日お集まりいただきました」

奥祐筆のひとりが頭をさげて告げた。

「了解したが、なにゆえの招集なのかまだ聞いておらぬ。聞かせてもらおうか」

大老の忠勝は信綱を一瞥してから開け放した部屋の外に広がる庭に目を移した。庭にはきれいに形を整えた松五本が等間隔で植えられている。

「さればでございます。四月より将軍の御名にて玉川上水の普請が始まりました。その上水普請総奉行としてわたし伊豆が、また総奉行を補佐する水道奉行に南町奉行の神尾元勝どの、並びに関東郡代の伊奈忠治どのが就かれたことは周知のこと。その伊奈忠治どのが死去いたしました」

「たしか郡代はわしより若いはず。して死因は」

忠勝は今年六十六歳になる。他人事(ひとごと)ではない。

「それは祐筆の方から話してもらいます」

それを受けた奥祐筆は、

「伊奈半十郎忠治さまの嫡男忠克(ただかつ)さまより幕府に届いた書面によれば、死因は不明とのことでございます」

「病ではなかったのか。それにしても不明とはいかなることだ」

「伊奈さまは多摩川の上流、羽村にて仮陣屋を建て、そこで取水口備などの川普請の目付(めつけ)をしておりました。六月二十五日から六日にかけて羽村近辺に激しい雨が降ったそうでございます。多摩川は増水し、羽村に築造中の取水口の備(そなえ)（施設）は流失したと記されております。その取水口の下流の川中に打たれた木杭に伊奈さまは引っかかって息絶えていた、書面にはそのように認(したた)められております。そのうえで伊奈さまの死は不慮のものなのか、そうでないのかは不明であると記してあります」

「不慮のものとは普請見回り中に足を滑らせて多摩川にでも転落したということか」

井伊直孝が質した。

「詳細については書面に記されておりませぬ」

祐筆は自分が直孝に叱責されたかのように頭をさげた。

「ならば不慮のものなのか、それとも違うのか究明することが肝要と思える。幕府から検視役を送ったのか」

直孝がさらに質す。

「いえ、送ってはおりませぬ」

祐筆の声は小さくなる。

「わしの知るところによれば、伊奈はこの普請に異を唱える住民らに手を焼いていた、と聞いている。そのこと上水総奉行の伊豆守どのならばご存じのはず」

「伊奈どのからしばしば、そのような報が届いておりました」

「嵐に乗じて普請に反対する者どもが伊奈を襲い、川に投げ込んだやもしれぬ」

直孝はかつて信綱が発議した玉川上水工事に強く反対した経緯がある。直孝は今でも玉川上水普請に根強い不信感を持っている。

「仮陣屋には伊奈家の家臣らが寝泊まりしておるのですぞ。そのような憶測でのもの言いはお慎みくだされ」

直孝は彦根藩三十万石の領主、それに比して信綱は六万石の川越藩主と禄高では低いが、さすがに腹に据えかねたのか言葉がきつくなる。

「大老はどう思われますか」

直孝は信綱の苦言を意に介さずに訊いた。

「伊奈の死には異論の余地があろうが、掃部守が申したようなことがあったとすれば、武蔵野を差配する代官からその旨の報告があったはず。祐筆の言によれば、そうした報告はないとのこと。不慮のものがなんであるかの究明は不要じゃ」

「大老がそう申されるなら、それに従うしかありませぬな。さて伊奈どのの死亡届を受理するとなれば、伊奈家の家督について決めなければなりませぬな」

「家督については伊奈忠克さまから嘆願書が届けられております」

祐筆が言った。

「なんと書いて寄こしたのだ」

大老が訊いた。

「家督を忠克さまが継ぐことをお認め願いたい、との由でございます」

「家督を継がせるにやぶさかではないが、忠治どのが受けていた石高をそっくり継がせるというわけにはまいらぬのではないか。のう豊後守どの」

直孝は忍（おし）藩五万石藩主である阿部忠秋に同意を求めた。

「わたしも掃部守さまと同じ考えでござる」

「伊豆守はどうじゃ」

忠勝が訊いた。

「本日の招集はその儀にあらず。伊奈どのの死去に伴い空席となった玉川上水の水道奉行の役を誰にするかをお決め願いたいため。石高をどれほど減ずるかは後ほど右筆らに決めさせればよかろうと存じまする」

「水道奉行は関東郡代が担えばよい。まずは郡代を誰に任ずるかだ」

忠勝が言った。

「伊奈家に引き続き関東郡代の役を命じてもよいのでは」

忠秋が応じた。

「それにわしも異議はない」

直孝が同意する。

「むろんわたしにも異存はありませぬ」

信綱が申し添える。

「では伊奈家嫡男の忠克に決めてよいな」

忠勝が確かめる。三人が無言で頷いた。

「水道奉行も忠克でよろしいか」

信綱が訊いた。

「それはここで決めなくともよいのではないか。もちっと後にすればよかろう」

直孝はそのような瑣末なことを老中が決めることではない、と言った口ぶりだ。

「そうはまいりませぬ。水道奉行の後任を一日も早く決めてもらわねば、玉川上水の普請は前に進みませぬ」

信綱にしてみれば、自分（玉川上水総奉行）の補佐役である水道奉行の空席はあってはならないことであった。

「先にも申したが、水道奉行は関東郡代、すなわち伊奈忠克が担えばよい」

忠勝が苦々しげに念を押した。

「御意」

信綱が頭をさげる。

「伊奈家でなくば水道奉行の役は務まらぬのか」

直孝が目を細めて信綱を窺う。

「伊奈家は治水の大家。伊奈流なる技をもって大河の洪水を制してきたことは周知のこと。玉川上水の普請にはこの一族の力が欠かせませぬ」

「忠克に家督を継がせ、あわせて水道奉行の役に就いてもらう」

忠勝は断ずるように声を高めた。

大老の決定に老中は従わねばならない。直孝もこれを受け入れた。

「さて、もう一つ論議していただきたい儀があります」

信綱は腰を浮かせて座を辞そうとした三名を制するように両手を前に出した。

「まだあるのか」

直孝が座り直して渋い顔をする。

「忠治どのから半月ほど前、近江屋に渡した前払金千両が底をついたので、二千両ほどを下賜するように手配してほしいとの願書をもらいました。そこで二千両を勘定方から出してもらうことにしたいのですが、お三方のお考えは」

「まだ上水堀は半分もできておらぬのであろう。この普請の請負費は六千両、二千両を支払えば前に渡した千両とあわせて三千両となる。六千両の半分。しかるに普請は半分はおろか三分の一も仕上がっておらぬのであろう。ならば二千両を支払うのはもう少しあとでよいのではないか」

直孝が首を横に振った。

「二千両を支払ってやらなければ近江屋はどうなる」

忠勝が訊いた。

「とりあえず近江屋は蓄えた財でなんとかするでしょう」

「二千両もの蓄えが近江屋にはあるのか」

「南町奉行の神尾どのによれば、せいぜい三百両ほど、とのこと」

「近江屋が困窮するのは目に見えておるな」

「御意」

「将軍の御名の下での玉川上水普請。頓挫するようなことがあってはならぬ。大老の名において、勘定方に近江屋へ二千両を前渡しするよう手筈しておく」

忠勝は強い語調で告げると座を立った。

（二）

承応二年（一六五三）は閏年で六月が二度ある。

閏六月五日、羽村の仮陣屋に伊奈忠克が赴任してきた。

三十七歳になる忠克は父、忠治に似た体躯で小太りの人のよさそうな穏やかな顔つきである。

忠克は忠治の遺領七千百八十七石のうち三千九百六十石と関東郡代の職、ならびに玉川上水の水道奉行の役を引き継いだ。

羽村の仮陣屋に着任した翌日から忠克は庄右衛門を伴って普請現場を検分した。忠治と違い、若いだけあって多摩川の風情を楽しむようなことは一切しない。

――玉川上水を一日でも早く完成させることが、御尊父の御供養だと思っておられるのであろう――

現場を案内しながら庄右衛門は、そう思った。

一方、忠克は現場を検分しながら、

――三千余石も家禄を減らされたのは自分になんの実績もないのだから仕方ない。とは言え、家禄を旧に復さなければ亡き父に顔向け能わぬ。そのためには玉川上水普請で父のように実績を残し、御老中にそれを認めていただくしかない――

と思った。

忠克が着任して間もなく梅雨が明けた。

晴天続きのなか、損壊した取水口備と崩落した導水土手の修復は迅速に進められ、川中に設ける堤や堰も進捗した。

上水堀普請も順調で、砂川までのおよそ二里半（十キロ）までを掘り進んだ。

――忠克さまは治水に関する知識に通じ、忠治さまの後任としては申し分ない――

庄右衛門は安堵し、河川内普請の指導を忠治と同じように忠克に仰いだ。


「兄じゃ、砂川あたりまで上水堀を作り終えたんだが、そのちょっと先に小せえ川が行く手を横切って流れている。どうしたものか兄じゃの考えを聴かせてくれ」

弥兵衛を伴って清右衛門が羽村の現場に庄右衛門を訪ねた。

「その小さい川の名は？」

「村の者に訊いたんだが小川と呼んでいるようだ」

「川幅は？」

「一間（一・八メートル）ほどだ」

「河水の量は？」

「馬の小便ほどしか流れていねぇ」

なんとも喩が下卑ているが、それで庄右衛門にはその川の状況を具体的に思い浮かべることができた。

「ちい川沿いに住んでいる村の衆によれば、雨が降る度（たび）に川から水があふれるとのことだ」

弥兵衛が補足した。

「ちい川の川底と上水堀の堀底とどちらが高いのだ」

「それほどの違いはねぇ」

「するとちい川と上水堀は高さを違えて交差することは能わぬのだな」

「それが能わぬから兄じゃに相談にきたんだ」

「ならば、ちい川の水を上水の助水として取り込むしかなかろう」

「取り込むには、ちい川から流れ込んでくる塵芥（ちりあくた）を取り除かなくちゃならねぇ。塵芥を取り除く備（施設）を作らにゃならんぞ」

「作るしかあるまい」

「それでいいんだな」

「芥止（あくたどめ）の備についてはこの弥兵衛がなんとか作ってみる。しかし坊、作るとなると木材や釘、それに大工も雇わねばならんぞ。また余分な銭が出る」

「忠克さまによれば、近々幕府は二千両ほどを近江屋に支払ってくださるそうだ」

「払ってくれるのは請負費六千両の中からの二千両。幕府が余分に出してくれるわけじゃねぇ」

清右衛門はニコリともせずに言ってのけた。

「銭の心配はわたしひとりがすればよい。ちい川の水を上水堀に取り入れたら、それより下流のちい川に水は流れなくなる。ちい川の水を頼っていた者たちが苦情をもってくるかもしれぬ。その折の対応は弥兵爺と清右衛に任せるぞ」

余談であるが、この川は後世、〈残堀川(ざんぼりがわ)〉と呼ばれるようになる。今でも晴天時、ほとんど河水は流れていないが、ひとたび雨が降れば川土手から溢水するほどの流量となる。

「坊、もう一つ銭の掛かる話で恐縮なんだが、福生、小作、熊川、拝島それに砂川あたりの住人が、今まで行けたところに堀が妨げとなって行くに行けない、どうしてくれるのだ、と毎日のようにわしに文句を言ってくる。上水堀に丸太四本を並べて渡し、行き来できるようにしているが、二日前、丸太を渡っている子供が堀底に落っこちた。さいわい、たいした怪我はなかった。住民らは、もっとちゃんとした橋を架けろ、と息巻いている。このまま放っておけば騒ぎは大きくなるばかり。それなりの橋を作ることが普請を進めていくうえで欠かせぬのだが」

「今、丸木橋は幾つ架かっているのだ」

「羽村から小川までの二里半（十キロ）の間に十ほど」

「すると橋と橋の間は九町(約千メートル)も離れているのだな。弥兵爺の考えを聞かせてもらおう」

「今の十橋を荷馬車が渡れるような橋に補強改修すること」

「そうしてくれ。ところで清右衛、掘り上がった上水堀に水が流れるかどうかを試みてほしいのだが」

「試みるには掘り割った上水堀の堀底にタレ（勾配）を付けにゃならねぇ。通水試(ため)し（今で言う通水試験）はその後だ」

「タレ付けはどれ程かかるのだ」

「後一か月もすれば上水堀に多摩川の水を流せるようになる。だが兄じゃは大事なことを忘れておるぞ」

「なにを忘れているというのだ」

「通水試にゃ水の入り口と出口がなけりゃ、タレを付けたとて流れねぇ。入り口は羽村の取水口、それはわかった。だがよ、出口はどうするんだ。出口がなけりゃ堀の中に水は溜まったまんま。溜まったままじゃ堀の直しもタレの直しも能わねぇ」

「そのおまえの頭の悪さはなんとかならんのか」

「頭が悪いのは兄じゃがオレの頭のいいところを母の腹に居るときに先取りしちまったからじゃねぇか」

「そのかわり、生まれてくる際にわたしの器量（美貌）をおまえのために残しておいたではないか」

聞いている弥兵衛はまた始まったか、とあきれる。だがこの兄弟のどうでもいい罵り合いが、お互いの信頼を高め、息抜きになっていることを弥兵衛は先刻承知だ。

「清どんは通水試で流し込んだ水をどのようにして堀から排するのか、と坊に訊いている。坊、それを言ってくれ」

弥兵衛は笑いをこらえながらふたりの間に割って入る。

「上水堀とちい川を繋いで上水堀に流れてきた水をちい川に流し込めばいいではないか」

「それはオレが兄じゃに呉れてやった頭が考え出した案だな」

「バカを言うな。おまえからもらった頭では百年経っても思い浮かばぬぞ」

「よし、明日から掘り上がった上水堀のタレ作りにはいるぞ」

「タレ作りは安松さまのように大地の高低を正しく測れる技をもっておらねば能わぬ。もう一度安松さまにお出で願うことにする」

「いや、オレがタレ作りをする」

「おまえがか？　おまえは安松さまの計測のお手伝いにも加えてもらえず、そばで見ていただけではなかったか」

「任せておけ。安松さまはオレに堀底の高低を正しく測れる秘伝を授けてくだされた。必ずや羽村から四谷大木戸までの十里余（約四十二キロ）の上水堀に、滞りなく水が流れるようなタレを施してみせる」

「あやしいものだが、そうまで言うならやってみてくれ。まずは羽村からちい川までの二里半（十キロ）を頼むぞ」

「ついては明日から十日ほど江戸に戻る。弥兵爺、その間、上水堀普請の面倒は任せたぞ」

「江戸に十日も帰る？　なにしに？」

庄右衛門は小首をかしげる。

「決まってらぁ、安松さまから授かった秘伝を手に入れるためよ」

清右衛門はいかにも楽しげに破顔した。

（三）

閏六月二十一日。

仮陣屋から望む多摩川の対岸にそびえる丸山は濃い緑に覆われている。

「父はここから丸山を眺めるのが好きだったらしいな」

仮陣屋に庄右衛門を呼んだ伊奈忠克は丸山に目を遣りながら訊いた。

「丸山ばかりでなく、多摩川の流れ、草花と呼んでいる丘の頂、そしてこの陣屋からは望めませぬが多摩川の上流のさらにその奥の南方にそびえる大岳を眺めるのが、ことのほかお気に入りでした」

「わたしは父のようにこの山深い地の風情を楽しむゆとりも興味もない」

「忠治さまはわたしに、『ここから眺める景観をしみじみと味わえるようになるには、わしのように歳をとった者でなければ能わぬ』と申されておりました」

「庄右衛門どのを呼んだのはほかでもない、妙、とか申す女性のことだ」

「妙がなにか忠克さまに無礼をはたらきましたか」

「いや、そうではない。生前、父は玉川上水普請のことについて何度もわたしに手紙を送ってきた。父の死を報された前日にも父から封書が届いた。これは、父最後のわたし宛の封書ということになる。言わば遺書に等しい。そうわたしは思っている。その封書に、〈後々、妙という女性を足立屋敷に送り届ける。妙はサチモンすなわち猟師であるゆえに礼儀知らずであるが、ゆくゆくは養女にして伊奈家からしかるべき家に嫁がせるつもりだ。ついてはおまえが責任をもって妙に作法見習いを教えるように〉と記されていたのだ。そこで訊くが、父と妙と申す女性はどのようにして知り合ったのだ」

「安松さまから漏れ聞いたところによれば、先に忠治さまが上水堀の経路探しを行った折に案内人として雇ったとのことでございます」

「父はその妙のことでなにか特別に庄右衛門どのに話したことはなかったか」

「一度だけありました」

「どんな話であったか聞かせてくれ」

「隠居したら妙どのを供にして四国八十八か所巡りをしたい、そう申しておられました」

「なぜそこまで、かの娘に思い入れをするのか、わからぬ。まさか老いらくの恋ではあるまい」

「そのようには見受けられませんでした。おそらくは武蔵野に玉川上水を通すことによってサチモンの猟場を奪ってしまった、そのことに後ろめたさを感じていたのでしょう」

「玉川上水は江戸の民七十万が切望しているのだ。後ろめたさなど感じることもあるまい」

「この近江屋も羽村に乗り込んでくるまでは忠克さまのように江戸の民七十万の喉を潤す将軍さま御名の下での上水普請、ゆえに武蔵野に住み暮らす者、誰もが玉川上水に諸手を挙げて力添えをしてくれる、そう思っておりました」

「そうではないのか」

「ここから多摩川の対岸が見えます。あのように筵旗が立っております。今はもう人影は見えませんが、一月前までは筵旗の下に、『筏を通す流路を作れ』と筏問屋の方々が気勢をあげておりました。また砂川、小川近隣の村人は玉川上水からの分水を訴えて、毎日のようにわたしどもに掛け合いにきます。思ったより人足が集まらず、代官の小田中さまが各村々から人足を出すよう強要しなければ集まらなかったのもまた確か。武蔵野に住まう人々は皆が皆、この上水普請に賛同しているわけではありませぬ。そのこと、今は亡き伊奈忠治さまは重々承知なされておりました」

「武蔵野の民にとって玉川上水はなんの益にもならぬ、そのように父は思っていた、と申すか」

「おそらく。そうした思いがあったからこそ後ろめたさを抱いておられたのでしょう」

「その後ろめたさを少しでも軽くしようとして妙というサチモンを伊奈家で引き取る、父はそう考えたのか。父らしいな。今でなくともよいが妙を一度連れてきてくれ」

そう告げて川向こうに立てられた筵旗に目を遣った。

（四）

清右衛門が江戸から帰ってきた。

「こんなものを持ち帰るために江戸へ十日も行っていたのか」

庄右衛門の前に、径が二尺（六十センチ）ほど、深さが三尺（九十センチ）ほどの桶が二つ、それに長さが二間、太さが三寸（九センチ）ほどの木製の筒、九本が置かれていた。

「こんなもの、はねぇだろう。これが堀底のタレ（勾配）を決めるに欠かせぬ安松さまから授かった秘伝の具（測量器具）よ」

「こんな桶と中空の木樋がなんで安松さま秘伝の具なのだ」

庄右衛門は清右衛門に通水試を任せたのを悔いた。

「江戸に戻りたい一心で安松さまを口実に使ったのではないか。江戸でたらふく清酒でも飲んできたのであろう」

「オレはな、ここに来てからというもの初日を除いて酒を口にしていねぇんだ。上水が江戸に届くまで酒は飲まねぇことに決めたんだぞ。兄じゃこそ日比谷に残したふたりの童っぱに会いたいがために江戸に戻りたかったんじゃねぇか。安心しろ。ふたりの子供は日比谷の家で留守居をしている彦爺の世話で健やかだ。ふたりの童っぱは兄じゃに似ずいい子だ」

「息子のことはお葉に話してやってくれ。よろこぶだろう」

嫌みを言っていた庄右衛門の顔が一変にほころぶ。


翌日から掘り上がった上水堀の底にタレ（勾配）を作る作業が始まった。それを一目見たいと近江屋の組員が集まってきた。

清右衛門は江戸から持ち帰った具の一つである桶を、羽村の取水口備に直結する上水堀の底部に置いた。その桶の下部には木樋を差し込める穴が加工されていて、木樋がすっぽりとすき間なく差し込めるようになっていた。清右衛門は一本目の木樋端をその加工穴に押し込んだ。それから残った九本の木樋を次々に繋いでいく。むろん木樋端と木樋端を連結する箇所にも精巧な細工が施されていて差し込むとぴたりと収まる。

こうして清右衛門は九本の中空の筒を繋ぎあわせて、九本目の筒の端末をもう一つの桶の穴に差し込んだ。

「その桶に施した穴と言い、木樋と木樋を連結する細工と言い、どれもこれも江戸の細工師でなくては能わぬ職人技だ」

庄右衛門は昨日、さんざんこの具について罵(ののし)ったことなど忘れたかのように感心した態(てい)でしげしげと見る。

「これでオレが江戸でなにをしていたかわかっただろう」

清右衛門は得意げに鼻をひくひくさせて、

「三太、水樽に多摩川の水を汲み入れてここに持ってこい」

と命じた。三太は樽を抱えて川べりまで行って、樽に水を入れるとそれを持って戻ってきた。

「これから安松さまが授けてくれた秘伝を皆に披露するから、よく目を開いて見ておけ。まずはオレの側にある桶を一の桶、十八間離れたあちらの桶を二の桶と呼ぶことにする。三太、二の桶のところに行って桶を見張っていろ」

そう命じた清右衛門は三太が運んできた樽から柄杓(ひしゃく)で河水を汲んで一の桶に流し込む。流し込んだ河水は木樋を通して二の桶へと流れていく。

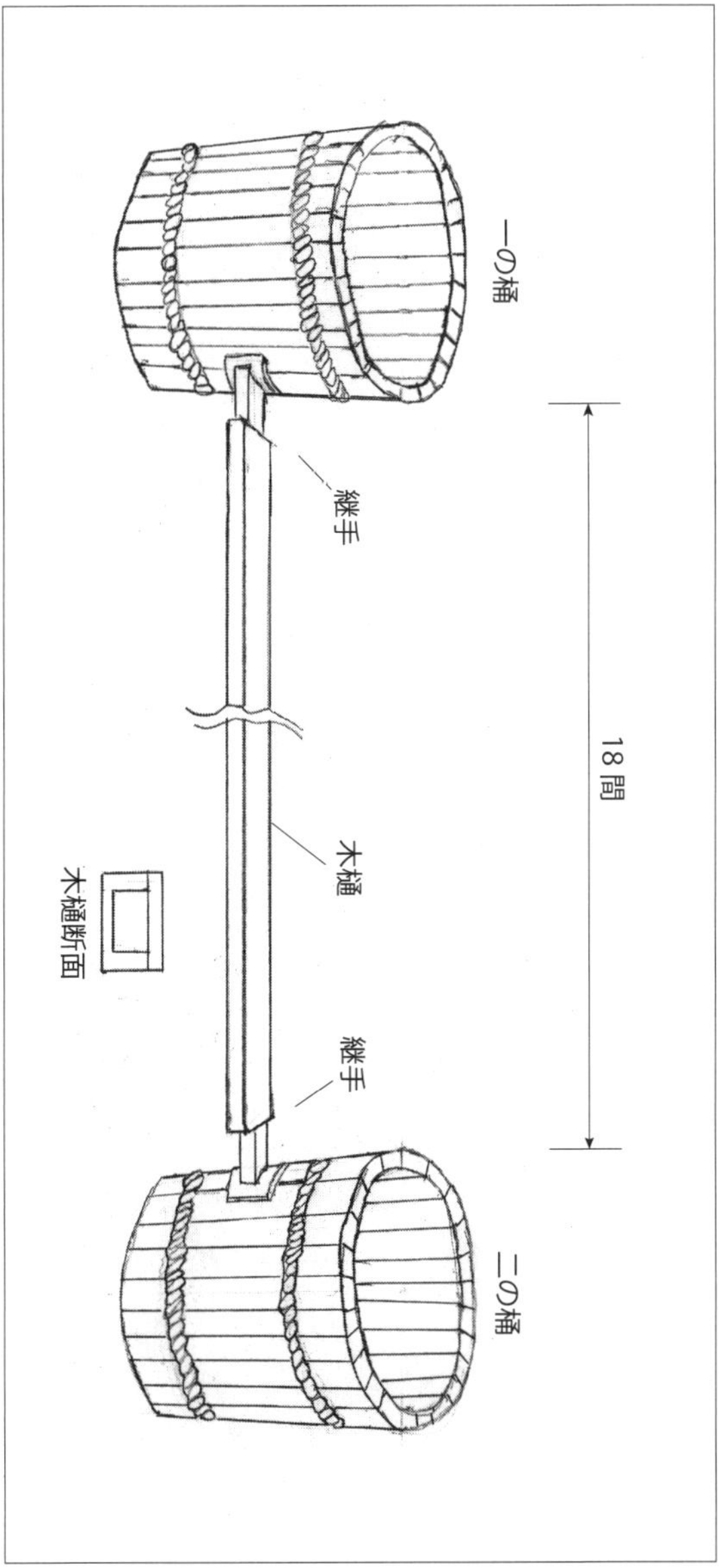

一の桶
継手
18間
木樋
木樋断面
継手
二の桶

図―8　水盛具

「三太、二の桶に水は届いたか」

「届いた」

「桶に半分ほど水が溜まったら報せろ」

言いながら清右衛門は一の桶に水を注ぎ続ける。

「溜まった」

三太が大声をあげる。清右衛門が一の桶に水を注ぐのをやめた。

「一の桶の水面高さと二の桶の水面高さは寸分の狂いもなく同じだ」

「どうしてそう言えるのだ」

鬼五郎が訊く。

「そう安松さまが言ったんだ。安松さまの言ったことに間違いはねぇ」

「角材に溝を彫ってそこに水を張る。その水面は同じ高さになることはオレでも知っている。だが小頭が江戸から持ち帰ったへんてこな具とその角材のやつは、ちょいと違うんじゃねぇか」

鬼五郎は胡散臭げに二つの桶を交互に見る。

「その角材というのは水盛具のことだろう」

「小頭のも水盛具だろう。どう違うんだ」

「うるせえ、どう違うのかオレが知るわけもねぇだろう。ともかく一の桶の水面と二の桶の水面は同じ高さなんだ」

水盛具とは、細長い角材に彫った溝に水を盛り、これを土台面などに乗せて水平を定める道具で古来より使われてきた。

清右衛門が江戸で造らせた水盛具はこれとは違い、今で言う〈連通管の原理〉を応用したものである。

連通管とは、二つまたは二つ以上の器（ここでは桶）の底部を管で連結して、水が自由に流れるようにした装置のことである。この装置に水を満たすとそれぞれの器の水面はすべて同じ高さになる、という原理である。

清右衛門は一の桶、二の桶の近くに木杭を打ち、その木杭に水面の高さと同じ高さになるところに標（しるべ）を付けた。

それから標を付けた位置に絹糸を結びつけ、糸が二本の木杭の間でたるまないように強く張った。

「一の桶の近くに打った木杭を一の木杭、二の桶の近くに打ったのを二の木杭と呼ぶ。一の木杭と二の木杭とを結んだ糸は水平だ。ここからがオレが安松さまから伝授された秘伝のタレ(勾配)計りだ」

清右衛門はそう言って、二の木杭に絹糸を巻き付けた標からわずかに下がったところに新たな標を付けた。

「そのどこが秘伝なのだ」

ぎょろ目（め）の権造が口を尖らす。

「秘伝とはな、お前らにわからねぇからこそ、秘伝なんだ。そこでお前らに聞くが、羽村から四谷大木戸までの上水堀の長さは幾つだ」

「二万三千五百間（約四十二キロ）だ」

権造が答える。

「それじゃ、羽村と四谷大木戸の高低差は」

「五十一間（九十二メートル）」

鬼五郎が即答する。

「つまり、上水堀の入り口、羽村と出口の四谷大木戸との間に五十一間の落差をつけるにゃ、この水盛具を用いて十八間ごとに二寸六分（約七・八センチ）のタレを四谷大木戸まで作っていけば、上水堀の底は自ずと受水口所の底に狂いもなく繋がるてぇことだ」

「どうして二寸六分なのだ」

鬼五郎が首をひねる。

「それを教えくれたのが安松さま。これこそが秘伝だ。だが正直なところ、どうやって二寸六分という値が出てきたのかオレにはさっぱりわからねぇ」

「そりゃそうだ。清どんに、そんな算術の心得があるとは思えねぇ」

権造が笑いをこらえて言った。

「明日から堀底にタレを付ける業に入る。さいわい晴天続きで堀底も乾いている」

清右衛門は集まった組員らに大声で告げた。

（五）

七月に入った。

江戸から比べると朝夕は涼しく感じられるが日中の猛暑は府内と変わらなかった。

川普請は八割方仕上がっていた。

取水口備の一部である導流土手の修復も終わり、土手を水勢から守るための蛇籠作りも終わりに近づいていた。

上水堀普請に比して川普請の進捗が進んでいるのは忠克の熱心な指導もあったが、それより野分（台風）の季節を迎える前に完成させておきたい施工部所が多かったからであった。

近江屋八老人の監督ぶりは人足らから評判がよかった。老人らは自分の体力が若い頃から比べれば劣っていることを身にしみて感じていたから、人足を使うに当たって、体力に応じた使い方をし、決して無理強いをしなかったのである。川普請の辛い時期が過ぎて盛夏となった今、川中での普請の方が岡普請（上水堀普請）より人足らには楽とも言えた。そして上水堀の掘り方より日雇賃が十文も余分に貰えるとあって、現場の活気は八老人が鼓舞しなくとも盛んであった。

その一方で筏問屋への配慮は相変わらず為されぬままであった。

千ヶ瀬で筏に組んで筏師が川を下り、右岸、丸山の裾野に面する河原まで流すと、そこで筏をばらし、一本一本、筏師や杣人が担いで堤と堰を避けて河原伝いに下流に運び、そこで再び筏を組み直して多摩川の下流へと流す。

忠治から忠克に水道奉行が替わっても曽川寿三郎ら筏問屋の主導者は、堰の一部を解放して筏が通れるようにしてほしい、と抗議を続けている。しかし忠克は一日も早く堤と堰を作り上げることが肝要であるとして、寿三郎らの要請を取り上げるまでには至らなかった。

そして予期していたように野分が武蔵野を襲った。

その日、朝から風雨とも強くなり、多摩川はたちまち増水した。

前日から怪しい雲行きだったので、八老人らは川普請をやめ、人足らに野分に備えるよう命じていた。増水で流されないように全ての土木用具を水の被らない高所に移す。作り途中の木枠等は取り外して陸揚げする。

こうした警戒が奏功して堤、堰、取水口備の被害はほとんどなかった。

野分が去って四日目、増水していた多摩川が元の流れに戻った。

それに合わせるように清右衛門は水盛具を使って羽村から、ちい川までのタレを計測し、それに基づいて上水堀の堀底にタレを施し終えていた。

また弥兵衛も、ちい川と上水堀の連結を終わらせていた。

七月十日。庄右衛門は上水堀の通水試験を決行した。

その日の早朝、取水口備に八老人と多くの人足が集まっていた。

取水口備の一か所を掘り崩して上水堀に水を流し入れるためである。

通水試験用なので河水を流し込む量はそれほど多くはない。したがって掘り崩す大きさは二尺（六十センチ）四方ほどである。予期せぬ事態が起きたときのことを考えて、掘り崩したか所をすぐ閉鎖できるように土囊が幾つも用意されている。

羽村からちい川（後の残堀川）までの上水堀沿いには近江屋の組員が検分役で配置されている。清右衛門はちい川と上水堀の連結地に立って河水が流れてくるのを待つ。

卯（午前六時）の刻を合図に上水堀に河水を流し込んだ。

清右衛門は砂川集落にある寺から聞こえてくる卯刻を報せる鐘の音を聞くと、いつになく緊張した面持ちで天を仰いだ。雲一つなく晴れ上がって、すでに江戸の方向（東）から太陽が上がって今日の暑さを予感させるように赤く見えた。

一方、庄右衛門は水喰らい十と呼ばれている拝島集落に近い上水堀に立っていた。

――清右衛が施したタレはみごとなものだった。河水は間違いなくちい川まで流れ下ることであろう。これで上水堀全延長の四分の一は終わることになる。ここまでは手探りで普請を進めてきたが、これから先はこれまでの経験を生かして普請を続ければなんとかなる――

庄右衛門はそのことを疑わなかった。そして、

――そろそろ、四谷大木戸から江戸市中を抜け、虎ノ門までの木樋埋設に手を付ける時期にきている――

と思った。

庄右衛門は上水堀の上流部に目を凝らす。盛夏で生い茂った茅が武蔵野を覆っている。その先、西方に目を遣れば、朝靄に煙って大岳が悠々とそびえ立っていた。庄右衛門はしばし、その光景に圧倒され、見入る。

どれほど大岳に見入っていたのか、かすかに水の流れる音が聞こえてきた。そして水音が大きくなり、堀底の浮き土を巻き込んだ泥水が流れてきた。水量は思ったより少なく勢いもない。

やがて泥水は庄右衛門が立っている上水堀に流れ込んできた。その時、目を疑うようなことが起こった。

「まさか、そんなことが……」

庄右衛門は思わずうなるように呟いた。

泥水が上水堀の堀底に吸い込まれるように消えてゆくのだ。

時が経てば、堀底に吸い込まれる水量は減るであろう、そう思って庄右衛門はしばらく待ってみた。

確かに吸い込まれる水量は減ってきているように見える。それが証拠には泥水は上水堀の下流に向かって流れはじめている。だがその水量は半分にも満たない。

流量は少ないが流れていることは確かであった。庄右衛門は河水が流れていく先端を追って上水堀を下流方向へと歩いていった。流れる水量は先へ行けば行くほど細くなる。

水の流れを追って歩くこと半刻（一時間）、〈ちい川〉との連結部に着いた。そこに憮然とした顔で清右衛門が立っていた。

「馬の小便ほどしか流れてこねぇ。どうなってるんだ」

口を尖らせて庄右衛門に訊いた。


翌日、庄右衛門、清右衛門、弥兵衛、鬼五郎など近江屋の主だった者が水喰らい土の地区に作った上水堀の現場に集まった。

堀底に水は溜まっていない。

「古老の話は本当だったな」

庄右衛門が堀底を確かめるように足を何度も踏みおろす。

「土というものは、元来水を吸い込むものだ。先代が江戸城の外堀の普請に携わった折、仕上がったお堀に幾ら水を注いでもみな堀底から抜けて一向に溜まらなかった。それでも水を注ぎ続けた。一月ほどは注いだろうか。少しずつ堀に水が溜まるようになり、そしていつの間にか規定の水位になった」

弥兵衛は昔を思い出すかのように目を上向ける。

「ここがそのお堀のようだと言うのか」

庄右衛門が苦々しげに訊いた。

「さて、それはわからぬ」

「古老の話は聞いているだろう」

と庄右衛門。

「どこにもこうした人を脅すような話は転がっている。それを信じるか信じないかは各々の勝手」

「そういうところをみれば、弥兵爺は古老の話を信じないのだな」

「信じたとすれば、坊やわれらが立っているこの地は地獄への入口、ということになる」

弥兵衛はそんなことはあり得ないというふうに首を横に振った。

「古老が嘘をついてねぇことは確かだ」

清右衛門が言った。

「古老の言を信じるのだな」

庄右衛門が質す。

「信じるとか信じねぇとかじゃねぇ。要はここの上水堀をどうするかだ」

「清右衛門はどうしたいのだ」

「策は三つある。弥兵爺が言ったお堀の例もあるから一つ目はこのまま手をつけず幾らでも河水を吸わせておく。二つ目の策は堀底を水を通さない粘土のような土に置き換える。三つ目は上水堀を水喰らい土と呼んでいる地帯から外して新たに作り直す」

「弥兵爺は？」

「わしも清どんと同じように三つの策があると思うが、作り直しとなれば手戻りのうえに、おそらく百両ほどの無駄金が飛ぶことになろう。そんな銭はないはずだ」

「銭のことは考えるな。銭のことを考えるなら、全てを投げ出して江戸に逃げ帰るのが一番の策だ」

「そんなことはできねぇ」

髭の鬼五郎が口を夾んだ。

「鬼五にはなにかよい策でもあるのか」

「オレはこの上水堀を四谷の大木戸まで作り続けることしか頭にねぇ」

「それほどまでに江戸の人々が渇仰する上水堀を作りたいのか」

庄右衛門はあらためて鬼五郎を見遣る。

「そんなことは思ってもいねぇ。ここまで近江屋の者が汗だくで作ってきた上水堀を途中で投げ出したかねぇだけだ」

「オレも鬼五と同じだ。上水堀がなんの役に立つのかなど二の次。この普請、近江屋が請け負ったからにゃ、最後までやり通す、それが近江屋魂ちゅうもんじゃねぇですか」

ぎょろ目の権造が憤慨したように口をへの字に結ぶ。

「江戸に逃げ帰るなどと申したことは軽薄だった。だがな、この普請で少しでも儲けを出し、それを皆と分かち合いたいと思うからこその言だ。このまま普請を続ければ近江屋が大損をするのは目に見えている。今ならまだ近江屋の家屋敷を売れば、組の者に幾ばくかの俸給を支払える」

「そんな俸給は受け取りたくもねぇ」

鬼五郎が首を大きく横に振る。

「兄じゃは端(はな)っから江戸に逃げ帰る気なんかねぇ。だがよ、お前(めえ)らの働きぶりを見ている兄じゃとしては、少しでも多くの俸給を出してやりてぇんだ。泣ける話じゃねぇか」

清右衛門の顔には全く泣けるような色はなかった。

「この普請、大損するのがわかったんなら今さらケチることもない。上水堀を水喰らい土と呼んでいる地帯から外して新たに作り直すのが良策」

弥兵衛が決めつけるように言った。

（六）

上水堀の付け替え普請が始まった。

付け替えの延長は五町（約五百五十メートル）となった。

新たに掘り直す経路を知った妙は血相を変えて清右衛門の許を訪れた。

「もう上水堀を作るな、とは言わぬ。だが付け替える上水堀の位置を変えろ」

お葉の努力もあったのか妙は村人の娘が纏（まと）うような着物を着ている。

「なぜ、変えなくちゃならねぇんだ」

「新しい経路に当たるところに墓がある」

「誰の墓だ」

「母（おも）と父（てて）」

「両親の墓があるのか。しかしどこにもそれらしいものはなかったぞ」

「ついてこい」

妙は清右衛門に背を向けて歩き出す。清右衛門は苦笑いしながら後についていく。すでに新しく掘り割るところは密生している茅が刈り取られ、一筋の回廊のように見える。妙はその回廊を無言で進む。やがて、立ち止まると回廊から外れて茅の中に分け入った。そのあとを清右衛門が追う。二十歩も進まぬところで、

「ここだ」

妙が指さした。

わずかに地表が盛り上がっているが、そこにも茅が密生している。

「これが両親の墓か」

墓標もなければ花を手向けた様子もない。墓だと言われなければ、それとは気づかない。

清右衛門は墓に両手を合わせると深く頭をさげた。

「なぜ、おまえが頭をさげる」

妙の目に怒りが籠もっている。

「なぜだと？　おぬしは今、お葉どのの許で賄いの手伝いをしているのだろう。となりゃ、上水堀を普請する仲間内ってぇことだ。仲間内の者の縁者の墓に手を合わせるのは当たり前だろう」

「仲間内？　ワレがいつ上水堀の普請仲間になったというんだ」

「さっき『もう上水堀を作るな、とは言わぬ』そう言ったではないか」

「作るのを認めたわけではない。郡代が死んじまった今となっては最早、この普請をやめてくれ、と訴え出る相手が居なくなってしまったからだ」

「それで異を唱えることを諦めたというのか。サチモンらしくねぇな」

「猪を仕留め損なった。もうサチモンではない」

「そんなことはねぇ。傷を負っても最後はみごとに仕留めた、とお葉どのから聞いている。組の者はみな、口を揃えて、すげぇぇ、と目を丸くしていた」

「サチモンであれば獣に襲われることなく仕留める。それが能わなくなればサチモンではなくなるのだ」

「オレらは普請で大怪我をすることがしょっちゅうだ。だがよ、怪我が治ればまた普請場に戻る」

「サチモンと人足は違う」

「いや、同じだ」

「同じにされてたまるか」

「そう尖（とんが）るな。両親の墓の前だ。穏やかな顔をして手を合わせてやれ。墓のことはなんとかする。オレに任せておけ」

「任せるものなんかなにもない。ワレはこの墓を守るだけだ」

「おまえに墓を守ることなんか能わぬ。悪いことは言わぬ。オレに墓のことは任せておけ。必ずおまえが得心するように始末する。約束する」

「約束を違（たが）えたらおまえは獣と同じ。獣はサチモンの獲物。サチモンでなくなってもワレが必ず仕留めるからな」

　妙は言い置いて、生い茂る茅をかき分け姿を消した。清右衛門は、妙の怒りに似た語調の激しさの奥に秘められたどうしようもない孤独の深さを感じ取った。

第八章　迂回経路

（一）

八月が過ぎ、九月も半ばとなった。

多摩川の流れを止めるように牛枠、箱枠、三角枠などで築いた堰と堤が仕上がり、取水口の一の水門、二の水門並びに吐き水門も完成を目前にしていた。

一の水門前には土嚢が積み上げてある。上水堀に河水が流れ込まないように一の水門を土嚢で塞いでいるのである。

羽村に建てた人足小屋は取り壊され、その跡はきれいに整地されていた。

ここで寝泊まりしていた者たちは人足の勤めが終わり、それぞれの村に帰っていった。

庄右衛門は、去ってゆく者たち、ひとり一人に礼を述べ、頭を下げて見送った。

川普請に従事した彼らは、小田中代官の命に服し、仕方なく加わった者が多かった。しかし、いざ村に戻るとなると、川普請で知り合い、気の合った者たちと別れることが寂しいのか、喜び勇んでというより名残惜しげに去っていった。

そのことが庄右衛門には意外でもあり、嬉しくもあった。

一方、上水堀は小川村（現小平市）を掘り進み、関前（現武蔵野市）まで達していた。羽村から四谷大木戸までのほぼ半分を掘ったことになる。

ここでは小川村に建てた人足小屋を撤去し、新たに井の頭池（現三鷹市）近くに作った。上水堀の現場と小川村の人足小屋とが離れすぎたので近くに人足小屋を移したのである。

これに伴い人足の顔ぶれも変わった。

今までは砂川、小川、日野、柴崎地区からの村民が多くを占めていた。このうちの半数ほどが現場に通いきれずに辞めた。それに代わって現場に近い関前や牟礼（現三鷹市）、久我山（現杉並区）、高井戸（現杉並区）、府中（現府中市）などの村民が新たに加わった。

新しく加わった村民らが最初に要求したのは日雇賃の値上げだった。

これらの集落から加わった者は江戸府内に近いこともあって、人足の日雇賃の相場が三十五文と府内と変わらなかった。これを理由に彼らは二十五文の日雇賃を三十五文に上げるよう要求したのである。

庄右衛門はこの要求を飲まざるを得なかった。

するとすでに雇われていた人足らがこれを知って庄右衛門の許に押しかけてきた。

「新しく雇い直してくれ」

人足らは口々に申し立てた。

「新しく雇い直せ、とは？」

庄右衛門は人足らを押しとどめようと両手を前に出す。

「わしは掘方として二十五文の日雇賃で働いている。しかるに新しく入ってきた者には三十五文も出すそうじゃねぇか。そんな阿漕なことはねぇ」

「わしは土運搬方の者、新しく雇った土運搬方の日雇賃は三十文だそうな。わしらも三十文にしてくれ」

「雑用方だって同じだ。新しい連中は二十文。わしらは十五文、間尺に合わない」

口々に言い募る人足らの言い分はもっともだった。

「わかりました。掘方の日雇賃を二十五文から三十五文に。土運搬方の二十文を三十文、それに雑用方並びに炊事班の十五文を二十文にしましょう」

庄右衛門は即断した。

新旧で労賃に差をつければ、不平不満が募り人足らの統制がとれなくなるのは明らかであった。

これを機に人足らから預かっていた日雇賃を一旦清算することにした。

というのも、かねてより伊奈忠治に頼んでおいた請負費の追加下賜願いが聞き届けられて、庄右衛門の許に幕府の勘定方から千両が送られてきたからである。

庄右衛門は忠治に二千両を願い出ていたのだが、それが半分の千両となった経緯については忠治が亡くなった今となっては、わかるはずもなかった。

千両のうち五百両は一文銭すなわち寛永通宝で送られてきた。

その枚数は二百万枚。おそらく、これだけの枚数を集めるのに幕府は大変な労苦をしたに違いなかった。枚数もさることながら、その重量は二千貫（七・五トン）という目を剥くような重さである。勘定方はこの寛永通宝を二十台の木車に分散して積み、警護武士十人を付けて、井の頭池近くに建っている人足小屋に送り届けたのであった。

幕府がなぜ、このようにして大きな労力を払ってまでして二百万枚もの寛永通宝を送らねばならなかったのか。それは庄右衛門や忠治が望んだことにもよるが、もっとほかの理由があった。

室町期、織豊期の乱世では銅貨を鋳造するゆとりはなかった。民が遣っていたのは中国（明）から輸入した銅貨（明銭）であった。その明銭とは、洪武通宝、宣徳通宝、永楽通宝などである。

戦乱の世が徳川家康によって収まると、三代将軍徳川家光は幕府の手で銅貨を鋳造する金融政策を打ち出した。

それが寛永十三年（一六三六）に鋳造された、寛永通宝、である。

幕府は民に、明銭に代えて、寛永通宝を使用するよう奨励した。

だから将軍の名の下で行われる工事の支払いを寛永通宝で払わざるを得なかったのである。

ところが、いくら寛永通宝を鋳造しても足りない。

一文の寛永通宝を鋳造する手間賃が一文以上かかる。さらに職人が一枚一枚鋳造していくので、大量鋳造は無理であった。

前にも記したが、もっと単価の高い銅貨を鋳造すれば一文の寛永通宝の数も減らせるし、遣い勝手もよくなるのだが、幕府は一文の寛永通宝を鋳造するので手一杯であった。

後に四文の寛永通宝が鋳造されるようになるが、それは三十年も後のことである。

寛永通宝二百万枚のうち四百両分の百六十万枚は日雇賃の清算で消えた。

庄右衛門の手元に残ったのは四十万枚（百両）の寛永通宝と五百両の小判である。

そこで今まで支払いを延ばしていた材木商（土木用材の材木、釘、鉄、縄など）や米問屋への支払い分、二百両は小判で清算した。

九月末。庄右衛門は清右衛門と弥兵衛を人足小屋に呼んだ。

「幕府から千両支払ってもらったが、手元に残ったのは三百両ほど。この三百両を持って杵屋さんと相模屋さんの許へ行くことにした」

杵屋、相模屋はこの玉川上水の請負者となるためお互いにしのぎを削った競争入札仲間である。

「そんな大金を持って杵屋、相模屋のところへなにしに行くんだ」

清右衛門が質した。

「四谷大木戸まで上水堀を掘り割る見通しがついた。これから先は四谷大木戸に設ける受水口所のことを考えねばならぬ。杵屋さん、相模屋さんに受水口所の普請を請け負ってもらおうと思うのだ」

「なにも杵屋や相模屋に頼むことはねぇ。この近江屋が作ればいいじゃねぇか」

「そうしたいのだが、手が足りぬ」

「上水堀が四谷大木戸まで届けば近江屋の手があく。それまで待ちゃいい」

「上水堀が仕上がってから受水口所に手を付けるのでは遅すぎる。幕府は江戸の庶民に上水が届く日を来年承応三年六月の末まで、と公言している。残された月日は九か月しかない」

「上水堀が四谷大木戸まで届くのは十一月半ばと見ている。そのあとじゃ間に合わねぇ、というんだな」

「受水口所だけ作るのであれば十分な日数だ。しかしそれはほんの一部だ。本体は甲州街道沿いに虎ノ門まで埋設する木樋（もくひ）だ。今からその下準備に入らねばとても来年の六月末までに終えることは能うまい。わたしは近江屋だけでこの普請をすべてやり遂げたいと今でも思っているが、その思いは捨てることにした」

「人足の雇いあげの躓き（つまづ）からはじまって、筏師、漁師らの反対、梅雨・野分の襲来、千造どんの死、さらに郡代伊奈さまの死、それに代わる忠克さまの新水道奉行の着任、そして上水堀のやり直しなど様々な難事が次から次へと降りかかってきたからな。これから先もなにが起こるかわからぬ。残念だが坊の言うようにここは杵屋どん、相模屋どんにお願いするがいいのかもしれぬ」

　弥兵衛はいくらか気落ちした口調だ。

「そうと決まれば、ここを早立ちすりゃ夕刻までには江戸に着く。日比谷の家にゃ、兄じゃの童（わ）っぱが待っているはずだ。会ってくるがいいぜ」

「そんな暇はない」

庄右衛門は固い口調で言った。こういうところが弟の清右衛門と違うところなのだ。清右衛門の冗談ぽく言う好意に〈そうさせてもらう〉と返せない融通の利かない性格なのだ。

（二）

宝蔵院（現福生市所在）の墓地に院主（寺主）、清右衛門、お葉、妙が顔を揃えていた。

四人の前の土饅頭（土を饅頭のように丸く盛った墓）には真新しい二本の木製の墓碑が立っている。

妙はなぜ自分がここに連れてこられたのか、まるでわからなかった。その不審の顔を妙は真正面から寺主に向けた。それに気づいた寺主は一つ大きく頷いて、

「妙どのと申されるか。これから拙僧の言うことを聞けば、そのとげとげしい顔色も穏やかになるであろう」

と告げ、ひとつ軽く咳払いをし、

「清右衛門どのが拙僧の許に参ったのは一月ほど前のことじゃった。聞けば仲間の両親の墓が上水堀の間近にあって、墓はやがて上水堀の土手の中に埋もれてしまうとか。清右衛門どのは拙僧に、御遺

骸を掘り出して宝蔵寺の墓地まで運び、新たな墓を設けて埋葬し直してくれ、と頼んだのだ。拙僧はその願いを叶えてやるべく墓を用意した。ところが御遺骸を掘り出し、ここに埋葬し直してくれる隠亡があいにくと見つからんでのう、たちまち二十日ばかりが過ぎた。その間、清右衛門どのは何度も普請を抜け出し拙僧の許に参り、『早く埋葬し直してくれ』と訴えた。そうこうしているうちに一昨日、清右衛門どのが一抱えの土塊を抱えて寺を訪れた。『その土塊は？』と拙僧が尋ねると『隠亡の代わりにオレが掘り出して持ってきた』と申すではないか。『そのようなことをすると御身が穢れるぞ』と拙僧が申すと、『江戸に居た時は酒は飲む、喧嘩はするで身はとうに穢れている。それによ、隠亡なら穢れてもいいってぇのもおかしな話じゃねぇのか。同じ人様だろう』そう申されたのだ。拙僧はその一言に感ずるところがあった。妙どのと申したな、この土饅頭はそなたのご両親の新しい墓だ。ご両親の宗旨は知らぬ。だがご両親は清右衛門どのが為したことに、あちらの世で感謝をしておる、そう拙僧は思っている」

と語りかけた。

妙は表情も変えずに寺主の話を聞いていた。

宝蔵院は真義真言宗西福寺（現日の出町在所）の末寺である。明治期末の廃仏毀釈で廃寺となった。

（三）

杵屋、相模屋は快く四谷大木戸に作る受水口所の普請を引き受けてくれた。手付けとして渡した三百両のうち半分百五十両は〈まだ貰うわけにはいかない〉と言って受け取らなかった。

庄右衛門はその百五十両を押し頂くようにして人足小屋に戻ってきた。

この百五十両は、これから先の上水堀の普請費として喉から手が出るほどほしい資金であった。江戸に行ったもう一つの目的は、高利貸から二百両ほどを借りるためでもあった。借りる担保として日比谷の家とその敷地を充てるつもりだった。

そうならずにすんだのは杵屋、相模屋が近江屋の窮状をそれとなく察しての仕儀であろう、と庄右衛門は思った。そして持つべき者は組仲間、とも思った。

十月初旬、関前村から井の頭池の北側を掘り進んだ上水堀は、その方向を北東に変えて高井戸（現杉並区）まで達していた。

「兄じゃ、見慣れねぇ石が高井戸の現場の土中から出てきた。見たかったら一緒に来たらどうだ」

清右衛門が庄右衛門を誘った。

行ってみると石は掘り出されてきれいに洗われ、現場の片隅に置いてあった。

拳よりやや小さめの真っ白な丸い石である。武蔵野でこうした白く丸い石が出土することはまずない。

庄右衛門は常日頃から薬師如来を信仰している。白石を粗末に扱うのを嫌った。

そこで現場から半里（二キロ）ほど先の甲州街道の道端に小さな祠を造って、旅人に見せることにした。旅人に恙無いようにと願ったからだ。またその祠の位置は上水堀が甲州街道に達する地でもあったからである。

白石の出土は、この後の上水堀普請の吉兆なのか、それとも凶兆なのか、庄右衛門には気になるところであった。

庄右衛門の気がかりをよそに上水堀はなんの障害もなく、高井戸から祠を設けた下高井戸まで、掘り進むことが叶った。

白石は吉兆をもたらしてくれたのだ、そう庄右衛門は思った。

「兄じゃ、いよいよ上水堀の中でもっとも厄介な工区を普請することになったぞ」

清右衛門にしては珍しく真剣な面持ちである。

「ということは上水堀も終わりに近づいたというわけか。でその厄介な工区の近辺に住まう人たちへの普請の説明は済んだのか」

「いやそれは明日することになっている。そこで兄じゃにその者らへ説得を頼みたい」

「お前では集まった人とすぐに喧嘩になるからな」

「うまくいくといいのだが、オレにはなんだか嫌な予感がする」

「嫌な予感とは清右衛らしくないな」

「だって甲州街道の脇に盛土して、その上に上水堀を通すんだぜ。今までは武蔵野の大地を掘り割って上水堀を作っていけばよかったが、この区間はそうはいかねぇ。おそらく盛土する近辺に住んでいる者らは快く思ってはおるまい」

白石の祠を設けた所から甲州街道沿いに上水堀を作っていくことになっている。ところが街道は〈萩久保〉という所で低地になっている。平坦だった街道はこの低地に向かって下り坂となり、さらにその先の〈大山谷〉が街道で最も低くなっている。大山谷の谷部を過ぎると今度は上り坂になり、上り切ると街道は再び平坦になって四谷大木戸へと向かう。

上水堀はこの谷部に盛土をして、その上に上水堀を通すことになっていた。

「盛土は甲州街道の脇に作るんだったな。その脇には田があるはずだが」

庄右衛門が訊く。

「その田を潰して土を盛ることになる」

「それで清右衛は、嫌な予感がする、と申したのだな」

「田を埋めちまうとなりゃ百姓は黙っちゃいめぇ」

「盛土の長さはどれほどになる」

「下り坂の始まる地点から谷底まで。谷底から坂を上り切った地点まで。十四町（約千五百メートル）ほどだ」

「盛土が最も高くなるのは」

「土を盛ってみなくちゃわからねぇ」

「谷部には小川が流れているな。盛土をすれば小川はどうなる」

「盛土に隧道を設けて流す。なんせ大山谷の水田はこの小川が頼みの綱だからな。それに谷部を盛土で塞いでしまうとなりゃ、今まで谷部を行き来していた者らから文句も出るだろう。盛土に使う土の量だって膨大だ。その土をどこから持ってくるかもまだ決まっちゃいねぇ」

「ともかく明日、参集者にこの現状を話して得心していただくことからはじめなくては、何事もはじまらぬ」

「違ぇねぇ。ところで兄じゃ、甲州街道沿いに設けた祠に納めた白い玉石が江戸府内で評判になっていることを知ってるか」

「いや知らぬ」

「あの玉石が眼病に霊験あらたかなんだとよ」

「わたしは甲州街道を往還する旅人に恙無いようにと願って祠を設けたのだ。それがなぜ眼病なのだ」

この時代、旅をする者を見送る際に必ず『どうか恙無く旅が続けられますように』と言葉をかけて送り出した。

〈恙無い〉とは〈ツツガムシ病に罹らない〉という意である。

今ではツツガムシ病は医学的に解明されているが、この時代、ツツガムシ病は恐ろしい病として知られていた。発熱と発疹を併発し、しばしば死に至った。

「玉石を拝んだ旅の者がきっと目でも病んでいたんだろう。ところが江戸に着いたら目の病は治っていた。そこで『治ったのは白い玉石を拝んだから』と周りの者に言い触らしたに違ぇねぇ」

「ありそうな話だな」

「目が治ったのは、なにも白い玉石の霊験なんかじゃねぇ。江戸に着いた節がちょうど治る節と重なっただけだろう」

「いや、玉石の霊験かもしれぬ。明日、村民らの説得がうまくいったら、今の祠を薬師堂に作り直し、そこに玉石を納めることにしよう」

「兄じゃはオレと違って信心深いからな」

「わたしが薬師如来に帰依するようになったのは母の病を治してほしかったからだ。お前をつれて近所のお薬師さまに何度もお参りに出かけたものだ。そのこと覚えているか」

「覚えているさ。オレも手を合わせて祈ったもんだ。だが祈った甲斐もなく母は死んだ。オレが五歳の時だった。そのときからオレはお薬師さまに頼みごとをするのはやめた」

「わたしはその時十歳だった。母が身罷ったのは信心が足りないからだと思った。だから一層薬師さまを信仰するようになった」

「話が湿っぽくなってきた。明日のことは頼んだぜ」

清右衛門はいつもの顔つきに戻ってことさら明るい声で言った。

（四）

翌日、庄右衛門は弥兵衛ら近江屋の者と現地に赴いて、参集した百姓ら二百余人に昨日、清右衛門と話した普請内容を順を追って説明していった。そして、

「甲州街道の大山谷一帯に広がる田畑の一部を盛土で埋めます」

と告げた途端、百姓らは総立ちして、

「そのようなことは断じて認めぬ」

「衆を頼んで盛土する所に座り込む」

「武蔵野の代官に掛け合ってやめさせる」

「ここは御府内とは目と鼻の先。御老中に盛土をせぬよう訴える」

口々に言い募る百姓らに庄右衛門は恐怖さえ感じた。

百姓らにとって、手塩にかけた田畑の一部を埋め立てられることは、許せなかったのだ。

話し合う余地は残されていなかった。百姓らはその場から潮の退くように引き上げていった。残ったのは庄右衛門ら近江屋の組員だけだった。

庄右衛門の百姓らへの説得は、みごとに失敗した。それはみごとというほかに表しようもないほど強い反対だった。

「一揆でも起きたんじゃねぇかと思うほどの勢いだったな」

いつもは強気の清右衛門も二の句が継げない。

「水道奉行の伊奈さまに仲介を頼んではどうだろう」

弥兵衛も手に余ったもの言いである。

「水道奉行が伊奈忠治さまであったなら、この難事をうまく収めてくれるだろうが、忠克さまにそのような力量はない。ここはわれらで切り抜けるしかない」

庄右衛門が声を落として言った。

「こうなりゃ、幕府御用の御旗を普請場に何十本と押し立てて、盛土をしていこうじゃねぇか。それでもあいつらが力ずくでやめさせようとすりゃ、幕府に逆らったとして小田中代官が奴らをひっ捕えてくださるに違ぇねぇ」

ぎょろ目の権造が息巻く。

「ここは江戸府内にも近い。近江屋と百姓らが諍いを起こせば幕府が黙ってはおるまい」

庄右衛門が言った。

「玉川上水は将軍さま直々の御下命だ。幕府は近江屋の言い分を聞いてくれる」

権造が言い返す。

「この普請でわれらがお互いを戒めてきたのはなんであるか、権造は知っているだろう」

庄右衛門がたしなめるように訊いた。権造は口を結んで答えようとしない。

「答えたくないなら、言ってやろう。それはな、御上を笠に着て村民を軽んずるような言動をしてはならない、という戒めだ。それに幕府を仲介に立てれば、仲介が終わるまで普請には手を付けられないであろう。上水堀の普請は十月末までに終わらせなければならぬ。仲介などで普請を止めておくことなど能わぬ」

「じゃあ、頭はどうすりゃいいと」

権造がぎょろ目を剥く。

「盛土はあきらめる」

庄右衛門は断ずるように声を高めた。

「坊（ぼん）、あきらめた、とはどういうことだ」

弥兵衛が怪訝な顔をする。

「明日から近江屋総勢で甲州街道の谷部を迂回する経路を探し出すことにする」

「そりゃ無謀っていうもんだ。迂回経路が探し出せなかったらその節はどうするんですかい」

鬼五郎が口を挟んだ。

「バカ野郎。そんな弱気でどうするんだ。探し出せなかったら探し出せるまで探すんだ」

清右衛門が鬼五郎を怒鳴りつけた。

翌日から庄右衛門を除いた近江屋総勢は甲州街道谷部（萩久保、大山谷）を迂回する経路探しに奔走した。

経路探しなどやったこともない組員にとっては戸惑うことばかりだった。しかし彼らには知らず知らずのうちに大地の高低差を見抜く力が備わっていた。というのも上水堀普請を監督指導していく中で、絶えずタレ（勾配）のことを考えていたからである。勾配を考えるとは、すなわち大地の高低差を考えることに等しいのだ。

庄右衛門は人足小屋に留まって組員らが探し出してくる迂回経路案を集め、それを図式化する作業に没頭した。

二十九人がもたらす迂回経路案は様々である。だが日が経つにつれて迂回経路案は一つの案に集約されていった。

五日目、庄右衛門は経路探し打ち切りを組員に告げ、全員を人足小屋に集めた。

「皆の奔走によって甲州街道の谷部を迂回する経路が決まった」

そう告げて皆の前に一枚の半紙を広げた。

「まず企画書通り甲州街道沿いを代田村まで掘り進む。そこから街道を外れて南に経路をとり、大原村へと掘り割っていく。大原村から今度は笹塚村に向かって東に経路をとる。笹塚村に達したら南へと経路をとり、北沢村まで上水堀を作っていく。そこまで作ったら、その先はなるべく高低差のない地を選んで少しずつ甲州街道に近づき、代々木村、幡ケ谷村あたりで甲州街道に戻る。幡ケ谷村から四谷大木戸までは目と鼻の先だ」

庄右衛門は絵図を指さしながら一気に説明した。

目を凝らし息を詰めて絵図に見入っていた組員らは、各々が持ち寄った迂回経路案がその絵図のなかに結実したのを知った。

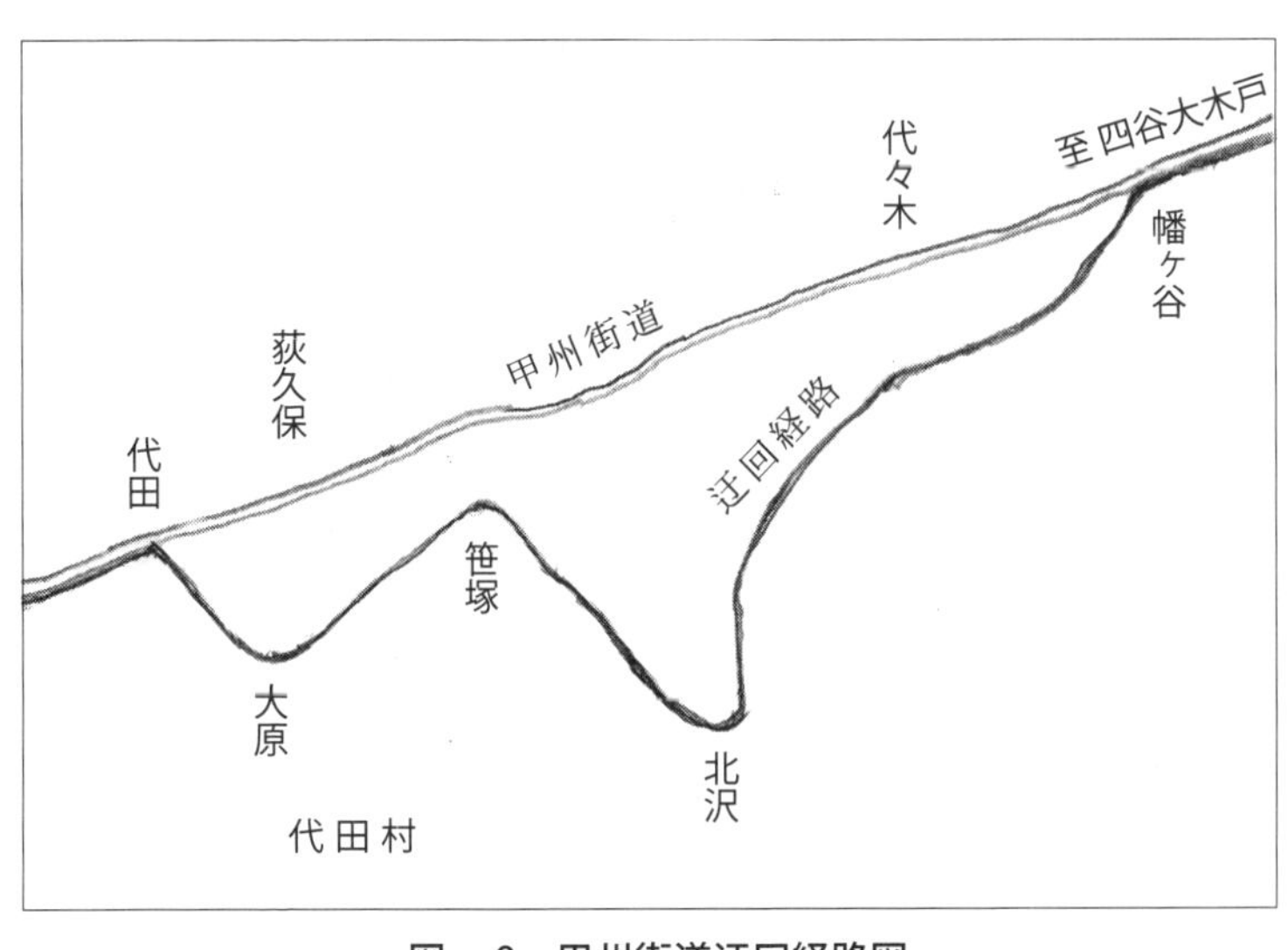

図―9　甲州街道迂回経路図

「皆の迂回経路案にはそれぞれ納得のいくところといかぬところがあった。だが皆の案をことごとく絵図に落としてみると、見えぬところが見えるようになった。皆が持ち寄った案があったからこそ、最良の甲州街道谷部迂回経路案を作成することができたのだ」

そう言って庄右衛門は組員に頭をさげ、

「だが、この迂回経路も一つの案に過ぎない。この経路に従って上水堀を作ったとしても、それでうまく水が流れるかどうかはわからない」

庄右衛門がさめた口調で言った。

「その通りだ。兄じゃがまとめてくれた案でいくしかねぇと思うが、これは絵に描いた餅にすぎねぇ」

「描いた餅が食えるかどうか確かめることができるのは清右衛、お前しか居ない」

庄右衛門がすかさず応じた。

「絵に描いた餅が食えるとか、確かめるとか、なにを言ってるのかわからねぇ」

三太が首をひねりながら庄右衛門、清右衛門を交互に窺う。

「わからねぇなら教えてやる。この絵図通りに上水堀を作ったとしても、それだけで水が流れるわけじゃねぇ」

「そんなことはわかってらぁ」

「話は終わっちゃいねぇ。最後まで聞け。いいか、水が上水堀を流れ下るにゃあ、堀底にタレをつけなくちゃならねぇんだ。そのタレがとれる経路かどうか、絵図からじゃわからねぇだろうが。だからこれから、この迂回経路に当たる大地の高低を測りだし、四谷大木戸の河水受け口所の高さに取りつくか否かを確かめなくちゃならねぇんだ。わかったか」

「その測り出しを小頭がするんですかい」

三太が訊いた。

「オレのほかに居ると思うか」

清右衛門が胸を張った。

「小頭にそんな技があるとは思えねぇ」

三太の言に組員らは思わず頷きそうになる。

「おい、オレには安松さま直伝の水盛具があるんだぞ。任せておけ。そうと決まれば、ぐずぐずしてなんかいられねぇ、これから測り出しに行くぞ」

清右衛門は皆を追い立てるようにして人足小屋から出ていった。

小屋に残ったのは庄右衛門だけとなった。

清右衛門がこんなに頼もしく思えたのははじめてだった。ここに来てからは酒断ちをし、人との諍いもない、まるで人が変わったように思える。その変わりようが兄として喜ばしいことなのか、それとも寂しいことなのか、と庄右衛門は思いをめぐらす。

「また、なにか心配事でもあったのですか」

背後から聞きなれた声がした。振り返るとお葉が戸口に立っていた。

「おお、引き揚げてきたか」

「羽村の雑用方の人足小屋は今頃取り壊している最中でしょう。わたしは一足先に引き揚げてきました」

「羽村から井の頭のここまでは遠かったであろう」

「四刻（八時間）ほどかかったかしら」

「郡代の伊奈忠克さまはどうなされているのか」

「一昨日、羽村の仮陣屋を引き払って足立郡にある御自邸、赤山陣屋にお戻りになられました」

「忠治さまはむろん、忠克さまにもありがたいご助言や手助けをいただいた。そうか忠克さまはお戻りになられたか。して妙どのはどうした」

「忠克さまが連れていかれました」

「今は亡き忠治さまのご意向を忠克さまは慮（おもんぱか）った、というわけか」

「ご意向とは妙どのを伊奈家に引き取って後、娘として嫁がせる、ということですか」

「そうだ。して妙どのは赤山の陣屋にいくことを承諾したのか」

「それがおまえさま、なんとも奇妙なことに首を縦に振ったのですよ」

「サチモンの猟場を失ったのは上水堀を作ったがため。その旗頭を務めた伊奈家に遺恨を抱いていたはず。それがなぜ赤山陣屋へ行く気になったのだ」

「今でも妙どのは上水堀がサチモンの暮らしを奪ったと思っていましょう。ですがあの娘は変わりましたよ」

「どう変わったのだ」

「父親以外に信を置く者を知らないで育った妙どのでしたが、信を置ける者に出会ったからです」

「そんな者が現れたのか」

「宝蔵院に妙どのの御両親の墓を移したこと、知っておりましょう」

「なにやら清右衛が一枚噛んでいるとは聞いている。まさか信の置ける者とは清右衛のことではないだろうな」

「ほかに誰が居ると申すのですか」

「清右衛はそのことを知っているのか」

「知るはずもありませんよ。第一、妙どの自体、清どんに信を置いていることなど、気づいていないでしょう」

「なんだ、おまえの勝手な思い込みか」

「そうかもしれませんが、そう考えなければ妙どのの変わりようを解することが能わないのです」

「清右衛ではない。お葉、おまえの遇し方がよかったのだ。わたしにはそう思える。妙どのをおまえに預けてよかった」

「だからおまえさまは浅慮だと言われるのですよ」

「だれがわたしを浅慮と申したのだ。そのようなこと、聞いたこともない」

「今、わたしが申したではありませんか」

「どこが浅慮なのだ」

「だって妙どのが変わったことを、おまえさまはよかった、そう思っているのでしょう」

「よかったではないか。伊奈家で行儀作法を教えていただき、言葉使いを習い、目上・目下への接し方を改めた後、しかるべきお武家の許に嫁ぐ。娘冥利に尽きるではないか」

「いいですか、妙どのは、あのように言いたいことを歯に衣を着せずに言う、時には口汚く罵りもする。野薔薇（のいばら）のようにしなやかで、したたか、迂闊（うかつ）に花に触れようと近づけば棘で刺す、それが妙どのなのですよ。あたしはそうした妙どのが好きだった。その野薔薇を引き抜いて棘を取り、花を撓めて武家という名の家に飾ろうとする。家に飾った野薔薇は野薔薇の良さのなにもかもが失せた、ただ枯れるのを待つだけのつまらぬ花。そんな花に妙どのをさせたくありませぬ」

「ならば止めればよかったではないか」

「止めましたよ。そうしたら一言、『武蔵野は変わる。ワレにはどうしても突き止めねばならぬことがある。だから伊奈の殿さまの陣屋に行く』そう言ったんです。わたしが『陣屋に赴かなければ突き止められないのですか』と訊いたら、ひとつ大きく頷くではありませんか。口を固く閉じたその顔を見てわたしは、なにか嫌な予感がしたんです」

「それは思い過ごしだ。案ずることはないさ。それより妙どのが言ったように武蔵野は変わるぞ。遠からず茅で覆われた武蔵野は豊穣な地と変わる」

「なんでこの荒れ野が豊穣の地になるのですか」

「この玉川上水は江戸の民の喉を潤すためだけではない」

「ためだけと聞いてますよ」

「今はそうだ」

「今であろうと先であろうと、ため、だけでしょう」

「砂川、小川、関前や牟礼、久我山、高井戸、府中などから加わった人足らの声を聞いたか」

「わたしは今し方、おまえさまのところに参ったのですよ」

「そうであったな。彼らはわたしに『この普請に加わったのは一日も早く玉川上水を作り上げたいからだ』と口々に言う。わたしは、彼らが江戸府内近郷に住してるので、江戸の水事情をよく知っているからだ、そう考えた。ところがそうではなかった。彼らは江戸の民の苦しみなどどうでもよいのだ。彼らが願っているのは上水堀の水を武蔵野の荒れ地に分水してもらうこと、その一点だ。そのためにはまず玉川上水を作りあげねばならない、そう考えてこの普請に加わわっているのだ。安松さまがわたしに申していたが、武蔵野の背骨のような高い尾根筋に上水堀を通したのは、将来、武蔵野のどこにでも上水の水が届くようにとの配慮からだと」

「分水など幕府はお許しになりませんよ」

「この普請が終わったら彼らは大挙して江戸に押しかけ、武蔵野への分水を陳情する、と言っている。そうなれば幕府としてもそれを無視するわけにはいくまい」

「陳情が聞き届けられるとよいのですが。よしんばそれが聞き届けられたしても、それは数年先のことでしょう」

「数年後かもしれないし、数十年後かもしれない。だがな、その日は必ずくる。そしてこの茅で覆われてカラカラに乾いた武蔵野が田畑と緑の木々に覆われた豊かな地に生まれ変わるのだ」

「随分と明るい話のようですが、それはそれとして、おまえさまは今、なにか心配事をかかえているのではありませぬか」

「どうしてわかったのだ」

「ここには入ってきた折のおまえさまの丸めた背を見ればわかりますよ。きっと眉と眉の間にシワを寄せてもいたのでしょう」

「ならば話すが」

　そう言って甲州街道迂回の今までの経緯を話した後、

「新しい経路で上水堀を作ることになった。その経路の高い低いを測るのだ、と言って清右衛らが今さっき出ていったばかりだ。迂回経路となれば上水堀の里程は長くなる。ということは普請費が膨らむということだ」

　と告げた。

「いつだっか弥兵爺が『この普請で近江屋は大損をしている』と申しておりました」

「おまえには黙っていようと思ったが、弥兵爺の言うとおりだ」

「この普請で大儲けしようと考えていたのですか」

「大儲けはともかく、父の代からの組員にひとり頭、十両ほどの俸給を払ってやれるほどの儲けはあると思っていた。それが出せるどころか、日比谷の家や敷地を売らねばならないほどの損を出している」

「まだ、普請は御府内に木樋を埋め込む大業が残っているんでしょう」

「それでさらに損は増えるかもしれぬ」

「そうまでして普請を続けるのは七十万人の御府内の人々が上水を渇望しているからなのですか」

「そこなのだ。この普請をわたしが請け負った際に、〈しめた大儲けできる〉と思った。ところが羽村に赴いて普請をはじめると、おまえも知っているように様々な難事が普請を妨げた。これらの難事を切り抜けられたのは〈玉川上水は江戸の民七十万人の喉を潤すため、七十万人の望んでいる玉川上水普請を頓挫させてはならない〉そう思ったからだ。その思いを力にして様々な障害をひとつ一つ乗り越えていった。ところがさらに上水堀を掘り進んでいくうちに、そうした思いは薄れていった。七十万人のため、などと言う大義などどうでもよくなったのだ。ただひたすらに上水堀を四谷大木戸まで掘り進み到達させたい、そのことだけがわたしをはじめ組員すべての願いとなった。上水堀普請が易しかったら、そのような思いにはならなかったであろう。筏師や杣人、川漁師らの反対、大石の出現、水喰らい土のこと、そして此度の甲州街道迂回経路など、難事が起これば起こるほど、組員らは上水堀を四谷大木戸まで掘り通すことが、ただ一つの願いとなった。わたしもそうだ。そこには理屈も道理もない。この普請がなんのための普請なのか、と問うこともはやない。また近江屋が大損をすることも頭から吹っ飛んだ」

「今も吹っ飛んだままなのですか」

「お前に会ってすこしばかり薄れた、と言いたいところだが変わらない」

「大損をして家屋敷を手放し、おまえさまが路頭に迷うようなことがあれば、わたしがふたりの子とおまえさまを食べさせてあげます」

「おまえは強いのだな」

「強くなんかありませんよ。世の中なるようにしかならない、そういうことです。そうでした、わたしはおまえさまの長話を聞きにここへ来たのではありませんよ。明日あたしは、その手放すかもしれない日比谷に戻ることを告げるために来たのです」

「こちらの人足小屋の炊事班はお葉が居なくとも大丈夫なのか」

「賄い方も炊事班も手配済み。なんの心配もありませぬ」

「日比谷に戻るのは半年ぶりだな。彦爺に預けたふたりは首を長くして待っていることだろう」

「そうだといいのですがね」

お葉は目を細めて日比谷の方角を見遣った。


お葉が日比谷に戻って三日目、人足小屋で普請費の帳簿合わせを算盤を用いて算出していると清右衛門が入ってきて、

「兄じゃがまとめてくれた案にしたがって上水堀を掘り進んでいけば、四谷大木戸の受水口に取り付

くことが確かめられたぞ」

いかにも嬉しそうに告げた。

「それは真実(まこと)か、間違いないだろうな」

庄右衛門は喜ぶ前に心配が先になる。

「間違いないか、とはオレの水盛術を信用してねぇんだな」

「いやそんなことはない。だが清右衛がそのような技を身につけたことが未だに、わたしには信じられないのだ。信用していいんだな」

「あたぼうだ。オレの技は安松さま直伝なんだぞ」

「四谷大木戸に取りつくことがわかったとなれば、一日も早く迂回経路図に基づいて上水堀を掘り進めていかねばならぬ」

「人足七百人と組の者すべてが勢揃いして待ってるぜ」

「まだ掘りはじめてはいないのだな」

「掘りはじめるにゃこの迂回経路でいいかどうか、幕府にお伺いを立てなくちゃならねぇ。お許しが出るまではお預けだ」

「案ずるな。一昨日、府中にある代官番屋まで出張って小田中さまにこの迂回経路のことをお話し申してきた」

「で小田中さまはなんと」

「百姓らが猛反対したこと、すでに御存じだった。谷部を避けて迂回する経路があるなら、そちらの方がよいと申してくだされた」

「それは重畳。ならば明日から取りかかる」

「四谷大木戸の受水口所まで掘り進むにはどれほどの日数がかかるのだ」

「半月ほどみなくちゃなるめえ」

「今日は十三日、すると十月末にはなんとかなりそうだな」

「杵屋さん、相模屋さんに頼んだ受水口所はいつ頃仕上がるんだ」

「十月末には仕上がると杵屋さんから連絡があった」

「受水口所には余水吐路も設けるんだったな」

「それも十月末で作り終えるとのことだ」

受水口所は上水堀から流れてくる河水を木樋に送り込む施設である。この施設には決められた水量より多くの上水が流れてきたときに、余分な河水（余水）を捨てる機能を備えることになっている。

その余水は四谷大木戸の近傍を流れる渋谷川に吐き出す。

その吐き出し口と渋谷川を結ぶ掘割りを〈余水吐路〉という。

「同じ頃に双方が仕上がるとは話がうま過ぎねぇか」

「白石の御利益かもな」

「信心深い兄じゃとしてはそう思いたいところだろうが、冗談じゃねぇ。これはオレたち近江屋が力を一にしたからだ」

清右衛門は晴れ晴れとした顔を庄右衛門に近づけた。

第九章　雀の涙

（一）

十一月二日、羽村、四谷大木戸間の上水堀が完成した。

十一月三日、庄右衛門は近江屋の組員すべてを人足小屋に集めた。八老人を含めると三十名である。

「明日、羽村の取水口備の一ノ水門を塞いでいる土嚢を取り払い、通水試を行う」

庄右衛門の口調は興奮でやや上ずっている。

「いよいよ河水を上水堀に流し込む、その時がきたのだな」

髭の鬼五郎の言に皆は緊張と安堵がないまぜになった顔をする。

「ついては上水堀に河水が滞りなく流れるか否かの検分をおこなう。各々にはその検分役を果たしてもらいたい」

「上水堀の長さは十里余（約四十二キロ）もある。われら総勢だけで検分するとすれば、ひとりが受け持つ検分の長さはどれほどか」

ぎょろ目の権造が訊いた。

「ひとり頭、九百間（一・六キロ）ほどだ」

「随分と長いがやるしかねぇな」

権造が口をかたく結んで頷く。

「どのように検分するのか、皆は十分に心得ているであろうが、ここであらためて言っておく。まず水がうまく流れているか、堀壁は崩落していないか、タレはうまくとれているか、堀底に滞水はないか、流れ下る水量に変わりはないか等々、目を皿のようにして検分してくれ。皆の配置はこれからわたしが読み上げるので、それに従ってくれ」

庄右衛門はひとり一人、名を挙げて各々が検分する区間を告げた。

「なお上水堀に水を流すのは十一月四日の寅の刻（午前四時）から酉の刻（午後六時）とする。翌日五日の夕刻、皆に再びここに集まってもらう」

そう命じた庄右衛門の顔には、やっとここまでたどり着いたか、という安堵と果たして通水試はうまくいくのか、という不安がない交ぜになって現れていた。

十一月四日、真夜中、羽村取水口備の近くに設けた焚火の炎が人足らを照らしていた。暗闇の中、多摩川の流れに全身浸りながら二十名ほどの人足が一ノ水門を塞いでいる土嚢を撤去している。人足らは褌一つである。指揮を執る庄右衛門も褌姿である。

土嚢は人足らの手で一つ一つ取り除かれていく。土嚢は水を含んでずっしりと重い。それをモッコに移し替え、モッコの吊り下げ縄に棒を通して、ふたりで担いで運び出す。

水は身を切るように冷たい。土嚢一つを運び終えた人足は焚火の前に走り込む。冷えた身体を温めるためである。焚火はそのためのものであった。

何重にも積み重ねられた土嚢を上段から下段へと取り除き、やがて水中に没している土嚢の撤去へと移る。人足らは全身を河水に浸して一つ一つ土嚢を取り除いていく。ここまで取り除くと河水は上水堀に大量に流れ込むようになった。

寅の刻、土嚢はひとつ残らず撤去された。

人足らは焚火のまわりに集まって一息つく。彼らの身体から湯気が立っていた。

庄右衛門は人足らに混じって暖をとる。

様々なことが頭を過ぎる。

――すでに羽村から拝島の水喰らい土までの通水は終わっている。あの時は河水の量はさほど多くなかった。だから堀壁が水勢で崩壊するようなことはなかった。しかし今回は水量も水勢もはるかに大きく強い。果たして水喰らい土の地帯を避けて掘り直した区間はうまく流れてくれるのか、また清右衛門が測量した甲州街道迂回の上水堀のタレは正しくとれているのか――

庄右衛門にはどれ一つとってもこれで良し、と言えるような思いはない。

庄右衛門はそこで、どれほど焚火にあたっていたのか、わからない。いつの間にか東の空が白みはじめている。

その朝ぼらけの中、冬場の渇水期にもかかわらず、多量の河水が川中に設けた堰と堤に誘導されて一ノ水門に流れ込んでいくのが庄右衛門の目に映った。それから庄右衛門は上水堀の下流方向に目を遣る。平地から河岸段丘の斜面（段丘崖）へと掘り割った上水堀の両側に盛られた土（土手）には早くも茅が生えはじめている。

――この茅には何度も悩まされた。だが、やがてはこの河水を武蔵野に分水することによって茅の荒野は田畑に変わるであろう――

そう思ってみると茅で覆われた武蔵野の風景になにやら愛着が湧く思いだった。

――幕府から下賜された二千両は底をついた。残りの四千両をなんとしても府内に埋設する木樋普請をはじめる前に下賜してもらわなければ、近江屋は高利貸から銭を借りなければならなくなる。この木樋埋設普請の目付をするのは郡代伊奈忠克さまに代わって南町奉行神尾元勝さま。まずは神尾さまに一日も早く残りの請負費を出してもらうようお願いしなくては――

庄右衛門の脳裏を次から次へと悩ましい諸々が去来する。

その間にも河水は一ノ水門から吸い込まれるように上水堀へと流れていく。

気がつけば薄暗かった朝ぼらけは去って上水堀が行き着く先の四谷大木戸の方角から陽が昇っていた。

（二）

一ノ水門から九百間（一・六キロ）までを受け持った三太から庄右衛門の許に一報が届いたのは、土嚢を取り除いた一刻（二時間）後だった。

一ノ水門から流れ込んだ水量は九百間先では心持減じているようだが、おおむね流れは順調で、堀壁の崩落もなければ、タレも上首尾、水が堀内に溜まるような所はない、とのことだった。

庄右衛門にはまずまずの吉報と言ってよかった。

それから次々に三太の受け持ち区分の下流側、さらにその下流側を受け持った組員からの報せが庄右衛門にもたらされた。

堀内を流れる上水の量は少しずつ減っているようだが、河水は下流へと流れている、との報である。

それからしばらくして、水喰らい土を避けて作り替えた上水堀区間を検分していた髭の鬼五郎が息せき切って庄右衛門の許にきた。

「組頭、いけねぇや。上水堀に流れ込んできた水の量がみるみる減っていく。ひょっとすると新しく作り変えた上水堀も水喰らい土の地帯かもしれませんぜ」

苦々しげに顔をしかめた。

「いや、村の古老にも聴いて確かめた。あの地帯は水喰らい土の区域ではない」

「それにしちゃ、水の減りが尋常じゃねぇ。一緒に来てくれやすか」

「すぐ行く。もしわたしがここに戻ってこなくても一ノ水門は必ず酉の刻に再び土嚢で閉めっ切ってくれ」

土嚢を取り除いた人足らにそう命じて庄右衛門は作り替えた上水堀の現場へと向かった。

上水堀の両側は掘削土を盛り上げた土手となっている。その上を庄右衛門と鬼五郎が走る。現場に近づくに従って堀に流れる河水の量が少しずつ減っていくのが目で見てもわかる。

「上水堀は水喰らい土の区域を外したはずだ。でもあのように水位が下がり、水の流れも勢いがねぇ」

鬼五郎が走りながら言う。やがて現場に着いた。

鬼五郎が嘆くのももっともで、一ノ水門に流し入れた河水の水量の二、三割しか流れてきてない。

「少し様子をみようではないか」

庄右衛門は鬼五郎に慰めるように言った。


一刻が過ぎた。

鬼五郎は飽かずに河水を見続けている。河水はやや増えてきているが、それも微々たる量だ。

「わたしはこの先を検分する。鬼五はここに留まって様子を見てくれ」

庄右衛門は言い置いて、上水堀の土手沿いを下流方向へと歩き出した。

河水は流れているが先へ進めば進むほど、その量は減っていく。砂川まで歩き着いた時、河水は一ノ水門で取り入れた一割にも満たなくなっていた。

「こんなはずではなかった。わからぬ。なぜ水は消えてしまったのか」

庄右衛門は呻くように呟いて、なおも下流方向へと歩んでいった。

その頃、四谷大木戸の余水吐から九百間の区間を検分している清右衛門は苛立っていた。庄右衛門の計算によれば河水は五刻(十時間)ほどで羽村から四谷大木戸まで流れつくはずである。その時刻はもう半刻も過ぎている。

「待てねぇ」

吐き捨てるように怒鳴(どな)った清右衛門は水を求めて上水堀に沿って上流へと走った。走れども走れども水は流れてこない。

――まさか兄じゃは土嚢取り除きをやめたんじゃねぇだろうな――

あたりまえに考えれば、まず自分(おのれ)が計測した甲州街道迂回経路のタレがおかしいのでは、と思うのだが清右衛門は自分のタレ付けにゆるぎない自信を持っている。

走ること一刻(二時間)、すると上流側から歩いてくる庄右衛門と出会った。

「水はどうした」

清右衛門は咎めるような口調で訊いた。

「お前の言を借りれば、井の頭の手前では馬の小便ほどしか流れておらぬ。一ノ水門を土嚢で塞(ふさ)ぐのは今夜酉の刻だ。もはやここに水が流れてくることはない」

「なんてこった」

清右衛門は頭を抱えてその場に座り込んだ。

（三）

その翌日の夕刻、庄衛門を除く近江屋の組員すべてが人足小屋に顔を揃えた。

「河水はどこまで流れたのか」

清右衛門の声にはいつもの勢いがない。

「羽村、福生、牛浜、熊川辺りまではそれなりに流れた」

弥兵衛が答えた。

「その先がいけねぇ。水喰らい土というので作り直した拝島の区間は流れてきた水量の半分ほどが土に食われて消えちまった」

鬼五郎が信じられぬといった顔で応じた。

「拝島から先の砂川、小川ではさらに河水が減り続けて、この井の頭あたりで一滴の水も流れなくなった」

権造の顔は心做し暗い。

「見回したところ兄じゃが見えねぇが、気落ちして寝込んじまったんじゃねぇか」

清右衛門は庄右衛門が居ないのが気になっていた。

「坊は今朝早く、川越に行くと言って羽村を出ていった」

弥兵衛が答える。

「川越だと？　この大事な時になんで川越下んだりまで行かなきゃならねぇんだ。まさか江戸周りで行ったんじゃあるめぇな」

井の頭から川越に行くには一旦、江戸に出て川越街道を下るのと小川村から真直ぐ北上する街道を利用する二つがある。前者は丸二日はかかるが、後者は小半日で行ける。

「今日の集まりには必ず顔を出す、と言っていたから小川村から川越に向かったのだろう」

弥兵衛が応じた。

「一ノ水門は頭が命じたように酉の刻に土嚢で塞いだのか」

権造が訊く。

「坊の命だ、塞ぐしかなかろう」

弥兵衛が苦々しげに言った。

通水試験が失敗だったのと庄右衛門が居ないのとで皆には全く活気がない。

「半刻（一時間）待っても兄じゃが戻らなかったら散会する。それまでみんなは休んでくれ」

清右衛門はそう告げるしかなかった。そして心中で、

――兄じゃの野郎、一体なにを考えているのだ。肝心な時に居ねぇたぁ、どうした了見だ――

と毒づいた。

いつもなら権造あたりが若い組員をつかまえて冗談のひとつも言って場を和ませるのだが、そんな気配は全くない。

通水祝いに炊事班が用意してくれた夕餉も出されぬままである。今までの苦労が水の泡のように消えていく、そんな重苦しい雰囲気のまま小半刻（三十分）が過ぎる。

「三太、小屋の外に出て兄じゃが戻ってくるかどうか見張っていろ」

「小頭、そりゃ無理だ。外はもう真っ暗だ」

「ばかやろう、兄じゃは提灯をぶら下げて戻ってくるはずだ。闇だからこそ灯りが遠くからでも見えるんだ」

清右衛門としてはじっとして居られない心境なのだ。

「待つしかないな」

弥兵衛が清右衛門を諭すように言った。

「戻ってきたとて上水堀に河水が流れるというわけじゃねぇ」

清右衛門が苛立った声で言い返した時、

「小頭、灯りが見えますぜ」

三太が大声で告げた。清右衛門らは人足小屋から飛び出し、暗がりに目を凝らす。かすかに点のように小さい灯りが見える。清右衛門らは息を詰めてその灯りが近づくのを待った。

やがて灯りは提灯だとはっきりわかる大きさになった。清右衛門は提灯に向かって走り出した。皆が後に続く。

「兄じゃか」

走りながら清右衛門は大声をあげる。

「清右衛か」

提灯が大きく揺れて庄右衛門の声が返ってきた。

（四）

人足小屋に近江屋の組員すべてが揃った。ただ庄右衛門の隣には安松金右衛門と下僕である茂一が穏やかな顔で座していた。茂一は親指くらいの太さの鉄棒を手にしている。川越からわざわざ担いできたという。長さはちょうど一間（一・八メートル）である。

「大事な集まりに遅れて申し訳なかった。遅れたのは安松さまの臨席をお願いしに川越の御城下まで行ったからだ」

「兄じゃはなぜ安松さまをお呼びしたのだ」

清右衛門には安松が来たとて上水堀に水が通らないという現状に変わりはないと思っている。そしてそう思うのは自分だけでなく、ここに顔を揃えた誰もが同じ疑念を持っているとも思った。

「ここに参る途々、庄右衛門どのから通水試（通水試験）のことを事細かに聴きました。方々の面から察するに落胆が激しいようで、容易ならざることであると察します。明日、上水堀をわたしと茂一で検分してからでなければ定かなことは申せませんが、そのような落胆は御無用に思えます」

なにを根拠に〈思えます〉と言えるのかを組員の誰もわからなかったが、金右衛門の穏やかで自信に満ちた物言いに皆は少しばかりではあるが安堵の顔に戻った。

翌日、金右衛門と茂一は庄右衛門らと拝島近傍の掘り直した上水堀に赴いた。

堀内にほとんど河水は残っていなかった。

金右衛門は茂一に、鉄棒で堀底を突き刺すよう命じた。鉄棒の先端は槍先のように尖っている。

茂一は慣れた手さばきで鉄棒を堀底に突き入れる。

鉄棒はするすると半間ほど入った。そこから先は鉄棒を途中まで引き抜いて再び勢いをつけて突き下ろす。それを何回か繰り返すと鉄棒の頭が堀底に埋まるほどに入った。

金右衛門はそれを見届けると、

「水喰らい土といわれるところにわたしを連れていってもらえませぬか」

と頼んだ。

一同は清右衛門を先頭にして、水喰らい土の現場に向かう。現場には掘りかけた上水堀が放置されている。

金右衛門はここでも同じように鉄棒を堀底に突き刺させた。

前回より入りが悪いようだが、一間の鉄棒はすべて地中に突き入れられた。

「やはりそうであったか。いやそうでなくてはおかしいのだ」

金右衛門はひとり言ちて顔をほころばせた。

それから拝島の先、砂川、小川と金右衛門は茂一に命じて鉄棒を堀底に突き刺させていった。

大地の高低差を測るときもそうであったが、安松金右衛門の所業には清右衛門らが理解できないものが多かった。此度の鉄棒の地下突き入れで、なにがわかるのか、清右衛門らは首をかしげるばかりであった。

余談であるが、現今の土木業界では茂一が行った作業を〈貫入試験〉と呼んでいる。地質の硬軟等を判ずる一手法である。

その日の夜、再び人足小屋に全員が集まった。

「安松さまに検分結果についてお話をしていただく」

庄右衛門は緊張気味だ。

金右衛門が座を立って一呼吸置く。皆が息を詰めて耳を傾ける。

「明日から土嚢を速やかに取り除いて一ノ水門から河水を上水堀に流し込んでくだされ」

「それを一昨日に行い、水が流れなかったから安松さまにお越し願ったのだ。水を流せばまた井の頭かその先あたりで涸れちまうに決まっている」

鬼五郎が苦々しげに言い返した。

「拝島あたりはどこに上水堀を通してもみな水喰らい土じゃねぇのか」

三太が泣きそうな声をあげる。

「幕府の経路決めがはじめからおかしかったんだ」

「そうよ、御上が企画書でお決めになった上水堀の経路が間違ってたんだ」

「オレたちは御上が決めた経路どおりに上水堀を作った」

場内は騒然となった。

「バカ野郎。手前ら安松さまの前でなんてことをぬかすんだ。幕府に今の言いぐさが聞こえたら近江屋はこの普請を投げ出したとして、組は取り潰しとなり、今、御上の悪口を言った手前らは遠島か江戸所払いに処せられるぞ」

清右衛門が怒鳴った。

「まずは安松さまのご意見を拝聴しよう」

庄右衛門が抑えた声で言った。

「方々は水喰らい土、水喰らい土、とわたしの耳が痛くなるほど申されるが、この武蔵野にそのような土はありませぬ」

金右衛門は声を大きくして言い切った。

「そんなことはねぇ。拝島村の古老が昔からの言い伝えで水喰らい土はあると言っていた。だからワシらはその地を避けて上水堀を作り直したのだ」

鬼五郎が顎を前に突き出すようにして言った。

「貫入試(ためし)では上水堀を取りやめた現場の土と新しく通したところの土、双方の土の質はほとんど変わりないのです」

「ならば、わざわざ作り直さずにそのままで、よかったってことになるが」

すかさず鬼五郎が言う。

「そのままでよかったのです」

「得心できねぇ」

鬼五郎は腕を組んで首を横に強く振った。

「では言い方を変えましょう。この武蔵野の高地地帯はすべて水喰らい土です」

一同は唖然とする。今さっき、〈武蔵野に水喰らい土はない〉と断言したばかりである。からかわれた、と思った組員が怒りをあらわにして口を開きかけた時、

「安松さまの話を終わりまで聴け」

庄右衛門が珍しく強い口調で制した。

「玉川上水はご存じのように拝島の丘陵などの尾根筋、つまり武蔵野の背骨に当たる高地を選んで四谷大木戸まで掘り割っていく、という筋立てになっております。その経路を決めたのは、今は亡き伊奈忠治郡代さまと不肖この安松でした。武蔵野の高所に雨が降れば、雨水はたちまちにして地中に吸い込まれてしまいます。しかるに武蔵野の低地では雨水はすぐには大地に浸みこみませぬ。なぜか。それは土の乾き具合が異なるからです。武蔵野の低地の土はわずかに湿りけを帯びています。しかし尾根筋のような高所の土はカラカラに乾いています。低地の湿っている地に穴を掘ってそこに水を流

し込めば、時を経ずして穴に水が溜まります。神田上水の源である井の頭の池がそのいい例です。同じように武蔵野の尾根筋に穴を掘って水を溜めようとします。おそらく水は溜まることなく地下に吸い込まれていくでしょう。乾いた土が水を吸うからです。砂川という地名はおそらくカラカラに大地が乾いているから付けられたのではないか、そうわたしは思っております」

「それなら土が水を吸って湿りけを帯びれば穴に水は溜まるのか」

鬼五郎が金右衛門の話の腰を折る。

「さよう、土が湿りけを帯びれば水を吸わなくなりますから水は溜まります」

「ならば上水堀に河水が溜まってもおかしくないではないか。あれだけの河水を流したんだ。上水堀の堀底の土は十分に湿ったはずだ」

鬼五郎の言は組員全員の疑念でもあった。

「武蔵野の高所は何百万年も前からあるのですぞ。その土の渇きは尋常ではありませぬ。たった一日だけ河水を流したとて乾いた土が湿った土になるわけもありませせぬ。悠久の武蔵野の荒野のことを思えば、一日流した水量など雀の涙ほどでしかないのです」

一同に困惑の色が広がった。金右衛門の言を信じてよいのかどうか迷ったからだ。

「雀の涙と言われても、これ以上の河水を上水堀に流し込むのは無理だ」

権造が眉と眉の間にシワを寄せる。

「今以上に流すことはありません。時をかけて流し続ければいいのです。そうすれば土が湿って水を吸う量が少なくなります。その吸わなくなった分だけ水は下流に流れていきます。そうして少しずつ河水は下流へと流れ、やがては四谷大木戸まで流れるでしょう」

「羽村の河水が四谷大木戸まで達するのに、幾日かかるのだ」

弥兵衛には金右衛門の言をまだどこかで疑っている様が窺える。

「さて、それは流してみなければわかりませぬ。五日か、はたまた十日か、あるいは二十日か」

「ずいぶんと心もとないことだ」

弥兵衛が力ない声でぽつりと言った。

「心もとないことはまだあります。羽村で取水した水量を百としましょう。それが拝島、砂川を過ぎるあたりで水量は七十あるいは六十に減りました。たとえ十日後に河水が四谷大木戸に流達したとしてもその量は三十か二十。すなわち、羽村で送った河水の二、三割しか四谷大木戸に届かないかもしれません」

「あとの七、八割はみな水喰らい土が喰らうのか」

三太が驚きの声をあげた。

「水喰い土だけではありません。上水堀を通した全ての堀が水を喰うのです」

「二、三割しか流れない、となれば江戸七十万の民の喉を潤すことはむずかしい。これでは幕府は上水堀が完成したと認めまい」

弥兵衛の顔が曇る。

「一つだけ申すことがあります。木杭の打ち直しを依頼されて、わたしがここに参った時の、方々の活気に満ちた顔はどこにいってしまわれましたのか。この上水堀は近江屋さんが精魂込めて掘り割った渾身の作ではないのですか。特に甲州街道の低地を迂回して、新たな経路を探し出した清右衛門どのの絵図師（現在の測量士）としての技量に、わたしは感服しました。方々にはまだ四谷大木戸から虎ノ門までの木樋の埋設という難しい普請が残っているのですぞ。このような道半ばで暗い顔などしている暇などないはず」

「そう申されても、河水が二、三割ではのう」

鬼五郎の声にも力がない。

「安ずることはありませぬ。河水を流し続ければ、いつの日か四谷大木戸に届く河水の量は七割、いや九割となるでしょう」

「なぜそうなると言えるのですか」

三太が身を乗り出す。

「水喰らい土が、いえ武蔵野が河水を喰らい続けて満腹になるからです」

「満腹になるにはどれほどかかるのか」

三太がさらに身を乗り出す。

「さてそれは何か月先のことか、わたしにはわかりかねます。しかしながら御府内に木樋を埋設し終わる頃までには、八、九割の河水が四谷大木戸に届くでしょう」

「安松さまの言を信じて明日、再び一ノ水門の土嚢をことごとく取り除こうじゃねぇか。オレは十日でも二十日でも四谷大木戸の余水吐のところで上水堀に水が流れてくるのを待つ」

清右衛門の声は息を吹き返したように大きかった。

（五）

一ノ水門の土嚢を取り払って二日が過ぎた。上水堀に流れ込んだ河水は拝島あたりで水位を下げはじめ、砂川、小川まで流れ下るとさらに水位が低下して関前あたりでは、ほとんど水位がなくなった。ここまでは全く前回の通水試（試験）と同じだった。

だが三日目になると井の頭近くの上水堀に到達する河水の量が増えはじめた。それに伴い河水は下流へと少しずつ到達距離を延ばしていった。

組員らは少しずつ伸びる河水を追いかける。

四日、五日と過ぎ、河水が到達する距離がどんどん伸びていく。もう誰も金右衛門の言を疑う者はいなかった。

六日目、清右衛門が計測した甲州街道迂回経路の手前まで河水は流れてきた。

清右衛門は堀底に下りて河水を誘導するように両手を前後に動かし、一歩、一歩と河水を導くようにして四谷大木戸へと向かう。

七日目の早朝、すなわち承応二年（一六五三）十一月十五日、羽村から取水した河水は四谷大木戸の受水口所の一施設である余水吐に到達した。

十一月十五日をもって玉川上水堀の普請は終わった。

四谷大木戸に流れ込む河水量は日が経つにつれてわずかずつ増えていった。

十一月二十日、郡代の伊奈忠克が水道奉行として上水堀の竣工検査を行った。

忠克は羽村から四谷大木戸までの十里余（四十三キロ）を二日間で踏査し、翌日、上水総奉行の老中松平伊豆守信綱に、無事に玉川上水堀が竣工したことを伝えた。

十二月十日、幕府は近江屋に新たに千両を下賜した。

請負費六千両のうち、三千両が支払われたことになる。

この千両は未払いの土木材料費、食料費、さらに四谷大木戸の受水口所普請を委託した杵屋と相模屋への支払いに充てられた。幕府が残りの三千両を支払ってくれるのは府内での木樋埋設がすべて終わる来年六月であろう。

それまでの資金をどうやりくりするか、庄右衛門には苦しい年の瀬と言えたが払うべきところに支払いができたことにほっとしていた。

第十章　同行二人

（一）

承応三年（一六五四）一月五日。新年を日比谷の自宅で迎えた庄右衛門は、四谷大木戸近くに新たに建てた人足小屋に弥兵衛らと共に移っていった。

にぎわっていた日比谷の家が急に静かになる。お葉は暮れから正月にかけて、日比谷の家に私淑していた近江屋の組員の朝夕餉の賄いから解放されて、ほっとしていた。

部屋で久しぶりに縫物をしているところに彦爺が入ってきて、

「巡礼姿の方が、お葉さまに会わせろ、と軒先に立ってますぞ」

と伝えた。

――そのような信心深い方などに心当たる者は居ないが――

首をかしげながら外に出てみると、なるほど白装束姿で菅笠を被った者が立っている。菅笠が邪魔をして顔はわからない。

「わたしに会いたいと申されたのはあなたさまか。なんぞ喜捨でも望まれるのか」

お葉は菅笠の中を覗き込むようにして訊いた。

「お久しゅうございます」

女の声である。どこかで聞いたような声音だが思い出せない。

「はて、どなたさまか」

「妙でございます」

そう言って女は菅笠を取った。

「はあ？　妙どの？　まこと妙どのか」

お葉は仰天し、まじまじと妙を見る。

「これは一体……」

お葉は絶句した。

髪をきれいに切り揃え、口にはほんのり紅をさしている。目もとは変わらず涼やかだが目に宿っていた棘のある光は消えて、柔和な眼差しがお葉に向けられていた。

「羽村ではお世話になりました。遅ればせながら御礼を申し上げます」

「なんですか奥女中が遣うような、よそよそしい言葉付きは。やめなされ、そのような他人行儀の挨拶は」

「あは、やはりワレには武家言葉が似合わないか」

途端に妙の物言いが変わった。

「似合いませんよ」

「伊奈さまのお屋敷で朝から晩まで行儀作法とかいうものを学ばされた。少しは武家娘が話すように聞こえたか」

「バカらしい。あなたはサチモンでしょう。作法などにとらわれずに話す方があなたらしくて生き生きしてますよ。まずは家に入りなさい。ゆっくり話を聴きましょう。それにその白装束は一体どうしたんですか」

お葉は妙の背を押すようにして家に入れると白装束を脱がせて、お葉の着物に着かえさせた。すると艶やかな娘盛りの姿となった。お葉はその変わりように目を見張る。

「白装束姿の妙どのですと空海さまが側(そば)に居られるようで落ち着きませぬ。それに巡礼装束は妙どのにまだ早すぎます」

「世の中になぜ男言葉と女言葉があるのか」

「なんですかいきなり。それは男と女がこの世にいるからですよ」

「ワレはサチモンだ」

妙の目に棘のある光が宿ってきた。

「サチモンにも男と女がいるでしょう」

「サチモンには男も女もない。サチモンはサチモン。だから女言葉も男言葉もない」

「なにを言いたのですか」

「武家の家とは窮屈なもの」

「伊奈家の娘として他家のお武家に嫁ぐ。それを承知したから伊奈家に参ったのではありませぬか」

「そうではない。ワレにはどうしても突き止めたい事柄があったから忠克さまの誘いに従ったのだ」

「そうでした、いつだったか妙どのから、伊奈家の養女として赴くと聞かされた折に、わたしが、『およしなさい』と止めましたっけ」

「そのこと覚えてる」

「あの時も同じように『突き止めたい』と申しました。一体、なにを突き止めたかったのですか。わたしは今でもそのことが気になっているのですよ。なにか良からぬことを突き止めたかったのなら、おやめなさい」

「あれは武蔵野一帯に強い雨が降った翌日の未明だった。ワレは寝床の中で雨音がしないのに気づいた。横でお葉さまは気持ちよさそうに眠っていた。ワレはお葉さまを起こさぬように、そろそろと寝床を抜け出し外に出た。あんなに強く降っていた雨はあがっていた。見上げた空に雲はひとつもなかった。ワレは仕掛けた罠に獲物がかかっていないか確かめるため、罠のあるところに向かった。いくつかの罠を確かめたが獲物はかかっていない。引き返して人足小屋に戻る途中、ワレのはるか先に忠治さまの後ろ姿が目に入った」

「伊奈さまは毎朝欠かさず仮陣屋の辺りを散策するのがお好きでしたからね。妙どのが見かけたとしても不思議ではありませぬ」

「ワレは上水堀の取止めをお願いしようと思い、忠治さまの後を追った。忠治さまはワレに気づくこともなく、新たに作った導流土手の方へと向かわれた。ワレもそのあとに続く。土手の先は取水口備。忠治さまは土手の中ほどで何度も立ち止まって、土手を削るようにして流れる濁流に目を遣っていた。きっと忠治さまの指導で作った土手が濁流で崩れるのではないか、と心配だったのだろう。ワレは忠治さまに数歩のところまで近づいた。忠治さまはワレに背を向けて濁流に見入っていた。ワレは忠治さまに声をかけた。忠治さまが気づいて振り向いた」

そこまで話して妙は目をつぶった。

お葉は耳を傾けて妙の次の言葉を待つ。

妙は目をつぶったまま微かに顔を歪めた。それに気づいたお葉は、

「続きを話したくなかったら話さなくてもいいのですよ」

と労わるように言った。

目をあけた妙は、歪めた顔のままで、

「振り向いたその時、忠治さまの足元の土手が濁流で崩れた。ワレは忠治さまを助けようと足を前に出そうとした刹那、『来るな、逃げろ。………暮らせ』と叫んだ。忠治さまの身体が傾いて濁流に飲まれて消えていった」

と口から無理やり言葉を押し出すようにしてさらに顔を歪めた。

「よく妙どのは無事でしたね」

やや経ってお葉が低めた声で言った。

「ワレがそこからどのようにして逃れられたのかは、未だにわからぬ。気がついたら人足小屋に戻っていた。すでにお葉さまは朝餉の支度をするため寝所には居らなかった」

「幕府内では伊奈さまの死にいろいろな憶測が飛んだ、と聞いてますが曖昧のまま。そうですか伊奈さまは土手が崩れて濁流に流されたのでしたか」

「そのことをワレは伊奈さまの御家臣にお伝えしなかった。人足小屋に戻らず仮陣屋に駈けつけて報せておればきっと忠治さまは助かったに違いない」

「あの荒れ狂ったような多摩川の濁流ですよ。報せたとて助けられるわけもありません」

「だとしても報せなかったことは罪深いことだ」

「罪深いなどと大袈裟な。報せなかったことを罪などと思う人は居ませんよ」

「お葉さまがそう庇い立てしてくださることは嬉しいが、ワレの心底を偽ることは能わぬ」

「罪でない罪を拭い去るため巡礼をすると申されるのですか」

「いや、そうではない。突き止めたかった事柄が伊奈家に住んでいるうちに、うっすらとわかったからだ」

「一体、その事柄とはなんであったのですか」

「忠治さまが濁流に消える寸前に申された『来るな、逃げろ。………暮らせ』の〈………暮らせ〉がその事柄だ。われは、暮らせ、の前の言の葉を聞き逃してしまったのだ」

「つまり、聞き逃した言の葉を突き止めたかった、そういうことですか」

お葉はあきれ顔で訊き返した。

「おかしいか」

「無事に暮らせ、穏やかに暮らせ、楽しく暮らせ、仲良く暮らせ、正直に暮らせ、汗水ながして暮らせ、信心深く暮らせ。聞き逃した言の葉はいくらだって考えつきます。なにも伊奈家に入り込んで突き止めるほどのことではないでしょう」

「忠治さまの今生最後の言の葉であってみれば、今、お葉さまが申されたような言の葉ではない。〈……暮らせ〉と怒鳴った節、ワレに見せた忠治さまの眼差しはやさしく哀しげだった。その眼差しを思い出す度に聞き逃した言の葉がなんであったのか思い悩んだ」

「妙どのの、そこまでの気持ちはわかりました。ですが、なにゆえに伊奈家の養女になろうとしたのか、今一つわたしにはわかりません」

「伊奈さまが生きていれば、聞き逃した言の葉を教えていただくことも叶う。だが死してしまってはそれは能わぬ。そこでワレは伊奈さまの人となりを知れば、聞き逃した言の葉が突き止められるのではないかと思った。人となりを知るには伊奈さまが生まれ育った赤山の陣屋に参るのがよいのでは、と考えた」

「だから忠克さまの誘いに従って伊奈家に入ることを承諾したのですね。これで伊奈家の養女になったわけと〈突き止める〉の二つがはっきりとわかりました。それで聞き逃した言の葉を突き止められたのですか」

「忠治さまは『おまえはお前の思うとおりに暮らせ』と言いたかったのだ」

「なにゆえにその言の葉だと思ったのですか」

「伊奈家の養女になって忠治さまの人となりがおぼろげにわかったからだ」

「そのおぼろげにわかったこととは」

「忠治さまの意に反して忠治さまは忠治さまらしく暮らせなかったということ」

「あの方は幕府初代の関東郡代になられ、治水普請では伊奈流の旗頭、一万石に近い禄をいただき、忠克さまと申される嫡男もおられる。だれでもがうらやむような方。それはまぎれもなく忠治さまの意に沿った忠治さまらしい暮らしだったのでは」

「忠克さまが教えてくだされたのだが、忠治さまはことあるごとに、『今の暮らしはわたしらしくない。なるべく早く隠居をして、わたしらしく暮らしたい。隠居願いを幕府に出しているが、未だに受け取ってもらえぬ』とこぼしていたとか」

「では訊きますが、忠治さまらしい暮らしとはどんな暮らしだと思われますか」

「それを知ろうとは思わぬ。また知ったとて、それがワレらしい暮らしの道しるべになるとは思えぬ」

「ならば妙どのらしい暮らしとはどんな暮らしなのですか」

「わからない。ただひとつわかったことがある。それは伊奈家の養女となって暮らすのはワレらしくないということだ。それがわかると伊奈家に居るのが許せなくなった。そこで伊奈家を出るお許しを忠克さまに申し出た。ところが忠克さまは『これは父の生前の御意向だ。ならぬ』とお許しにならない。口論になった。ワレは歯に衣着せぬもの言いしか能わぬ。とどのつまり忠克さまは激怒なされてワレが無断で屋敷を抜け出せぬようにと監視人をつけた。監視の目を盗んでお屋敷から出ることなど、いとも容易（たやす）かったが思いとどまった。忠治さまの御意向を軽んじたくなかったからだ。伊奈家を穏便に出るにはどうしたらよいか考えた。そしてあることを思いついた」

「あること？」

「それは、忠治さまが羽村の仮陣屋から最後に忠克さまに送った封書に〈妙と申すサチモンを供として四国八十八か所の遍路旅を隠居後の楽しみにしている〉と書かれていたそのことだ」

「つまり伊奈家を穏便に出るために、忠治さまの生前の願いを妙どのが叶えてさしあげる、という口実を作ったのですね。なるほど、それで忠克さまは巡礼者としての妙どのを穏便に送り出してくれたというわけですか。そうとわかれば、巡礼になど行くことはありませぬ。今日からわたしの許で暮らしなされ。江戸にはサチモンの猟場となるような山野はありませんが、サチモンでない新しい妙どのらしい暮らしを探し出せるかもしれませんよ」

「口実ではない。ワレが携えてきた頭陀袋の中には遺髪が入っている」

「御両親の御遺髪ですね」

「違う。忠治さまのだ。伊奈さまの遺髪とともに一番札所から寺々を巡り歩く。そして最後の八十八番札所、讃岐の大窪寺（おおくぼじ）に遺髪を納めてくる。それでワレは伊奈家との関わりを終わりとする」

「驚いた、本気で巡礼に行くつもりなのですね」

「四国、八十八か寺を巡っていれば、ワレらしい暮らしが、どのようなものであるかが見えてくるかもしれぬ」

「おやめなさい。四国遍路にどれほどの日数がかかるか、存じているのですか」

「帰りを待っている者がいるわけではない。何日かかろうとも構わぬ」

「女性(にょしょう)ひとりの巡礼。八十八か寺を歩き通すのは生なかなものではありませぬよ。恙無(つつがな)く巡礼が終われば良いのですが、道中なにが起こるかわかりませぬ。巡礼中に良からぬ人もにも会いましょう」

江戸から一番札所の霊山寺(りょうせんじ)（現徳島県鳴門市）までたどり着くのに十五日ほどかかる。霊山寺から八十八番札所の大窪寺までの里程は三百里（千二百キロ）、歩き通す日数はおよそ四十日である。

「今までひとりで生きてきたのだ。なにが起ころうとも恐れてなどいない」

「どうしても行くというなら、しばらくこの家に泊まって二月にしなされ」

「なぜそこまで待たねばならぬのか」

「二月になればこの日比谷界隈から四国の一番札所霊山寺に向けて巡礼の一行が出立します。その一行に加わって巡礼すれば、道中の心配も少なくなりましょう」

江戸では四国遍路が盛んになってきていた。それは世の中が平穏になってきた証でもあった。

「今の時節でも霊山寺に向けて巡礼者は江戸を出立するのでは」

「三月四日（旧暦）に一番札所の霊山寺に詣でるのが最良の日とされているのです。ですからその三月四日に合わせるために二月の半ばに江戸からの巡礼者は、列を作って互いを助け合いながら霊山寺に向かうのです。一月の今の時期には参りません」

「ワレは誰も頼らぬ。忠治さまの遺髪と同行二人。そう決めたのだ」

「病に倒れるかもしれないのですよ。ひとりでは助かる命も助かりませんよ」

「遍路道には善根(ぜんこん)宿もあると聞いている。それに捨て往来願書(ねがいしょ)を忠克さまに認めてもらった」

「まさか遍路墓に葬ってもらうおうなどと思っているのではないでしょうね」

善根宿とは、行き暮れた巡礼者を無料で泊めてくれる施行宿(せぎょうやど)のことである。

捨て往来願書とは、遍路の途中で行倒れになって死したとき、その路傍に〈葬ってくれますようにお願いします〉と認めた書のことである。

また路傍に作った墓を遍路墓と呼んだ。巡礼者は何百とある遍路墓にひとつ一つ頭をさげ、短い念仏を唱えて巡礼を続けた。

「そうですか、そこまでの用意をしてきたのですか。これ以上なにを申しても妙どののことです、決心が鈍るようなことはないでしょう。ならばせめて遍路を楽しむゆとりを持って八十八か寺を参拝してくだされ。巡礼が恙無く終わることを祈るばかりです。で忠治さまの御遺髪を大窪寺に納めたら、その後どうなさるのですか」

「納めてから先のことはなにも考えていない」

「必ずここに戻ってらっしゃいな。わたしも庄右衛門もそれに清どんも待っていますよ。今日はゆるりとここで過ごしなされ。久しぶりに枕を並べて一夜を過ごしましょう」

お葉は口元を緩めて愛(いと)おし気に妙を見遣った。

（二）

〈お江戸日本橋七つ発ち〉と唄われるが、それは後世のこと、〈七つ〉とは午前四時のことである。承応期、時刻を表すのに数字はまだ用いられておらず、十二支によった。従って暮れ六つ、七つ発ち、三刻、などの言い方はない。

一月六日、卯刻(午前六時)、日本橋の袂に巡礼姿の妙が立っていた。陽はまだ上がっていないが、すでに東の空は白みはじめていて、人の顔を見分けられるほどの明るさである。五街道の起点である日本橋の両端には常夜灯が点っているが、その灯りも先ほど消されたばかりであった。

　橋を往還する人の影が濃くなってきている。

「義姉貴の見送りはねぇのか」

　背後からの声に妙は振り返った。そこに清右衛門が立っていた。

「なんでここに」

　妙は驚きを隠せぬ態で訊いた。

「決まってるじゃねぇか。お前ぇを見送りによ」

「どうしてわかった」

「義姉貴の使いの者が昨夜遅くオレん家に来て教えてくれた。四国巡礼に発つんだそうだな」

「おかしいか」

「なんで行くのかオレは知らねぇし、知りたくもねぇが達者で行きなよ。それだけ言いたくて、ここに来た」

「来ることはなかったのに」

「前に言ったろう。お前ぇとオレは仲間だと。遠いところに行くんだ。仲間として見送るのは当たり前ぇだ。ほれ馬の鼻向けだ。取っておけ」

清右衛門は懐から紙包みを取り出すと妙の前に突き出した。馬の鼻向け、とは餞別のことである。

「なんだそれは」

「銭だ」

妙が包みを開けると一分金四枚が入っていた。一両である。

「羽村の名主、徳右衛門どのから聞いたのだが、忠治さまから案内人を頼まれた礼に一分金を貰ったことがあったそうだな。その一分金をどこぞの商人にだまし取られたとか。そうならねぇように此度はしっかり人を見極めるんだな」

「要らぬ。路銀は忠克さまからいただいている」

「まあ、そう言わず受け取ってくれ」

「一分金、四粒と言えばワレが炊事班でいただいていた日雇賃の一年分以上の額だ。そんな大枚はもらえぬ。昨夜、お葉さまが言っていた。此度の普請は近江屋の大損だと」

「大損だ。一体いくらの損になるのか普請が終わってみなけりゃわからねぇ。だから一両、二両は今さらどうってことのねぇ銭よ」

「ならばその一両、ますます貰えぬ」

「銭は足らぬが上水堀の普請はなんとか上手くいった。お前ぇにも上水堀に河水が流れている様を見せてやりたかった」

「ワレの心底を逆なでする気か」

「そうじゃねぇ。オレには府内の者らがこの上水の水をうまそうに飲んでいる姿が目に浮かぶんだ。それを一日も早く叶えるには、これから江戸府内に木で作った樋（とい）を埋め込んで、江戸のあちこちへ羽村から送り込んだ河水を配る普請に入らなくちゃならねぇ」

「いつ普請は終わるのだ」

「六月頃だ。江戸は変わるぞ。ますます人が増える。百万を超えるのも間近だ」

「それがどうした。サチモンの暮らしを根こそぎ奪っての百万など糞くらえだ」

「相変わらず口が悪いな。まあそう言うな。それを言われると胸が痛くなる。だがよ、もうとっくにサイコロは投げられちまったんだぜ。だから元に戻れるわけもねぇ。お前ぇが四国の巡礼から戻ってくる頃には、江戸の者が多摩川の水を飲んでいることだろうよ」

「戻ると誰が言った」

「戻るもよし、戻らぬもよし。四国は猟をするに適した山川だらけだ。そこでサチモンとして暮らすのもお前にゃ、悪かねぇかもしれねぇ」

「そんなこと、考えたこともない」

「だったら考えてみるんだな」

「武蔵野の猟場に代わる所など、どこにもない」

「そうかもしれねぇな。あの武蔵野にゃ、お前ぇの母と父の面影がしみこんでいるからな」

「そうであった両親の墓の礼を言ってなかった。礼を言う」

妙は神妙に頭をさげる。

「よせやい、お前らしくもねぇ。安心しな、江戸に戻ってこなくともオレがあの墓は守ってやる」

「ワレが戻ってくるのを快く思っていないような口ぶりだな」

「戻るつもりはあるのか」

「戻ったとてワレが住まうようなところが見つかるとは思えぬ」

「義姉貴が住まう日比谷があるじゃねぇか」

「お葉さまは『待っている』と言ってくれたが、これ以上お葉さまに厄介をかけたくない」

「なら蛎殻町に来い」

「蛎殻町？　そこにワレが暮らせるところでもあると言うのか」

「そうは言っちゃいねぇ」

「ならばなぜ蛎殻町なんだ」

「蛎殻町にはオレの家がある」

「そこでワレに安い日雇賃で掃除洗濯、それに賄いまでさせる気か」

「嫌か？」

「だれがあんたのおさんどんなんかに雇われてやるか。たとえ一日百文の日雇賃を出すと言われてもお断りだ」

〈おさんどん〉とは今で言う女中、下女のことである。転じて台所仕事の意にも用いられる。

「いつ、おさんどんをしてくれ、などと言った。はばかりながらオレはおさんどんなどお手の物だ」

「じゃ蛎殻町に行ってなにをするのだ」

「だからよ、そのなんだ」

清右衛門は言い淀んで大きく息を吸い込んだ。

「つまりよ、遍路から帰ってきて暮らすところがねぇんなら、そのなんだ」

またそこで清右衛門は詰まる。

「なにが、そのなんだ、なのだ」

妙がいらいらしながら問い詰める。

「お前に暮らせるところがねぇんじゃ仕方がねぇ、オレがお前を娶るしかあるめぇ」

「仕方がねぇ？　娶るしかあるめぇ？」

妙が目を剥いて怒鳴った。その剣幕に怖じることなく、

「割れ鍋に綴蓋（とじぶた）、っていうじゃねぇか」

と言い返した。

「あんたが割れ鍋でワレが綴蓋か」

〈割れ鍋に綴蓋〉とは、ひびの入った鍋には修理した蓋が似つかわしい、という意である。つまり、どんな人にもそれ相応の配偶者がある、という意である。

「ワレをからかうのだな」

「そうじゃねぇ」

「じゃあ酒でも飲んで正気が失せての言い様か」

「オレが酒を飲んでいねぇときは正気だ」

「ならば朝から大酒を飲んでここに来たのだろう」

「一滴も飲んじゃいねぇ。おれは正気だ」

「だとしたら本気でワレをおちゃらかすつもりでここに来たのだな」

妙は清右衛門を睨み据えて反転すると、清右衛門に背を向けて橋を渡りはじめた。

折しも東の空に陽がのぼってきた。その陽を背にして妙は橋を渡る。橋の中ほどにさしかかった時、

「オレは正気だからな」

と清右衛門の叫ぶ声が背後から聞こえた。

その声を聞いた刹那、どうしたことか妙の頬に涙が伝い落ちた。

妙はのぼったばかりの陽に背を押されるようにして橋を渡り続ける。涙が流れて止まらない。前方の景色が涙で歪んで見える。耳に〈オレがお前を娶るしかあるめぇ〉と言った清右衛門の声が鳴り響いている。

——割れ鍋に綴蓋——

妙は呟いて足を速める。

清右衛門は一度も振り向かぬ妙の背を目を細めて追う。そして妙が橋を渡り切る寸前に、

「オレは一滴の酒も飲んでねぇぞ」

と大声をあげた。

妙にその声が届いたのだろうか、妙は立ち止まったが、それは一瞬のことで、背を向けたまま橋を渡り切きった。

清右衛門は妙が見えなくなった橋の向こう側をいつまでも見続けていた。

完

追い書きまたは備考

玉川上水の上水堀部竣工は承応三年（一六五三）十一月十五日である。引き続き施工された江戸市中の木樋の埋設工事の竣工は翌年（承応四年）六月二十日である。

工事が終わったからといってすぐに江戸庶民に上水が行き渡ったわけではない。木樋から府内各地区へ上水を送る枝樋（えだとい）の埋設をしなければ江戸の民は飲み水にありつけない。枝樋の埋設工事は承応四年以後、何十年と続くことになる。

その間、木樋は石樋に改修され、より清潔で管理が楽になる。

同じように羽村の堰をはじめ上水堀も竣工後、改良、改修が二百数十年にわたって続けられる。特に上水堀は施工当初の形状がまったくといってよいほど残っていない。

明治期、玉川上水を運河として利用するため大改修したためである。しかしその経路は往時のままである。

・堰落とし

筏問屋や杣人の粘り強い陳情で玉川上水工事の竣工三年後、堰の一部を切り開いて筏を通す場所

（筏通し場）が設けられた。筏通し場を筏が通り抜けることを筏師らは〈堰落とし〉と呼んだ。

――きのう山さげ、きょう青梅さげ、明日は羽村の堰おとし――

青梅辺りに今でも言い伝えられている言葉である。

〈山さげ〉とは青梅の上流の山々から切り出した木材を多摩川縁まで下ろし、岸辺で山筏（小さな筏）に組んで沢井（青梅の上流部）まで流すことを指す。〈青梅さげ〉とは沢井から山筏を青梅（千ヶ瀬）まで流すことを指す。千ヶ瀬で山筏を回収し、ここでさらに大きな筏に組み直し、羽村の筏通し場を通って（堰下ろし）多摩川を下り、六郷川に入って河口へと下る。そこで引き揚げられて陸路で木場（現江東区木場）に送られた。

筏通し場の管理は筏問屋が行うことになっていて、堰に損傷を与えれば筏問屋が自費で直すことになっている。さらに筏が筏通し場を通れる期間も決められていた。

堰下ろしは月三回、通過する時間は午（うま）の半刻（午後一時から二時の一時間）のみだった。この決まりは明治二十二年（一八八九）まで続き、その後月六日に増やされた。

なお筏流しの最盛期は幕末から明治初期までで大正以降は鉄道とトラックに代わられ衰退する。

・上水堀に架けられた橋

多くの街道が上水堀によって切断された。その切断か所には橋が架けられた。主な橋を列記する。なお（　）内は所在地を表す。

羽村橋（羽村市）
玉川上水の最上流に架かる。上水堀に架けられた橋の中ではもっとも早く架けられたと思われる。

宝蔵院橋（福生市。現宮本橋）
宝蔵寺の近くに架けられた。宝蔵寺は明治期、廃仏毀釈により廃寺となる。

清源院橋（福生市）
橋は清源院の北に設けられた。清源院については本文に記した。

牛浜橋（福生市）
檜原御番所通り（現五日市街道）と上水が交差する所に架けられた。
檜原御番所通りは江戸に通じる道（江戸街道）である。檜原（現東京都檜原村）から五日市（現あきる野市五日市）、二宮（あきる野市二宮）へと進み、二宮の〈牛浜の渡し〉で多摩川を渡り、そこから江戸に通ずる。江戸と檜原、五日市を結ぶ経済道路として重要な街道であった。

日光橋（福生市。現熊川下ノ橋）
日光街道と上水が交差する地に架けられた。

この街道は八王子同心が日光（東照宮）勤番に赴くために作られた。敷設時期は江戸初期。

五日市橋（立川市。現天王寺橋）
　五日市街道が玉川上水を横切る地（現砂川一番）に架けられた。

村山橋または五ノ橋（立川市。現金比羅橋）
　所沢街道（村山街道）と上水が交差する地点に架かる。

稲荷橋（三鷹市。現井の頭橋）
　井の頭弁財天の参道と上水が交差する地点に架けられた。

久我山橋（三鷹市。現牟礼橋）
　府中街道（旧鎌倉街道）と上水が交わる地点に架かる。

八幡橋（杉並区）
　下高井戸八幡神社の参道と上水が交差する地点に架けた橋。

主要街道に架けた橋は請負者が作った。

上水竣工後、村の要請で架けた橋は村が架橋費用の全てを負担した。こうした橋を〈村方自普請橋〉と呼んだ。その橋数は二十橋を超える。

・野火留用水

玉川上水竣工一年後の承応四年（一六五五）、上水総奉行を務めた老中松平伊豆守信綱は幕府に願い出て自領（川越藩）の野火留地区に玉川上水の水を引き込むことを許可される。大名が自領の開拓地に水を引くために幕府直轄地（小川村から川越領野火留地区に至る約十キロ）を掘り起こして用水路を作るなどは前例がない。むろんこれは信綱が上水総奉行を勤める前から企んでいたものである。知恵伊豆と呼ばれた信綱にとって十四歳になったばかりの幼将軍を説き伏せることなど、赤子の手をひねるようなものだったであろう。幕府の許可がおりたのが承応四年二月である。用水の経路は小川村（現小平市中島町）から天領を通って川越領野火留新田に入り、引又宿（現埼玉県志木市）を経て流末は新河岸川に入る、およそ二十五キロである。

玉川上水分水地から野火留新田までの十キロ余の用水工事を安松はたったの四十日で終わらせている。このように驚異的な短期間で工事を終了できたのは玉川上水が竣工する前から用意周到に工事の準備をしていたからであろう。

特筆すべきは、野火留用水が通る幕府直轄地（天領）には一滴の水も分水しなかったことである。なお〈野火留〉は明治期に〈野火止〉に改名されたことは本文に記した。

安松金右衛門は寛文二年（一六六二）に川越藩の郡代に就任する。
金右衛門の墓は太宗寺(新宿区)にあったが昭和十年(一九三五)に川越野火止の平林寺に移された。

・玉川上水から武蔵野への分水

野火留開墾地への玉川上水からの分水が突破口となって、後年、武蔵野に散在する村々に玉川上水の水が分水されるようになる。その主な村々は、拝島村、柴崎村、砂川村、小川村、国分寺村、田無村、下小金井村、境村、牟礼村、烏山村、上北沢村、下高井戸村、幡ケ谷村等々、江戸期後半にその分水数は三十に及ぶ。

・上水普請中に出土した白い玉石のその後

玉石の薬石としての評判が江戸府内で知られたこともあって、出土近くの下高井戸に玉石薬師堂が建立された。それから七十年ほど後の享保四年（一七一九）お堂を守るため永泉寺が建立される。お供えの赤飯を食べると諸病に効くと評判になり、赤飯を干して丸薬を作り、求める人に〈玉石薬師の玉薬〉として販売する。

明治期、火災により寺は焼失。後に四谷塩町にあった永昌寺（曹洞宗天長山）に合祀される。明治四十三年（一九一〇）、永昌寺はかつて永泉寺が建っていた地に近い杉並区永福の現在地に移転する。

永泉寺は戦災で焼失する。しかし玉石は焼け残った。三十五年後の昭和五十五年（一九八〇）、あらたにお堂を建て、薬師如来を新しく作り直した。その際、玉石は薬師如来の体内に納められた。

・庄右衛門、清右衛門のその後

玉川上水を竣工させた功労により、幕府から名字帯刀を許され、玉川姓を与えられる。あわせて三百両を下賜される。

兄弟は玉川上水の水役を命じられ、役高二百石を受ける。

玉川家の墓所は台東区松が谷二丁目の聖徳寺にある。兄弟の墓石が並んで建っている。

西野　喬（にしの　たかし）
一九四三年　東京都生まれ

著書
「防鴨河使異聞」（二〇一二年）
「壺切りの剣」（二〇一五年）
「黎明の仏師　康尚」（二〇一六年）
「うたかたの城」（二〇一八年）
「まぼろしの城」（二〇一八年）
「空蝉の城」（二〇一九年）
「保津川」（二〇二一年）
「高瀬川」（二〇二二年）
「玉川上水傳　前編」（二〇二三年）
（発行所はいずれも郁朋社）

玉川上水傳　後編

—江戸を世界一の百万都市にした者たち—

令和五年八月二十日　第一刷発行

著　者　西野　喬
発行者　佐藤　聡
発行所　株式会社　郁朋社
東京都千代田区神田三崎町二—二〇—四
郵便番号　一〇一—〇〇六一
電　話　〇三（三二三四）八九二三（代表）
F A X　〇三（三二三四）三九四八
振　替　〇〇一六〇—五—一〇〇三二八
印　刷
製　本　日本ハイコム株式会社

落丁、乱丁本はお取替え致します。
郁朋社ホームページアドレス　http://www.ikuhousha.com
この本に関するご意見・ご感想をメールでお寄せいただく際は、comment@ikuhousha.com までお願い致します。

ISBN978-4-87302-799-9　C0093

西野喬　既刊本のご案内

防鴨河使異聞（ぼうがしいぶん）

賀茂川の氾濫や疫病から平安の都を守るために設立された防鴨河使庁。そこに働く人々の姿を生き生きと描く。
第 13 回「歴史浪漫文学賞」創作部門優秀賞。

四六・上製 312 頁　本体 1,600 円+税

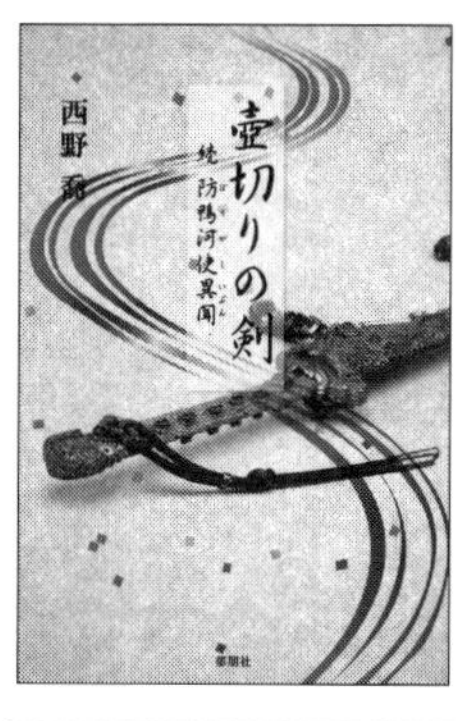

壺切りの剣

続 防鴨河使異聞（ぼうがしいぶん）

平安中期、皇太子所蔵の神器（じんき）「壺切りの剣」をめぐって大盗賊袴垂保輔（はかまだれやすすけ）、和泉式部、冷泉天皇、藤原道長等が絡み合い、意表をついた結末をむかえる。

四六・上製 400 頁　本体 1,600 円+税

黎明の仏師 康尚

防鴨河使異聞（ぼうがしいぶん）（三）

大陸の模倣（もほう）仏から日本独自の仏像へ移行する黎明期。その時代を駆け抜けた大仏師・康尚の知られざる半生を描く。
第 16 回「歴史浪漫文学賞」特別賞受賞作品。

四六・上製 352 頁　本体 1,600 円+税

西野喬　既刊本のご案内

保津川（ほづがわ）

角倉了以伝（すみのくらりょういでん）

岩を砕きたい！　この一念で、保津川の激流に散在する巨岩撤去に挑んだ者がいた。京の豪商、角倉了以である。歴史に埋もれた知られざる了以の偉業とは。

四六・上製 334 頁　本体 1,600 円＋税

高瀬川（たかせがわ）

角倉了以伝（すみのくらりょういでん）（続）

了以、只者に非ず――　森鷗外の名著、『高瀬舟』の舞台となったこの運河を作ったのは、京の豪商角倉了以父子。江戸幕府創成期の混迷した世を駆け抜けた親子の情と確執を描く！

四六・上製 356 頁　本体 1,600 円＋税

玉川上水傳　前編

江戸を世界一の百万都市にした者たち

江戸、困窮する水事情！
四代将軍の御世、江戸の急激な人口増加は人々に飲料水不足をもたらす。これを解消しようと新たな水源探しに奔走する者たち。上水工事着工までの知恵伊豆こと松平信綱らの熱情と労苦を描く。

四六・上製 318 頁　本体 1,600 円＋税